HAYMON taschenbuch **329**

Tatjana Kruse
Es gibt ein Sterben nach dem Tod

Eine Karma-Krimödie

Tatjana Kruse

Es gibt ein Sterben nach dem Tod

To Laura DeVries Tindall,
for sharing the "Badassery" day after day after day.

1

Alkohol ist nicht die Antwort.
Alkohol ist die Frage.
Und „Ja!" ist die Antwort.

Egal, wie leckerschnittig einer aussieht, aus der Frosch-
perspektive haben alle Kerle Doppelkinn und Nasenhaare.
Dachte Börnie, als sie die Augen aufschlug.

Sie lag auf dem Boden. Und neben ihr kniete ein
fantastisch aussehender Mann, der sich über sie beugte
und ihren Duft einzuatmen schien.

Ist das der Neue aus der Buchhaltung?

Ungefähr ihr Alter, lockige schwarze Haare, etwas
zu kurz für ihren Geschmack, aber nicht dealbreaker-
kurz, samtbraune Augen, olivfarbene Haut, Dreitage-
bart, schwarze Lederjacke, schwarzes T-Shirt über
einem sichtlich durchtrainierten Oberkörper – im
Grunde genau Börnies Beuteschema.

Sie wollte schnurren, aber ihre Stimmbänder gaben das nicht her.

Ich muss aufhören, bei Betriebsfeiern über die Stränge
zu schlagen!, dachte Börnie.

Wobei es total egal war, ob sie sich hier und heute
im Vollsuff über den Maßanzug des Chefs erbrach und
von den Kollegen rausgetragen werden musste – es
war ihre Abschiedsfeier. Ab morgen war sie keine An-
gestellte von *Schön Cosmetics* mehr.

„Ich habe da eine Vermutung ...", sagte der poten-
zielle One-Night-Stand-Anwärter. Seine Stimme war
mindestens so sexy wie sein Look.

Vielleicht war das auch gar kein Neuer, sondern der Taxifahrer, den Bine für Börnie bestellt hatte. Bine war die gute Seele der Abteilung. So oder so, Börnie beschloss, dass dies seine Glücksnacht werden würde.

Sie seufzte wohlig. Die Welt um sie herum drehte sich nicht, sie hatte auch keinen Brummschädel. Es lohnte sich eben, wenn man in Qualitätsalkohol investierte.

In diesem Moment wurde ihr klar, dass ihr Kleid verrutscht war. Ein supersexy, sündhaft teures Cocktailkleid mit einem Ausschnitt bis zum Bauchnabel, über den Brüsten mit beidseitig klebenden Styling-Tapes festgehalten. Offenbar hatte der Kleber versagt. Ihre linke Brust hing heraus. He, Börnie war über dreißig – da stand das Bindegewebe eben nicht mehr wie eine Eins. Andererseits bestand ihr Busen auch noch nicht aus zwei Lappen, die sie sich über die Schulter werfen konnte, wie bei der Hagedorn, der rechten Hand vom Chef. Was Börnie natürlich nur vermutete und noch nie gesehen hatte. So nah stand sie sich mit der Hagedorn, der alten Giftspritze, glücklicherweise nicht.

Okay, das „Nipplegate" war Börnie schon einen Ticken peinlich, aber so bekam die Leckerschnitte wenigstens gleich einen Eindruck von ihren Goodies.

Mist, der schmierige Krenz sieht das aber auch.

Börnie drehte den Kopf. Sie hatte einen kleinen alkoholbedingten Aussetzer, aber sie wusste noch, dass sie vor ihrem Blackout vor einem Männer-Trio aus Marketing-Kollege Yannick Bollmann, Chefchemiker Tobias Krenz und Murat Keine-Ahnung-wie-weiter von der Security gestanden war. Sie hatten sich zu dritt vor der Bowle aufgebaut, als wollten sie sie bewachen – und nicht sukzessive leertrinken.

Krenz stand jetzt allerdings nicht mehr neben der Bowle. Es war überhaupt niemand zu sehen, den sie kannte.

Moment mal ... was?

Sie wollte das Kleid züchtig zurück über ihren Busen ziehen, aber ihre Hand versagte ihr den Dienst.

Ich bin gelähmt!, dachte es in Börnie. War sie sturzbesoffen auf einen Bürostuhl geklettert, heruntergefallen und hatte sich das Genick gebrochen? Würde sie für den Rest ihres Lebens vom Hals abwärts bewegungsunfähig sein?

Börnie neigte zur Schwarzmalerei. Und zur Hypochondrie.

Was waren das überhaupt für Menschen um sie herum? Ersthelfer wegen der Genickbruchsache? Oder war sie, angeschickert, wie sie war, beim Rückweg von den Toiletten in der Zwischenetage versehentlich in den falschen Hochhausstock gewankt und hatte eine andere Bürofeier gecrasht?

Nein, an der Decke hingen die bunten Luftballone mit dem *Bye-bye-Börnie*-Aufdruck. Und die Wand über dem Besprechungstisch zierte das Ölgemälde von Mechthild Schön, der Gründerin des Beauty-Konzerns. Ein mehr als schmeichelndes Gemälde, eigentlich schon frech gelogen.

Der muskulöse Adonis-Fremdmann beugte sich noch tiefer über sie und schnupperte wieder. „Ja, der Geruch ist eindeutig!"

Ich muss doch sehr bitten! Börnie schmollte. *Ich rieche nicht, ich dufte.* Und zwar nach Caprice No. 5, dem Hausparfüm des Konzerns, wegen dem man schon seit Jahren mit Chanel im Rechts-Clinch lag, weil die fanden, es läge eine sittenwidrige Namensgleichheit vor. Dabei mussten die sich keine Sorgen machen: Caprice

No. 5 machte der echten No. 5 keine Konkurrenz. Nicht mal annähernd.

„Sie hat sich zweimal erbrochen."

Die knarzende Frauenstimme, die diese Information lieferte – und die von weit weg zu kommen schien, genauer gesagt vom Flur –, gehörte zu Frau Hagedorn, der Assistentin des Chefs. Eine knochige, menopausige Frau, die immer etwas verkniffen guckte – außer, sie hatte gerade ihre Hitzewallungen, dann guckte sie wie eine Ertrinkende in einem Heißwasserbecken. Sie trug ausnahmslos pastellfarbene Twinsets mit einer zweireihigen Perlenkette. Sie hatte allerdings noch viel unangenehmere Vorlieben, die man nicht auf den ersten Blick erkannte. So war die Hagedorn beispielsweise die Bürointrigantin. Und sie hatte Börnie immer schon auf dem Kieker gehabt. Kein Wunder also, dass sie diese Information mit einer deutlich herauszuhörenden Genugtuung weitergab. Und nochmal genüsslich wiederholte: „Zweimal!"

Börnie fiel wieder ein, dass sie – ohne Rücksicht auf Unverträglichkeiten – querbeet alles eingeworfen hatte, was das Catering-Buffet hergab – von Fischbrötchen über Zimtschnecken bis zum Eiersalat. Das hatte sich offenbar gerächt. Und rächte sich immer noch. Nichts war für einen potenziellen Flirt abtörnender als Eau de Kotze.

„Beim ersten Mal auf der Damentoilette habe ich es noch persönlich aufgewischt, aber für das hier braucht man die Putzkolonne." Die Hagedorn zeigefingerte anklagend auf die Pfütze mit Erbrochenem in der Raumesmitte, die wirklich nicht von schlechten Eltern war.

Blöde Kuh. Jetzt reicht's mir aber.

Bloß weil Spaßbremse Hagedorn bei einer Bürofeier noch nie über die Stränge geschlagen hatte und auch an diesem Abend mit gequältem Gesichtsausdruck neben dem Buffet gestanden war, als ob sie gerade eben mit einem Darmreinigungsfasten angefangen hätte und Börnie dieses hehre Unterfangen absichtlich mit ihrer Abschiedsparty unterlief, musste sie nicht die Petze spielen. Aber vielleicht war sie ja selbst scharf auf den Schönling. Laut der Gerüchteküche hatte die Hängebacken-Hagedorn eine Schwäche für festes Frischfleisch. Eigentlich unvorstellbar, aber angeblich gab es ja dieses Leben jenseits der fünfzig.

Verdammter Filmriss, dachte Börnie, *wenn ich mich nur erinnern könnte.* Sie nahm all ihre Restkonzentration zusammen und richtete sich auf. Es ging einfacher, als sie gedacht hatte. Sie fühlte sich irgendwie auch leicht. Und hatte immer noch keine Schwindelgefühle. Womöglich lag darin das Geheimnis eines wohltuenden Rausches: einfach auf die Shots verzichten und – unter Umgehung des Punsches für die Fußtruppen – nur die edlen Tropfen kippen, die für das obere Management parat standen. Aber ... Moment mal ...

Was ...?

Börnie hatte das Gefühl, sich nicht nur aufzurichten, sondern nach oben zu schweben, weiter und immer weiter, in Richtung der silberfarbenen Deckenstrahler.

Hui, ich bin eine Seifenblase.

Okay, sie war eindeutig nicht nüchtern. Als sie das Gefühl hatte, oben zwischen den Luftballonen an der Decke zu kleben, drehte sie sich um und sah ...

... sich selbst.

Auf dem Teppichboden in Firmenfarben liegend.

Und neben ihrem Körper kniete der lockige Lederjackenträger, der – von oben ließ sich das natürlich sehr gut sehen – noch volles Haupthaar ohne lichte Stellen hatte.

Unglücklicherweise sah man aus dieser Position auch, dass der freiliegende Busen nicht das Peinlichste war: Börnies Gesicht – also das der liegenden Börnie, nicht das der schwebenden – war enorm unschmeichelhaft wie zu einer Fratze verzogen, mit Schaum und Erbrochenem vor dem Mund, und ... Um Himmels willen, echt jetzt?! Sie hatte sich auch eingenässt. Das sah man, weil das Kleid hochgerutscht war und den fleckigen Slip freigelegt hatte. Immerhin der gute Spitzenslip, mitgebracht von der letzten Paris-Reise.

Was ...?, dachte Börnie erneut. *Habe ich gerade eine Komarausch-induzierte außerkörperliche Erfahrung?*

Sie schwor sich, künftig in Sachen Alkohol kürzerzutreten. Diesmal war es kein verkatert hingeworfenes Versprechen, diesmal war es ein ernst gemeinter Blutschwur: Ihre Zeit der Sauf-Eskapaden war von nun an definitiv vorbei, jawohl!

In diesem Moment richtete sich der männliche Leckerhappen auf und verkündete: „Bläulich verfärbte Haut, Geruch nach Mandeln. Ich bin mir ziemlich sicher, bei der Toten liegt eine Zyanidvergiftung vor."

Wen meint er damit? Etwa mich?

Börnie sah sich um. Außer ihr lag sonst niemand mit Schaum vor dem Mund auf dem Teppichboden in Firmenfarben.

Wie jetzt?

Vergiftet?

Und tot?

NEIN!

Um Börnie herum wurde es schwarz.

2

Wer lächelnd stirbt,
ist glücklicher tot

Als Börnie wieder zu sich kam, schwebte sie immer noch zwischen den Luftballonen. Direkt unter dem Lüftungsgitter, das – wie man von hier oben deutlich sah – dringend gereinigt gehörte. War das Schimmel? Eklig!

Börnie sah nach unten.

Neben der Börnie auf dem Teppichboden stand jetzt ein scheinbar geschlechtsloser Mensch in einem knittrigen weißen Ganzkörperkondom und verkündete: „Ich bin hier fertig, sie kann weg."

Was? Weg? Nein! Halt!

Börnie sauste nach unten. Ihrem Empfinden nach wie ein Bussard, der sich auf eine Maus stürzt. Über den Abbremsvorgang hatte sie sich dabei keine Gedanken gemacht. Das war aber auch egal, weil sie nämlich gar nicht wirklich stürzte, sondern in Zeitlupe glitt. Ihre Geschwindigkeitswahrnehmung stimmte nicht mit der Echtzeit überein. Vielleicht wegen des Blutalkoholgehalts. Oder aufgrund ihres kürzlich erfolgten Ablebens.

Ich bin nicht tot!, brüllte sie im Schneckentemposturzflug. *Hört mich keiner? Ich lebe noch!*

Unten angekommen, wollte sie sich in die weiße Plastikwurstpelle des Spurensicherers verkrallen, aber das war unmöglich. Sie konnte den Arm des Mannes nicht berühren, sosehr sie es auch versuchte. Ihre Hand glitt einfach durch ihn hindurch.

Ihr blieb jedoch keine Zeit, um das genauer zu analysieren. Zwei weitere Gestalten in Tatortschutzanzügen legten einen länglichen dunkelblauen Plastiksack neben ihrem Körper aus.

Hören Sie nicht? Ich bin noch da! Machen Sie Mund-zu-Mund-Beatmung! Herzmassage! Pumpen Sie meinen Magen aus! Holen Sie den Defibrillator aus der Kaffeeküche und defibrillieren Sie!

Börnie schaute sich verzweifelt um. Obwohl sie sich die Lunge aus dem Hals schrie, schien sie niemand zu hören. Der Rechtsmediziner nicht, die Spurensicherer nicht, die Polizisten in Zivil nicht, auch nicht der schnuffige Lederjackenträger, der mit dem Handy am Ohr am Panoramafenster stand, in die Nacht hinaussah und sich mit seinen langen Pianistenfingern über die Dreitagebartstoppeln strich.

Börnie eilte zu ihm hinüber.

Sie haben mich doch angefasst. Sie müssen doch gemerkt haben, dass ich noch warm bin. ICH LEBE NOCH!

„Nein, sie war bei meinem Eintreffen schon tot. Ja, Müller und Krawuttke nehmen gerade die Personendaten aller Anwesenden auf. Sie hat offenbar ihre Abschiedsparty gefeiert. Nee, kleiner Kreis, da sind wir zügig durch."

Börnie wollte ihn packen und schütteln, aber es war ein bisschen so, als wollte sie Wackelpudding packen – sie bekam einfach keinen festen Griff.

Mochte sie die Situation anfangs noch leicht belustigt betrachtet haben, machte sich jetzt Panik in ihr breit. Sie sah sich schon auf dem Seziertisch, sah den Gerichtsmediziner, der sich über sie beugte und ihr den Brustkorb aufsägte. So viel stand fest: Wenn erstmal ihre Innereien herausquollen, wäre sie gesichert tot. Wie konnte sie sich nur bemerkbar machen? Sie musste das verhindern!

Das darf doch alles nicht wahr sein.

Zwei Spurensicherer ratschten den Plastiksack auf.

Börnie eilte zu ihrem Körper zurück. *Nein! Keiner fasst mich an!*

Sie kniete sich auf den Teppichboden und wollte sich muttergluckenschützend über ihren Körper werfen, als sie sich zum ersten Mal von Nahem sah und innehielt. Von hier unten, gewissermaßen Gesicht an Gesicht und Auge in Auge, wurde ihr klar, was der Lederjackenträger schon längst begriffen hatte.

Was alle hier wussten.

Börnie schluckte. Selbst ein Medizinstudent im ersten Semester hätte angesichts des verätzten Mundraumes und der weit aufgerissenen, wenn auch blicklosen Augen den Tod festgestellt.

Und sogar ein absoluter Laie wie Börnie konnte bei der Inaugenscheinnahme nur zu einem einzigen Schluss kommen: Der Körper, der da vor ihr lag, war ganz eindeutig tot.

Mausetot.

3

Die dreckige Lache des Todes

Offenbar brauchte man auch als Geist eine Brille, wenn man einen Sehfehler hatte. Und dass Börnie jetzt ein Geist war, ließ sich ebenso wenig leugnen wie ihre Kurzsichtigkeit. Ihr „Ich", das immer noch dachte und fühlte und zu atmen schien, hatte keinen Körper mehr. Jedenfalls keinen lebendigen.

Börnie erhob sich hilflos und blieb mitten in ihrem Büro stehen. Sie sah zu dem Lederjackenträger, der hier offenbar das Sagen hatte. Er telefonierte immer noch vor dem Fenster. In diesem Moment fiel ihr auf, dass sie kein Spiegelbild hatte. Wie ein Vampir. In der Fensterscheibe spiegelte sich alles, vom Lederjackenträger über die Spurensicherer bis hin zu dem Plastiksack, in dem jetzt ihr Leichnam lag. Nur Börnie nicht.

Scheiße.

So hatte sie sich den Tod nicht vorgestellt. Wenn man tot war, hörte doch alles auf. Auch das Denken. Der Mensch war ein Konglomerat aus biochemischen Prozessen, und wenn diese Prozesse aufhörten, gab es keinen Menschen mehr. Nur noch eine verwesende Hülle. Und irgendwann nichts weiter als ein Häufchen Staub.

Davon war sie immer ausgegangen. Nicht einmal als Kind hatte sie an Engel geglaubt, die einen an die Hand nahmen und in den Himmel geleiteten. Tot war tot. Der Tod war ein Fakt des Lebens. Nur keine Gefühlsduseleien.

Wie damals, als ihr Hamster Schnubbel eines Morgens stocksteif im Laufrad lag und ihre Eltern ihn in einer feierlichen Zeremonie im Garten vergraben wollten. Stattdessen wickelte ihn Börnie kurzerhand in Küchenpapier und warf ihn in die Mülltonne. Oder als während ihres Studiums der zwei Meter hohe Gummibaum ihrer WG-Mitbewohnerin Britt verdurstete. Börnie hatte ihn während Britts Auslandspraktikums gießen sollen, das aber vergessen. Die vertrockneten Überreste hatte sie vom Nachbarn zerhäckseln lassen und für Britt einfach einen Geldschein für einen Ersatzgummibaum an der leeren Stelle deponiert, wo einst Helmuth gestanden hatte. Ja, Britt hatte den Gummibaum benamst. Helmuth. Mit h. Britt hatte seitdem nie wieder mit ihr geredet. Obwohl Börnie einen echt großen Geldschein spendiert hatte. Quasi ausreichend für drei Gummibäume. Plus Schmerzensgeld. Mal ehrlich, so ein Gummibaum war doch kein Schoßtier. Manche Leute waren einfach viel zu schneeflockig, oder?

Ganz kurz flackerte ein Gedanke in Börnie auf. Hm, war sie womöglich kein guter Mensch gewesen?

Aber da trat ein Schütterhaariger an den Lederjackenträger heran und meinte: „Du, Alexander, ein paar Leute sind besorgt, weil sie nicht nur den Punsch, sondern auch Champagner getrunken haben. Wie die Tote. Sie fragen, ob sie sich untersuchen lassen sollen?"

Der Gerichtsmediziner, der das mitbekommen hatte, lachte. „Wenn sie eine Zyanidvergiftung hätten, wären sie schon tot. Sind sie tot, Hasso?"

Der Schütterhaarige mit dem Schäferhundnamen legte eine kurze Pause ein, als würde er nachdenken. „Nein."

„Dann müssen sie sich keine Sorgen machen."

Börnie schmollte. Der Schampus war nicht für die Menge freigegeben gewesen. Wer von diesen Schnorrern hatte sich an ihm vergriffen? Und vor allem, wann? Als sie kurz auf der Toilette gewesen war?

„Es liegt kein Glas neben der Toten. Wo ist es?", fragte der Gutaussehende, der allem Anschein nach das Sagen hatte. Und Alexander hieß.

„Öhm ... alle Gläser, die wir hier vorgefunden haben, sind anderen Leuten zuzuordnen. Das von ihr fehlt."

Börnie war durch die Erkenntnis ihres eigenen Ablebens zu benommen, um mehr zu tun, als nur dazustehen und zuzuhören. Es war ohnehin alles zwecklos. Sie konnte sich nicht bemerkbar machen, sie konnte nichts anfassen, sie war ... ein Geist.

„Danke, Hasso. Es war also entweder ein vorsätzliches Tötungsdelikt und der Täter hat alle Beweise entsorgt ...", er zögerte kurz, „oder es war ein Selbstmord, und irgendwer hat die leeren Gläser weggeräumt und damit unabsichtlich das Beweismaterial vernichtet."

Der Gerichtsmediziner, offenbar in Plauderstimmung, rief fröhlich: „Das Kaliumsalz der Blausäure – also Zyanid – wird auch in der Kosmetikindustrie eingesetzt. Und wir sind hier in einer Kosmetikfirma."

„Dann war es womöglich ein Unfall?" Hasso strahlte. Der Vergleich mit einem Schäferhund, der ein im Garten vergrabenes Schweineohr gefunden hatte, bot sich an.

Der Gerichtsmediziner lachte. „Das hier sind die Verwaltungsbüros, da steht in der Kaffeeküche mit Sicherheit kein Kaliumsalzstreuer neben der Pfeffermühle. Aber die Leute hier hätten sich bestimmt Zutritt zu den Produktionsstätten verschaffen können."

„Apropos ... was das Champagnerglas der Toten angeht ... habt ihr im Geschirrspüler in der Kaffeeküche nachgesehen?", wandte Alexander ein, ohne einen Gesichtsmuskel zu verziehen. Er arbeitete wohl nicht zum ersten Mal mit Hasso und dem Gerichtsmediziner zusammen und war Kummer gewöhnt – der eine bemühte sich zu viel, der andere zu wenig.

„Äh ..." Der Schütterhaarige, der für die von ihm favorisierte Überkämmfrisur eigentlich viel zu jung war, guckte peinlich berührt. In einer Art Übersprungshandlung strich er sich ein einzelnes, marodierendes Haar auf der Schädeldecke glatt, wobei er es sich allerdings ausriss. Wenn er das öfter tat, war seine Schütterhaarigkeit nicht allein die Schuld seiner Gene.

Gell, blöd, wenn man nicht nur der Hässlichere, sondern auch der Dümmere ist, dachte Börnie ganz automatisch.

Spätestens jetzt musste sie sich eingestehen, dass schon deswegen kein Engel sie zu einer Wolke im Himmel geleiten würde, auf der eine Harfe auf sie wartete, die sie dann sphärenklängig klampfen konnte, weil sie nämlich schnurstracks in die Hölle käme. Um ihr Schandmaul im Fegefeuer der Läuterung mit heißer Seifenlauge zu reinigen.

„Kaffeeküche?", murmelte Demnächst-Glatzkopf Hasso. „Nee, da war ich noch nicht. Ich kümmere mich aber gleich darum."

Alexander sah zu Börnie – der Leiche, nicht der Geisteressenz – und murmelte etwas, das – frei nach Hamlet – wie „Mord oder Selbstmord, das ist hier die Frage?" klang.

Ich habe mich definitiv nicht umgebracht!, erklärte Börnie dem Gutaussehenden, weil er alle Fäden in der Hand hielt. *Ich bin überhaupt nicht der Typ für Selbstmord. Außerdem hatte ich doch gar keine Veranlassung für einen Freitod – mit meiner Karriere ging es steil bergauf!*

Weil er so gar nicht reagierte, brüllte sie mit aller Kraft: *Ich habe mich nicht umgebracht!*

Aber es war zwecklos – sie existierte für ihn nicht. Er trat in den Flur. Börnie wollte hinterher, um ihn wider besseres Wissen zu packen und zu schütteln, aber auf der Türschwelle prallte sie an einer Art unsichtbarer Glasglocke ab. Sie tastete sich daran entlang wie ein Pantomime, klopfte sogar dagegen. Ja, etwas schien sie von ihrer alten Realität zu trennen. Eine Art gläserner Käseglocke. Nur eben nicht aus Glas, sondern aus ... na ja, Unsichtbarkeit.

Das ist doch lächerlich, ich muss mich doch irgendwie bemerkbar machen können!

Börnie hatte Niederlagen noch nie einfach so hingenommen. Sie war eine Kämpferin. Aus den Augenwinkeln nahm sie einen Lichtpunkt wahr, der links oben aufploppte. Erst dachte Börnie, dass jemand die Strahler über ihrem Schreibtisch angeschaltet hatte. Allerdings war der Lichtpunkt viel kleiner. Anfangs. Doch er wurde stetig größer.

Nein!, rief es in Börnie.

Sie wusste, was das für ein Licht war. Das war das Licht am Ende des Tunnels, von dem man immer hörte. In dem Lichtkegel würden gleich verstorbene Verwandte auftauchen – geliebte Menschen, die sie im Jenseits begrüßen wollten. Oder, bei Börnies Glück, ihre verhasste Großtante Gudrun oder ihr ehemaliger Kommunikations-Professor, der herablassend lächelnd „Aha, doch nicht promoviert, ich wusste es" näseln würde.

Ich bin noch nicht bereit, rief Börnie dem Lichtkegel zu. *Ich muss denen irgendwie klar machen, dass es kein Selbstmord war. Und ich will wissen, wer mich ermordet hat!*

Sie drehte dem Licht demonstrativ den Rücken zu, als wäre die Sache damit erledigt. Aber sie konnte spüren, wie es in ihrem Rücken heller und irgendwie auch wärmer wurde.

„Alexander, wir haben jetzt die Personalien aller Anwesenden", sagte ein Uniformierter, der sich – unbemerkt von der abgelenkten Börnie – neben dem Chefermittler materialisiert hatte. „Sie warten im großen Besprechungsraum auf ihre Befragung."

Der Lederjackenträger nickte ihm zu. Alexander war offenbar mit allen per Du. Börnie fand, dass ihn das sympathisch machte. Sie mochte coole, lässige Typen.

„Entschuldigung?" Die Hagedorn jodelte Alexander von der anderen Seite des Flurs zu.

Er sah stirnrunzelnd zu ihr. „Ja?"

„Wie lange wird das hier noch dauern? Ich muss meine Katze füttern. Wenn ich ihre festen Fütterungszeiten nicht einhalte, bekommt sie Magenkrämpfe. Ich habe ein tierärztliches Attest." Sie klopfte auf die Tasche ihrer Twinsetjacke, als sei das Attest darin verborgen. Was durchaus der Fall sein mochte.

Wenn Börnie an die Hagedorn dachte, dann immer als warnendes Beispiel, wie sie mal nicht enden wollte: in einem Job ohne Aufstiegschancen, allein und altjüngferlich, umgeben von einer Katzenmeute, deren Anzahl vermutlich zweistellig war und die einen hemmungslos auffressen würde, sollte man im Fernsehsessel herzinfarkten.

Börnie seufzte. Dieses Ende immerhin war ihr erspart geblieben.

Sie hasste die Hagedorn und hatte sie auch gar nicht zu ihrer Abschiedsfete eingeladen. Aber natürlich hatte die Hagedorn extra Überstunden geschoben, um auch ja nichts zu verpassen. *Blöde Partycrasherin.*

Ermittler Alexander trat auf die Hagedorn zu.

Börnie – die das Licht in ihrem Rücken weiterhin konsequent ignorierte – wollte ihm ganz automatisch folgen, prallte aber wieder gegen die unsichtbare Wand. Einen verzweifelten Moment lang versuchte sie erneut, sich mit aller Kraft dagegen zu stemmen. Sie trat sogar mit dem Fuß gegen die Wand. Mehrmals. Und zunehmend heftig, weil sie merkte, dass man als Geist keinen Schmerz empfand. Sinnlos.

Es blieb ihr nichts anderes übrig, als sich der Tatsache zu fügen, dass sie den Raum nicht verlassen konnte. Resigniert ließ sie die Stirn gegen dieses unsichtbare Hindernis sinken.

Weil die Hagedorn und Alexander – alias Model-Schrägstrich-Ermittler – im Flur stehen blieben und nicht in das Vorzimmer vom Chef gingen, das Börnie immer als „Vorhof der Hölle" bezeichnet hatte, wobei nicht der Chef der Teufel war, sondern die Hagedorn, konnte sie das Gespräch verfolgen. Schalldicht war ihre Käseglocke also nicht.

„Wir müssen jeden und jede befragen, das verstehen Sie sicher", erklärte Alexander mit erstaunlich viel Charme, Geduld und Wokeheit.

Perlen vor die Sau, dachte Börnie.

Die Hagedorn besaß keine Rezeptoren für menschliche Nettigkeit. Wenn es sowas wie Erzfeinde im richtigen Leben und nicht nur in Operetten und Musicals gäbe, dann würde sich die Hagedorn für die Position als Börnies Erzfeindin qualifizieren.

„Natürlich, das verstehe ich", sagte sie jetzt spitz, „aber Sie verstehen doch sicher auch, dass ich eine Verpflichtung gegenüber meinen Katzen habe. Wenn Sie mich also freundlicherweise als Erste befragen könnten? Ich habe ohnehin nichts gesehen, was für Sie zweckdienlich wäre."

Der Gerichtsmediziner marschierte durch Börnie hindurch auf den Flur. *Sch...* Wäre sie nicht schon tot gewesen, der Schreck hätte ihr einen Schlaganfall beschert. Sie musste künftig besser aufpassen. Sie spürte zwar nichts, aber die Vorstellung, dass jemand durch sie hindurchging, verursachte ihr ungute, kalte Schauer.

Der Gerichtsmediziner rief Alexander ein fröhliches „Du kriegst meinen Bericht morgen Vormittag. Schönen Abend noch" zu und ging zum Aufzug.

Abend war einmal, mittlerweile herrschte tiefschwarze Nacht.

„Dann befragen Sie mich jetzt also?", hakte die Hagedorn nach.

„Sie sind ...?", fing Ermittler Alexander an.

„Beatrix Hagedorn. Ich bin die persönliche Assistentin von Herrn Schön." So, wie sie es aussprach, klang es, als sei sie die handverlesen ausgewählte Bettpfannen-Anreicherin Ihrer Majestät, der Queen von England.

An Alexander prallte die Prahlerei allerdings ab. „Aha. Und wer ist Herr Schön?"

Geschah der Hagedorn recht, dass Alexander sich mit Schönheitskonzernen nicht auskannte.

„Reginald Schön! Der Enkel unserer Gründerin! Der derzeitige Vorstandsvorsitzende von *Schön Cosmetics*!"

Die Hagedorn zeigte schräg hinter sich. Auch wenn Börnie es von ihrem Standort aus nicht sehen konnte, war ihr klar, dass die Hagedorn auf das riesige Ölgemälde zwischen den beiden Aufzugskabinen wies. Auf dem man Mechthild Schön mit Sohn und Enkel sah. Vom Maler – sicher derselbe, der schon das Einzelporträt der Gründerin schöngemalt hatte – so dermaßen weichgezeichnet, wie es kein moderner Fotofilter schaffen würde. In anderen Kosmetikunternehmen hingen Bilder schöner Menschen, die vermeintlich dank der Produkte des Unternehmens noch schöner geworden waren. Bei *Schön Cosmetics* waren sämtliche Büroräume und Korridore mit Bildern der Familie Schön bestückt, einzeln oder als Ensemble. Und der Name war nicht unbedingt Programm.

Seit seiner Gründung war *Schön Cosmetics* ein Familienbetrieb. Und auch immer noch im Familienbesitz. Betonung auf noch. Durch die Umbenennung von Schön Kosmetik in *Schön Cosmetics* durch den derzeitigen Schön-Chef war schon abzusehen, dass er seine Finger nach dem Weltmarkt ausstreckte. Nicht um ihn zu erobern, sondern um die Familienklitsche für einen Millionenbetrag aufkaufen zu lassen und sich dann auf eine Südseeinsel zurückzuziehen. Das war einer der Gründe, warum Börnie den Laden verlassen und sich bei der Konkurrenz beworben hatte. Bei einer Übernahme wurden Leute in ihrer Position immer geschasst, und sie wollte sich die Fäden für ihre Karriere nicht aus der Hand nehmen lassen.

„Frau Schön hat die Firma nach dem Zweiten Weltkrieg gegründet, um den Frauen wieder etwas Hoffnung auf eine bessere Welt zu geben. Die Schönheit der Welt fängt bei einem selbst an." Letzteres war der Erfolgsslogan der Firma. Dank eingängiger Musikuntermalung bei den Fernseh- und Radiowerbespots mit hohem Wiedererkennungswert. „Mittlerweile haben wir natürlich auch Produkte für den Mann. Obwohl die sich nicht so gut verkaufen. Nun ja, Frau Hess zeichnete für das Marketing dieser Reihe verantwortlich." Die Hagedorn sah zu dem Leichensack hinter Börnie, der gerade auf eine Trage gelupft wurde.

Blöde Kuh.

„Über die Toten nichts Schlechtes, ich weiß, aber ich gehe davon aus, dass Frau Hess hier im Haus nicht sehr vermisst werden wird. Sie war toxisch. Sehr negative Energie, gar nicht gut fürs Betriebsklima."

Toxisch?

Börnie fielen spontan ein paar Beleidigungen ein, die sie – weil niemand sie hörte – laut aussprechen konnte. Was in einer Pro-und-Contra-Liste zum Thema „Geist sein, ja oder nein?" definitiv als positiv zu vermerken gewesen wäre. *Blöde Schnepfe! Sumpfkuh! Trulla!*

Der Assistent, der so hieß wie ein Schäferhund – Ajax, Bello, Rex? –, kam zurück.

„Ich habe jemanden gefunden, der das Glas der Toten gesehen und am Lippenstiftrand erkannt hat. Ein Herr Bollmann. Er sagt, es ist im Geschirrspüler. Leider ist der von jemandem eingeschaltet worden."

Alexander fluchte verhalten.

„Das war ich", meldete sich die Hagedorn reuelos zu Wort. „Ich habe gesehen, dass er voll war, und habe ihn eingeschaltet. Eigentlich sind bei Bürofeiern die Austragenden dafür verantwortlich, dass es für die Putzkolonne möglichst wenig zu tun gibt, aber Frau Hess war sich für Aufräumarbeiten immer zu fein."

„Weil sie gern trank und in betrunkenem Zustand nicht daran dachte?", mutmaßte der Schäferhund auf zwei Beinen.

„Nein, auch im nüchternen Zustand wäre sie dazu nicht bereit gewesen. Rücksichtnahme auf andere lag nicht in ihrem Naturell." Die Hagedorn presste die ohnehin dünnen Lippen zu einem noch dünneren Strich zusammen.

Du dumme Wutz! Ich hätte für die Extraarbeit bezahlt! Das mache ich immer! Ich gebe immer Trinkgeld! Börnie echauffierte sich, aber weil sie das unter ihrer Käseglocke allein und nur für sich tat, verschaffte ihr das keine Erleichterung. Im Gegenteil, wie bei einem Schnellkochtopf mit kaputtem Überdruckventil drohte sie sekündlich zu explodieren.

Sie drehte sich nicht um, aber sie hatte das Gefühl, dass es hinter ihr dunkler wurde. Der Lichtkegel wurde offenbar wieder kleiner.

„Hasso, du hast den Geschirrspüler doch hoffentlich sofort ausgeschaltet, oder?", fragte das Herrchen vom Hundchen.

Hasso sagte nichts, eilte aber rasch zurück in die Kaffeeküche.

Die Hagedorn druckste herum. „Sagen Sie ... wenn das Glas mit dem Gift wirklich im Geschirrspüler sein sollte ... muss man das Gerät dann nicht entsorgen? Da bleiben doch sonst womöglich Reste an den Armaturen? Sie wissen schon ... Giftreste."

Für Börnie war spätestens jetzt sonnenklar, dass die Hagedorn ihre Mörderin war. Nicht nur, weil sie ihre Erzfeindin war, sondern auch, weil die Hagedorn schon seit geraumer Zeit zu jeder Budgetsitzung das Formblatt B22 für die Anschaffung eines neuen Hochleistungsgeschirrspülers eingereicht hatte. Möglicherweise war es weit hergeholt, dass sie Börnie vergiftet und das Giftglas anschließend in den alten Geschirrspüler gesteckt hatte, um so eine stichhaltige Begründung für die Neuanschaffung zu haben, aber gänzlich auszuschließen war es nicht. Fand Börnie.

„Ich kläre das mit unserem Rechtsmediziner, aber ich bin fast sicher, dass Sie sich da keine Sorgen machen müssen."

Die Hagedorn guckte enttäuscht.

„Sie haben also nichts bemerkt?", hakte Ermittler Alexander nochmal nach. „Hat jemand der Toten das Glas angereicht?"

„Nein. Sie hat sich immer selbst nachgeschenkt. Im Akkord. Im Grunde hätte sie sich gleich die Flasche an den Mund setzen können."

Börnie warf die Arme in die Luft. *Wer ist jetzt toxisch, du dämliche Giftspritze?*

„Schade. Nun gut, falls Ihnen noch etwas einfällt, dann melden Sie sich." Er reichte ihr seine Visitenkarte.

„Dürfen wir?", erklang in diesem Moment eine Baritonstimme hinter Börnie, und gleich darauf trugen zwei Männer die Trage mit dem dunkelblauen Plastiksack aus dem Büro. Und weil Börnie nicht rechtzeitig zur Seite trat, marschierten jetzt gleich zwei Personen durch sie hindurch.

Börnie schluckte schwer und atmete tief ein und aus. *Jetzt nur keine Panik. Ich weiß, was es ist: Ich träume!*

Aber sosehr sie sich auch in den Arm kniff, sie wachte nicht auf.

Das Licht am Ende des Tunnels schien zu flackern. Und als sie sich umdrehte, war der Lichtkegel verschwunden.

Börnie saß fest.

4

Im Wartezimmer der Ewigkeit.
Blöderweise ohne alte Zeitungen …

Langweilig.

Hätte man Börnie gebeten, ein kurzes Statement über das Dasein als Geist zu verfassen, so hätte es gelautet: *Total langweilig.*

Noch eine ganze Zeit lang wuselten Spurensicherer durch ihr Büro, aber Börnies Zeitempfinden schien ebenso tot wie ihre fleischliche Hülle. Irgendwann wurden die Jalousien geschlossen, was eine Tageszeitbestimmung verunmöglichte. Früher hätte Börnie auf ihrem Handy nachgesehen, aber das steckte in ihrem Blazer, und ihr Blazer steckte in einem Plastiksack in der Rechtsmedizin.

Dann verließen alle das Büro, das daraufhin abgeschlossen und versiegelt wurde.

Und dann saß Börnie da.

Erst auf ihrem Schreibtisch, dann auf dem Boden in der Ecke mit ihrem Aktenvernichter, dann quer über ihrem Besprechungstisch, dann auf der Couch, dann wieder auf dem Schreibtisch. Nie in ihrem Schreibtischstuhl, den hatte jemand weggekarrt. Börnie hatte vor lauter „verdammt, ich bin tot" nicht mitbekommen, wer. Vermutlich Gehrke aus der Buchhaltung. So scharf, wie die Hagedorn auf einen neuen Geschirrspüler war, so scharf war er auf einen ergonomischen Schreibtischstuhl aus der Chefetage. Und den Stuhl einer Toten wollte sonst bestimmt niemand haben.

Warum?, fragte sich Börnie ununterbrochen.

Sie hatte – außer der Hagedorn – keine Feinde, und die Hagedorn – das musste Börnie nach längerem Insichgehen zugeben – bekam ihren Kick eher durch alltägliche Verbalattacken, nicht durch Giftmord.

Börnie war auch keine steinreiche Frau, niemand profitierte finanziell von ihrem Tod. Weder Verwandte, die sie nicht mehr hatte, noch Freunde, die sie auch nicht hatte, weil sie zu Lebzeiten ein Workaholic gewesen war. Letzteres stellte immer noch ein Problem dar: Es trieb Börnie beinahe in den Wahnsinn, nichts tun zu können.

Ein Versehen!

Nach unzähligen Gedankenspiralen lief es für Börnie auf diesen Schluss hinaus: Es musste sich um ein Versehen handeln.

Woraufhin sie in einer neuen Grübelei-Untiefe versank: Wer war das eigentlich beabsichtigte Opfer? Keiner der Vorstände war ihrer Einladung gefolgt – immerhin hatte Oberchef Schön einmal kurz vorbeigeschaut, wenn auch deutlich gedankenverloren und geistig mit anderem beschäftigt, vermutlich dem anstehenden Konzernverkauf. Er hatte ihr zum Abschied die Hand um die Taille gelegt und ein Selfie mit ihr gemacht – oder auch nur ein Foto von ihrem Ausschnitt –, aber das war auch schon alles.

Ihre Kolleginnen und Kollegen waren allesamt harmlose Normalos, für die keiner einen Mord riskieren würde. Gut, um wieder auf die Hagedorn zu kommen, die war ein Eitergeschwür am Hintern der Belegschaft, aber reichte das als Grund aus, sie umzubringen? Selbst, wenn man darauf mit Ja antwortete – und Börnie war sehr versucht, das zu tun –, blieb zu bedenken, dass sich das Gift offenbar nicht in der Champagnerflasche befand, an der hatten sich ja mehrere Leute bedient, ohne Schaden zu nehmen, sondern in ihrem Glas. Wer hatte sich an ihrem Glas zu schaffen gemacht? Wer war ihr so nahegekommen, dass er unbemerkt Gift in ihr Glas hätte träufeln können?

Börnie grübelte weiter, aber es endete immer mit dem Filmriss.

Die Zeit zog sich wie ein durchgelutschter Kaugummi. Dummerweise dachte Börnie, die sich sonst immer mit Aktivitäten aller Art abgelenkt hatte, nun an all das, was sie verbockt, verpasst, versäumt hatte: Sie war stets ganz in ihrer Arbeit aufgegangen, hatte keine Hobbies gepflegt, bis auf die morgendliche Powergymnastik, die sie religiös sieben Tage die Woche auf ihrer Yogamatte im Schlafzimmer mit Hilfe der YouTube-Clips eines weiblichen amerikanischen Fitnessgurus betrieb. Und sie hatte sich im Grunde auch nur verlobt, weil sporteln und arbeiten allein zur Triebbefriedigung nicht ausreichte.

Sie hätte mehr reisen sollen. Mehr lesen. Mehr alles. Aber dafür war es nun zu spät.

Börnie seufzte. Das tat sie in dieser endlosen Warteschleife viel.

In der imaginären Pro-und-Contra-Liste fürs Geistsein musste in die Negativspalte der Umstand aufgenommen werden, dass man als Geist nicht müde wurde. Man war nicht einmal erschöpft genug für ein Nickerchen. Sehr ätzend.

Börnie fing an, durch das Büro zu tigern. Aber alles in allem war diese Warterei die Hölle.

Moment mal, ist das womöglich die Hölle?

War das mit dem Fegefeuer eine Marketinglüge? Wer als schlechter Mensch aus dem Leben schied, kam in ein Paralleluniversum der ewigen Warterei? Höllisch genug wäre das als Strafe. Hoffnungslosigkeit machte sich in Börnie breit.

Aber gerade als sie sich überlegte, ob man als Geist Selbstmord begehen konnte, und falls ja, wie genau, nahm ihr Totsein eine Wendung. Denn plötzlich – ein paar Tage später, ein paar Wochen später? – machte sich jemand an der Tür des Büros zu schaffen. Das amtliche „Tatort, nicht betreten"-Siegel wurde ratschend abgerissen. Ein Schlüssel wurde ins Schloss gesteckt und umgedreht.

Börnie, die auf der Couch saß, hob den Kopf.

Gleich darauf wogten zwei Leiber ins Büro.

„Jaaaa, oh jaaa, küss mich!" Sich überschlagender Sopran.

„Du machst mich kirre!" Tenor. Heiser geflüstert.

Obwohl sie im Rausch der Pheromone steckten, achteten die beiden darauf, die fleckige Stelle auf dem Teppichboden, an der Börnie ihr Leben ausgehaucht hatte, weiträumig zu umgehen. Als ob die Polizei einen Körperumriss gezeichnet hätte. Was aber nicht geschehen war.

Einander küssend und begrabschend stießen sie gegen den Schreibtisch.

„Es war doch bestimmt illegal, das Polizeisiegel aufzubrechen", keuchte die Frau.

„Das macht es ja gerade so aufregend", stöhnte der Mann.

Die leidenschaftlich verzerrten Stimmen, die wie mit Saugnäpfen aneinandergepressten Gesichter und die verknoteten Gliedmaßen machten eine Identifizierung im ersten Moment unmöglich.

Shakespeare hatte nicht zu Unrecht vom „Tier mit den zwei Rücken" gesprochen. Zwei Menschen im Prozess des Liebemachens – genauer gesagt: kurz vor einem High-Performance-Quickie – waren in der Tat ein nur schwer auseinanderzudividierendes, symbiotisches Zwitterwesen.

Börnie hätte auf den ersten Blick nicht zu sagen vermocht, um wen es sich handelte. Auf den zweiten Blick auch nicht. Aber der dritte ließ sie nach Luft schnappen.

Bei dem weiblichen Teil des Duos, dem gerade Bluse und BH vom Leib gerissen wurden – was nicht nur mit dem Einverständnis der Betroffenen geschah, sondern auch mit deren aktiver, nachgerade ungeduldiger Hilfestellung –, handelte es sich um Abteilungssekretärin Bine.

Der männliche Teil war Yannick Bollmann, der stellvertretende Marketingchef der Firma.

Nicht nur Börnies Subalterner, auch ihr Verlobter!

Das erklärte, warum er einen Schlüssel zu ihrem Büro hatte – Börnie hatte ihm den gegeben. Für genau solche Aktivitäten wie diese hier. Allerdings mit ihr und nicht mit der Abteilungssekretärin.

Dabei war Bine eigentlich eine Gute. Börnie hatte Bine immer gemocht. Sie ließ sich bestimmt nur vernaschen, weil in der Firma niemand von der Verlobung gewusst hatte. Sie also auch nicht. Techtelmechtel zwischen den Angestellten waren nicht gern gesehen und somit karrierehinderlich. Und zweifelsohne hatte Bine, gerade mal zweiundzwanzig, noch nicht gelernt, dass man einen Mann nie fragen sollte, ob er Single ist. Darauf bekam man so gut wie nie eine objektiv wahre Antwort. Die Frage musste stattdessen lauten: „Hör mal, bevor wir in die Kiste steigen – könnte es da draußen jemand geben, der den Eindruck hat, er wäre in einer Beziehung mit dir?"

Und dann fiel Börnie wieder ein, dass sie jetzt tot war und Yannick somit Witwer. Oder wie immer das bei Verlobten hieß. Jedenfalls war er frei, zu tun und zu lassen, was er wollte.

„Gib's mir!", verlangte Bine.

Yannick drehte sie um, drückte Bine gegen den Schreibtisch und setzte sein Bollermännchen an.

So pflegte er sein Teil natürlich nicht selbst zu nennen, das war Börnies Kosename für seinen Zipfel gewesen. Weil der gar so niedlich und klein war, auch im Aktivmodus, so wie jetzt. Wenn Physiker die Existenz des Bollermännchens nachweisen wollten, bräuchten sie dafür fast einen speziellen Teilchenbeschleuniger wie im CERN. Aber wenn man Miniaturen mochte, so wie Börnie, deren heimliche Leidenschaft es war, PEZ-Spender von Superheldinnen zu sammeln, dann war das natürlich gewissermaßen ein Plus.

Während unter viel Gejaule und Gestöhne das Bollermännchen seine Pumparbeit verrichtete, saß Börnie nur kopfschüttelnd auf der Couch. Sie war nicht verletzt, nicht einmal traurig. Yannick und sie hatten beide eine pragmatische Einstellung zur Liebe gepflegt und nie an die Existenz einer großen, exklusiven Mono-Beziehung geglaubt. Aber es mit der Abteilungssekretärin auf Börnies Schreibtisch zu treiben, während sie noch nicht einmal unter der Erde lag? Geschmacklos!

Wenn ich noch leben würde, würde ich einen Termin beim Augenarzt vereinbaren, weil ich keine Ahnung habe, was ich jemals in ihm gesehen habe.

Börnie verschränkte die Arme und köchelte vor sich hin. Sie wusste, es würde nicht lange dauern, das tat es bei Yannick nie. Sein Talent war nicht die Einsatzdauer, sondern die Einsatzhäufigkeit. Und die Unermüdlichkeit. Wie das Duracell-Häschen ...

„Oh ja, stärker, mein Hengst, stärker!"

„Yeehaw, du kleines, versautes Cowgirl!"

Börnie war keine Freundin von Sex-Gesprächen, bei ihr ging es immer stumm und dafür hochkonzentriert zur Sache. Außerdem fand sie das Keuch-Duett völlig übertrieben. Das kam davon, wenn man nicht regelmäßig Cardio trainierte.

Wie nicht anders zu erwarten, war gleich darauf Schluss. Yannick ließ sich schwer atmend auf den Rücken von Bine sinken.

Bine zog derweil etwas aus der Stiftablage auf Börnies Schreibtisch. „Ob ich den behalten darf? Der gefällt mir!"

Börnie konnte von der Couch nicht sehen, was Bine klauen wollte, aber da ihre Schreibtischplatte penibelst aufgeräumt war – Börnie hasste Unordnung und hatte ihre wenigen Sachen erst am Morgen nach der Party in einen Karton werfen und abholen wollen –, konnte es eigentlich nur einer ihrer teuren Füllfederhalter sein. Sie sollte den mit der Gravur „In Liebe, Dein Yannick" nehmen, den Yannick Börnie zur Verlobung geschenkt hatte.

Börnie schrieb nie mit Tinte, aber irgendwer hatte ihr zum Einstand in die Firma einen Füllfederhalter geschenkt – vermutlich Chef Schön – und seitdem wurde sie ständig damit beglückt: Zu ihrem Dreißigsten hatten alle Kollegen und Kolleginnen zusammengelegt und ihr einen geschenkt, zu Weihnachten bekam sie immer einen vom Chef, und dann das Verlobungspräsent von Yannick. Immerhin waren Füllfederhalter exklusiv und formschön – es hätte schlimmer sein können: Kaffeebecher mit „witzigen" Sprüchen oder Damenarmbanduhren.

Und obwohl Börnies Herz nicht an den Füllfederhaltern hing, fuchste es sie, dass Bine jetzt beherzt zugriff.

„Klar, nimm ruhig!", sagte Yannick, saugte sich in Bines Nacken fest und fummelte an ihren Brüsten herum.

Börnie rollte mit den Augen. Man unterschätzte Porno-Darsteller: Den Begattungsakt auch nur halbwegs so zu gestalten, dass sich das Zuschauen lohnte, war eine echte Leistung. Was Yannick und Bine da boten, fiel jedenfalls in die Kategorie Einschlafhilfe.

„Kannst du schon wieder?", gurrte Yannick.

Ohne Fernglas konnte Börnie von der Couch nicht ausmachen, ob das Bollermännchen erneut Hab-Acht-Stellung eingenommen hatte, aber wie sie Yannick kannte, war davon auszugehen. Gleich ging die krawallige Keuch-Parade also in die zweite Runde.

Börnie schloss die Augen und wünschte sich nichts sehnlicher, als dass man auch das Trommelfell zuklappen könnte ...

5

Wer Kopfhörer trägt,
pupst deswegen nicht lautlos

Gefühlt eine Million Jahre später ging wieder die Tür
auf.

Nicht nochmal, dachte Börnie. Wie viel Zeit mochte
vergangen sein, seit Yannick und Bine ihre Oberbeklei-
dung gerichtet, sich die Haare glattgestrichen und das
Büro verlassen hatten?

Als Geist hatte man ein völlig gestörtes Zeitempf-
finden – das musste der Jetlag nach der Reise in den
Tod sein. Jedenfalls hatte Börnie weitere Ewigkeiten
dumm herumgesessen: auf der Couch, auf dem Fuß-
boden, in der Ecke – nur nicht auf dem Schreibtisch.
Solange der nicht desinfiziert und mit einem Flammen-
werfer sauber gebrannt wurde, würde sie sich nicht
mehr auf ihm niederlassen.

Wenn sie wenigstens das im Wandschrank versteckte Fernsehgerät bedienen könnte, dann könnte
sie sich durch Dauerzappen von den Grübeleien ablenken, wie sie das immer getan hatte, wenn sie von
oben angeordnete Zwangsferien nehmen musste. Für
Börnie war ihre Arbeit immer das größte Glück gewesen, aber die Personalabteilung bestand auf Urlauben.
Wegen der Burnout-Gefahr. Oder weil es gesetzlich vor-
geschrieben war. Pö. Also war Börnie einmal im Jahr
an irgendwelche spektakulären Strände geflogen, hatte
ein paar Neid induzierende Fotos geschossen und auf
ihrem Insta-Account gepostet und fürs Büro eine Post-
karte geschrieben, die dann an die Wand im Sekre-

tärinnenpool mit all den anderen Urlaubspostkarten kam ... und hatte anschließend den Rest der Zeit damit verbracht, auf dem Hotelzimmerbett zu liegen, Room Service zu bestellen und exzessiv TV-Serien binge-zuwatchen. Manchmal nahm sie sich sogar Arbeit mit. Alles war besser als Urlaub. Börnie hasste die Sonne, die Strände, das Nichtstun.

Und auch jetzt saß sie höchst angefressen im War-tezimmer der Ewigkeit und fragte sich, warum sie so blöd gewesen war, nicht sofort ins Licht zu schreiten, als sie die Gelegenheit dazu gehabt hatte, nur weil sie unbedingt hatte herausfinden wollen, wer ihr das Le-ben genommen hatte.

Genau, wer war das gewesen?

Nicht nur die Zeit, auch ihr Denken legte eine End-losschleife ein.

Börnie runzelte die Stirn. Sie hatte ihre Karriere im Konzern immer zielstrebig verfolgt, war darüber zu einer Wölfin unter Wölfen geworden. Da trug natür-lich der eine oder die andere Bissspuren davon. Aber sie deswegen gleich umzubringen? Schwer vorstellbar.

Börnie wartete. Worauf, das wusste sie nicht. Wenn sie wenigstens eine Mütze voll Schlaf nehmen könnte. Aber das mit dem „großen Schlaf" war gelogen. Geister schliefen nicht. Sie wurden auch nicht müde.

Die. Zeit. Zog. Sich.

Dass ihre Warterei die 13,8 Milliarden Jahre, die das Universum bereits existierte, locker in die Tasche steckte, davon war Börnie felsenfest überzeugt.

Aber dann ging – wie schon konstatiert – die Tür zu ihrem Büro wieder auf.

Börnie gönnte sich keinen Hoffnungsschimmer. Zwecklos. Es war ja egal, wer da kam. Sie konnte sich ohnehin nicht bemerkbar machen. Aber aus lauter

Langeweile sah sie trotzdem zur Tür. Immerhin eine Abwechslung.

Es waren zwei Frauen aus der Putzkolonne, die jeden Morgen zwischen halb sechs und halb sieben die Büroräume reinigte. Erkenntlich an den türkisfarbenen Kitteln, die bis zur Mitte der Oberschenkel reichten und so grottenhässlich sackartig waren, dass sie selbst ein Supermodel entstellt hätten.

Die eine war zierlich und agil. Sie trug Ohrstöpsel und schoss wie ein Wirbelwind ins Büro. Mit wackelnden Hüften und Schultern – vermutlich lauschte sie Salsa-Weisen – quirlte sie als rhythmisierte Reinigungsfee durch den Raum.

„Wie das hier aussieht!", schimpfte sie dabei. „Man hätte uns viel früher reinlassen sollen."

Auf die Stelle, an der Börnies letzte Lebensflüssigkeiten in den Teppichboden eingedrungen waren und einen Fleck von undefinierbarer Farbe hinterlassen hatten, kippte sie eine halbe Flasche Reinigungsmittel. Während es einzog, wischte und fegte sie sich einmal quer durchs Büro, öffnete die Jalousien, schüttelte die Kissen auf der Couch aus, leerte den Mülleimer und auch den Inhalt des Papierschredders, neben dem Börnie wie ein schlaffer Sitzsack auf dem Boden saß.

Die andere brummte nur. Sie wirkte wie eine Naturgewalt – riesengroß, bestimmt einen Meter neunzig, stämmig, kantig. Und schwarz. Mit klobiger Herrenarmbanduhr und klobigen Schuhen. Aufgrund der Dreadlocks unter dem Kopftuch und der Kreolen tippte Börnie auf eine karibische Herkunft. Die Riesin schritt schnurstracks zum Fenster, verschränkte die Arme und starrte hinaus. So toll war die Aussicht eigentlich nicht, außer man war ein Fan von moderner Hochhausarchitektur.

„Der Dreck wird immer mehr, aber wir werden immer weniger." Die Kleine vermied es sichtlich, ihre Kollegin anzuschauen. Sie sah stattdessen angelegentlich auf den Teppichboden, als hätte sie ein schlechtes Gewissen. „Egal, das kriegen wir hin."

Die Kantige am Fenster hmpfte. „Verdammte Entlassungen!"

Börnie deduzierte messerscharf, welche der beiden von der Kündigungswelle weggespült werden sollte.

Die kleine Flotte schien es nicht zu stören, dass ihre Kollegin sie die ganze Arbeit machen ließ. Börnie kannte das – in jeder Gruppe fleißiger Bienen gab es immer mindestens eine Drohne, deren Höchstleistung allenfalls darin bestand, Dienst nach Vorschrift zu betreiben. Manche taten auch einfach gar nichts, bis sie aufflogen. Noch kurz vor ihrem Tod hatte Börnie einen Jungspund aus ihrer Abteilung entlassen, der für eine einzige Presseerklärung einen vollen Arbeitstag brauchte – und dann stellte man fest, dass er zu der Mitteilung über die neue Bodylotion die Fotos des Algenpeelings verschickt hatte.

Moment, hatte der sich rächen wollen und sie umgebracht? Börnie richtete sich auf. Aber nein. Ihr fiel wieder ein, dass er sich ein Freeclimbing-Sabbatical gegönnt hatte und momentan in irgendeiner Felswand in Colorado hing. Enttäuscht atmete sie aus.

Die kleine Agile hatte inzwischen alle Oberflächen feucht abgewischt. Sie holte von draußen einen Staubsauger, der fast so groß war wie sie selbst. Börnie rappelte sich vom Boden auf und ließ sich mit angezogenen Beinen auf der Couch nieder. Sie wollte nicht von dem großen Industriesauger weggesaugt werden.

„Maria, in dem Büro dürfen wir doch nicht saubermachen, das ist versiegelt!", rief eine körperlose Stimme auf dem Flur.

Maria mit den Ohrstöpseln saugte lustig weiter. Lustig und hüftschwingend.

„MARIA!!", donnerte es.

Die kleine Agile stockte, schaltete den Staubsauger aus, sah sich um und nahm einen der Stöpsel aus dem Ohr.

„Wir dürfen in dem Büro nicht saubermachen, das ist versiegelt!", wiederholte die Stimme aus dem Flur.

„Aber das Siegel war aufgebrochen, und die Tür war nicht verschlossen. Ich dachte, das ist ein Zeichen, dass ich saubermachen soll", rief die kleine Agile zurück. „Ich bin eh gleich durch, ich muss nur noch die Ecken saugen. Und den Fleck wegmachen."

„Maria, wir brauchen dich hier drüben. Und wenn alle vollen Einsatz zeigen würden, wären wir mit dem Stockwerk schon längst durch!"

Letzteres schien auf die Große am Fenster gemünzt, aber die rührte sich nicht von der Stelle. Sie starrte blicklos auf das Hochhaus gegenüber. Als ob sie das alles gar nichts anginge. Börnie fand, dass sie aufgrund ihrer muskulösen Kantigkeit von hinten wie ein Kerl aussah. Wie ein Kerl, der einem Baumstamm glich.

„Ich komme gleich." Die Kleine wollte den Sauger wieder anwerfen.

„Nein, Maria, komm da raus! Sofort! Und dass das Siegel an der Tür schon beschädigt war, müssen wir melden – sonst bleibt das wieder an uns hängen."

Maria brummte etwas Unverständliches, stöpselte ihren Earplug wieder ein und wuselte mit ihrem riesigen Hochleistungs-Staubfresser im Schlepptau davon. Die Tür blieb offen.

Man hörte ein Geräusch aus Richtung Fenster. Hatte die Frau gerade geschnaubt? Oder war das ein Schluchzer? Oder ein hungriges Magengrummeln, weil der riesige Körper Energienachschub brauchte? Oder ein Furz?

Blähungen kann man kontrollieren – entweder durch weniger Kohl und Zwiebeln in der Ernährung oder durch mehr Muskelbeherrschung, lästerte Börnie. Ihr war in Mitarbeiterfeedbackgesprächen unzählige Male „mangelnde soziale Kompetenz" vorgeworfen worden, nur weil sie sich weigerte, ein Blatt vor den Mund zu nehmen.

Und Sie haben die Arbeit echt auch nicht gerade erfunden.

Wie sich herausstellte, war das Geräusch ein „Pft!" gewesen. Die Kantige am Fenster wiederholte es nämlich. „Die haben mich gefeuert. Fristlos entlassen. Ist das zu fassen? Einfach so." Sie sagte es zur Aussicht, aber das Timing war dennoch spooky.

Sie drehte sich um. Von vorn sah man ihre Sommersprossen. Und ihre Mandelaugen. Sie hatte überhaupt ein sehr asiatisch anmutendes Gesicht. Wie ein Buddha. Oder der Dalai Lama. Nur in Schwarz. Und wenn die beiden einen Meter neunzig groß und eine Frau gewesen wären.

Äh ... wie meinen?, entfuhr es Börnie.

„Haben Sie etwa nie darüber nachgedacht, aus dem Fenster zu springen, weil einfach alles so dermaßen beschissen ist?" Die Große sah zu Börnie. „Vom Hochhaus zu springen wäre doch eine echte Alternative gewesen. Geht schnell und macht keinen Dreck."

Börnie schaute hinter sich, ob da jemand stand. Aber nein. Sie sah wieder zu der Riesin. War es ... konnte das wirklich sein?

Sie war viel zu verblüfft, um in aller Deutlichkeit klarzustellen, dass ihr Tod *kein* Selbstmord gewesen war. Sie legte den Kopf schräg. *Können ... Sie ... mich ... sehen?*

Die putzunwillige Putzfrau legte den Kopf ebenfalls schräg und meinte, nachgerade lästerlich: „Können Sie *mich* sehen?"

O mein Gott! Sie können mich sehen! Börnie sprang von der Couch. *Das ist total ... toll!* Sie strahlte über alle vier Backen. *Das muss an Ihrer Herkunft liegen! Da ist man sensibler für solche Dinge.*

„Was für eine Herkunft? Was glauben Sie denn, wo ich herkomme?"

Börnie ging lichtgeschwindigkeitsschnell die möglichen Kombinationen durch. Papa aus der Bronx, Mama aus Thailand? Papa aus Peking, Mama aus Nigeria? Schließlich platzte es aus ihr heraus: *Karibik?*

„Recklinghausen!"

Das erklärte dann auch die Ruhrpottfärbung im Sprachduktus.

Sorry, ich dachte nur, weil Sie doch offenbar Geister sehen können, müssten Sie was mit Voodoo zu tun haben.

„Ich bin katholisch. Streng katholisch!"

Auch egal, endlich konnte sie jemand sehen! Börnie freute sich mehr, als sie sich in ihrem ganzen Leben je über etwas gefreut hatte. Sie legte beide Hände auf den Teil ihrer Brust, wo sie ihr Herz vermutete, und seufzte erleichtert. *Ich bin Bernhardine Hess. Das hier war mein Büro.*

„Ich weiß. Ich hab hier immer geputzt." Die Große atmete schwer aus. „Aber dann wurde ich re-dun-dant."

Sie können mich sehen und hören! Börnie konnte nicht aufhören zu lächeln. Sie juchzte fast.

Die Gesichtszüge ihres Gegenübers blieben unbeweglich wie Granit. Börnies Fröhlichkeit war offenbar nicht ansteckend.

„Ich bin Jenny. Und ja, meine Großmutter mütterlicherseits stammte aus Haiti. Sie hat zwar immer bestritten, eine Voodoo-Priesterin zu sein, aber ..." Jenny zuckte mit den Schultern. „... wenn wir als Kinder nicht gehorchten, drohte sie mit Baron Samedi."

Wenn Sie wüssten, was es für mich bedeutet, dass Sie mich sehen können! Börnie, die sonst nicht dazu neigte, gefühlsduselig zu werden, versuchte, die in ihr aufgestiegene Rührung wieder nach unten zu drücken. Aber es war ein wenig so, als wolle man den Deckel eines Koffers, der eigentlich viel zu voll ist, schließen, und es half nicht einmal draufknien. Keine Chance – die Rührung gewann.

Wie ... wie können Sie mich sehen? Ich meine ... was genau sehen Sie? Wie erscheine ich für Sie? Bin ich für Sie ein schattenhafter Umriss? Eine nebelhafte Gestalt? Nur das undeutliche Gefühl einer Präsenz? Oder nehmen Sie Details wahr?

Jenny ließ ihren Blick einmal von oben nach unten und wieder zurück wandern. „Ich sehe Sie als weißes Laken. Mit einer schweren Eisenkette am Fußgelenk."

WAS? Börnie riss die Augen auf.

Jenny kicherte. Das Granitgesicht bröckelte. „Scherz! Jetzt machen Sie sich mal locker. Sie sehen ganz normal aus. Schwarzes Cocktailkleid mit nuttig tiefem Dekolleté, schwarzer Kurzblazer, Stöckelschuhe.

Bisschen unterernährt, wenn Sie mich fragen, aber das ist wohl Absicht."

Börnie, die enorm stolz auf ihre Größe 34 war (36 bei schmalen Schnitten oder Blähbauch), ließ diese Stichelei durchgehen. Sie war viel zu beglückt, endlich – endlich! – wieder wahrgenommen zu werden.

Sie müssen das melden! Sie müssen der Polizei sagen, dass ich hier bin! Und dass es definitiv kein Selbstmord war!

Jenny grinste breit. „Ich soll das melden? Gehen Sie das vor Ihrer inneren Bugs-Bunny-Parade bitte nochmal durch."

Was soll das denn heißen?

„Das soll heißen, wer immer bei Ihnen innerlich zensiert, was genau Sie aussprechen und was nicht, sollte sich das nochmal zu Gemüte nehmen. Ich sag's Ihnen echt nur ungern, aber ... Sie sind tot! Jeder, der behauptet, dass Sie noch da sind und reden und Forderungen stellen, wird von der Polizei in die Klapsmühle gesteckt."

Börnie atmete enttäuscht aus.

„Ich weiß, das muss bitter für Sie sein." Jenny zeigte Mitgefühl. „Sie sind auf Ihrer Abschiedsparty ermordet worden, stimmt's? Das ist hier seit Tagen das einzige Gesprächsthema. Na ja, das und die Einsparungswelle." Jennys Blick machte sich erneut auf Inspektionstour. „Dafür, dass hier eine Party stattgefunden hat, sieht es sehr ordentlich aus. Nur noch ein paar Ballons an der Decke. Sie müssten mal sehen, wie es nach Partys in der Buchhaltung aussieht – wie nach einer römischen Orgie."

Den Rollwagen mit den Getränken hat die Polizei mitgenommen. Beweismittel.

Jenny sah wieder zu Börnie. „Es ist offenbar was dran, dass man die Ewigkeit in dem verbringt, was man zum Zeitpunkt des Todes trägt. Da haben Sie nochmal Glück gehabt. Echt schick. Man sieht auch gar kein Einschussloch."

Warum sollte man denn ein Einschussloch sehen? Ich bin vergiftet worden!

„Ach ja? Hab ich nicht mitbekommen. Die Details haben mich jetzt aber auch nicht so interessiert." Jenny zuckte mit den kräftigen Schultern.

Tja, bestimmt haben die allermeisten Leute mich schon vergessen. Die Aufmerksamkeitsspanne der Menschen ist im Allgemeinen überschaubar. Und ich war auch nicht gerade besonders beliebt. Glaube ich. Oder? Börnie hoffte auf Widerspruch, der auch kam, aber nicht so, wie sie sich das insgeheim gewünscht hatte.

„Na, ich weiß nicht ... an das, was vor drei Tagen passiert ist, können sich die meisten schon noch erinnern. Wir sind ja keine Goldfische mit Fünf-Minuten-Gedächtnis."

Ich bin erst seit drei Tagen tot?

Jenny nickte. „Was haben Sie denn gedacht? Hundert Jahre Dornröschenschlaf? Dann hätte Sie ein Prinz wachküssen müssen. Ich habe hier nur geputzt. Und – damit das klar ist – ich habe Sie nicht angefasst!" Sie ließ sich schwer auf die Couch sinken und legte die Baumstämme, die sie als Beine hatte, auf dem Couchtisch ab. „Fristlos entlassen! Das ist so unfair. Wegen ‚zu langsamem Arbeiten'. Ein ganz mieser Vorwand – ich habe die Zeitvorgaben nie überschritten. Aber die haben mir als Einziger immer ‚Sonderaufgaben' gegeben, und ich habe irgendwann gesagt, dass ich nur noch das mache, was in meinem Arbeitsvertrag steht! Ich wurde

als Reinigungskraft eingestellt, nicht für Botendienste."
Sie brummte gefrustet. „Ich sage Ihnen was: Meine
Zeit als Servicekraft ist vorbei – ich putze nie wieder!
Nie wieder, das ist ein heiliger Blutschwur! Ich werde
nie wieder reagieren, wenn jemand mit den Fingern
schnippt und zu mir sagt: Mach mal. Ab sofort bin ich
meine eigene Herrin. Ich werde was Neues machen.
Meine Grenzen austesten."

Börnie hörte nur mit halbem Ohr zu. Irgendwas
von Entlassung und unfair und was Neues anfangen,
blablabla.

Weiß man immer noch nicht, wer mich ermordet hat?

Jenny starrte auf ihre Beine und atmete schwer aus.
„Soweit ich weiß, nein."

Börnie brummte in sich hinein. Schönling Alexander schien offenbar kein besonders pfiffiger Ermittler
zu sein. Nach drei Tagen wurde doch die Spur kalt.
Warum konnte er noch nicht mit einem Ergebnis aufwarten? Das ärgerte Börnie, der immer daran gelegen
war, der Welt zu beweisen, dass man schön *und* klug
sein konnte. Wie sie selbst.

Dann müssen Sie mir helfen!

„Wie bitte?" Jenny sah auf.

Sie müssen aktiv werden und meinen Mörder finden!

„Ich höre wohl nicht recht."

*Sie haben doch eben gesagt, dass Sie fristlos entlas-
sen wurden. Dann haben Sie also jede Menge Zeit. Und
Sie brauchen Geld. Ich kann Sie bezahlen!*

„Mit was denn? Mit toten Banknoten, die ein Zom-
bieleben als Geisterscheine fristen?" Jenny kicherte.
Sie amüsierte sich offenbar köstlich.

*Mit echtem Geld. Ich habe einiges an Bargeld in
meiner Wohnung. Und ich wäre Ihnen wirklich dankbar, wenn Sie mich nicht als Entertainmentnummer be-*

trachten würden. Ich wurde ermordet. Das ist kein Spaß! Und ich will wissen, von wem, sonst finde ich keinen Frieden!

Jenny grinste immer noch. „Und wenn ich nein sage? Wollen Sie dann damit drohen, mir ständig hinterherzuspuken?"

Börnie grummelte. Genau daran hatte sie gedacht.

„Hören Sie mal, ich verstehe Sie ja. Wenn man mich ermordet hätte, würde ich auch wissen wollen, wer das war. Aber was Sie brauchen, ist ein James Bond. Ich gäbe nichts weiter als einen lausigen Inspektor Clouseau ab!"

Jenny war anscheinend Filmfan. Das traf sich eigentlich gut. Börnie war das auch gewesen. In ihren Zwangsferien.

„Außerdem bin ich Amateurin. Und wir haben ja auch gar nicht mehr genug Zeit."

Börnie stemmte die Hände auf die Hüften. *Ich habe keine Ahnung, welchen Stundenlohn Privatdetektivinnen bekommen, aber mein Erspartes reicht definitiv aus, gleichgültig, wie lange Sie für die Ermittlung brauchen.*

„Ich rede nicht vom Geld. Ich rede vom Zwischenzustand." Jenny nahm die Beine vom Tisch und richtete den Oberkörper auf. Die typische Haltung eines Menschen, der gleich einen Vortrag halten wollte. Sie fuhr auch – tada! – oberlehrerinnenhaft ihren Zeigefinger aus. „Im *Tibetischen Totenbuch* steht, dass der Mensch nach dem Tod noch ein paar Tage in der irdischen Sphäre weilt, um nochmal gedanklich alles durchzugehen und sich auf die Wiedergeburt vorzubereiten. Aber dann wird man in das Rad der Wiedergeburt gesogen und irgendwo anders als Baby wieder ausgespuckt. Sie haben folglich nicht endlos Zeit für Ihre Mördersuche."

Bloß weil es irgendwelche Tibeter glauben, muss es nicht wahr sein, lästerte Börnie. Komisch, dachte sie, als ich noch lebte, ist mir nie aufgefallen, wie gehässig ich sein kann. Börnie räusperte sich. *Entschuldigung, ich wollte Ihren religiösen Gefühlen nicht zu nahe treten. Es kommt mir nur alles so ... surreal vor.*

„Schon okay. Ich weiß, wie verrückt das klingt. Und ich bin auch keine Buddhistin, obwohl mein Opa väterlicherseits halb Chinese, halb Tibeter war. Aber der hat wohl mehr an den großen Vorsitzenden geglaubt als an den immerwährenden Zyklus des Seins. Es gibt nur ein einziges Foto von ihm, und darauf trägt er stolz sein Mao-Jäckchen. Peinlich. Wie auch immer, ich bin einfach nur Single mit viel Freizeit und lese gern. *Krieg und Frieden, Das Kapital,* alle *Harry-Potter*-Bände ... da bleibt halt was hängen."

Börnie bemühte sich sehr um einen Gesichtsausdruck, der ihr Erstaunen über eine Putzfrau, die offenbar deutlich belesener war als sie selbst, möglichst nicht verriet. Sie war in der kurzen Zeit ihrer Bekanntschaft mit Jenny schon in genug Fettnäpfe getrampelt.

„Worauf ich eigentlich hinauswill ..." Jenny lehnte sich wieder zurück. „Sie brauchen mich nicht. Suchen Sie sich einen Profi."

Wie denn? Ich komme hier doch nicht raus!

„Wer sagt denn das? Sie kommen doch überall hin. Die ganze Welt steht Ihnen offen. Wie in der Serie *Bezaubernde Jeannie*. Arme übereinanderlegen und einmal zwinkern, schon sind Sie dort."

Ach ja? Glauben Sie, das hätte ich nicht schon längst versucht? Für wie blöd halten Sie mich? Börnie verschränkte die Arme und zwinkerte. Mehrmals und schmierenkomödiantisch übertrieben. *Sehen Sie ... nichts!*

Jenny stand auf. „Sie geben sich ja gar keine Mühe. Es ist wie beim Geräteturnen – wenn man überzeugt ist, dass man's nicht kann, dann hängt man natürlich wie ein nasser Sack am Stufenbarren. Kommen Sie, wir probieren das jetzt aus."

Jenny lugte aus der Tür, die von Maria nicht wieder geschlossen worden war, sah erst nach links und dann nach rechts. „Die Luft ist rein. Wir wollen ja nicht, dass Sie sich in einem Menschen materialisieren. Also gut, schauen Sie zu mir." Sie trat mittig in den Flur. „Schließen Sie die Augen, denken Sie an mich, und visualisieren Sie mit Gefühl, dass Sie direkt vor mir stehen."

Börnie schnaubte. *Das ist doch albern.*

Jenny presste die Lippen aufeinander. „Soll ich Ihnen jetzt helfen oder nicht?" Das „undankbares Pack" sprach sie nicht aus, aber ihr Laserblick suggerierte es.

Also schloss Börnie die Augen. Sie dachte an Jenny und an Kernseife und an Kehrwoche … und als Börnie die Augen wieder öffnete, stand sie – Tusch! – unverändert immer noch an Ort und Stelle.

„Wovor haben Sie denn Angst?", rief Jenny aus dem Flur, noch bevor Börnie störrisch *Hab ich doch gewusst!* sagen konnte. „Glauben Sie, Sie könnten versehentlich mitten in der Wand stecken bleiben? Und selbst wenn, Sie sind tot. Mehr als tot geht nicht!"

Diesem Argument konnte Börnie nichts entgegensetzen. Sie schloss die Augen erneut, atmete fest aus, stellte sich vor, wie sie vor Jenny stand, und …

… hatte sich immer noch keinen Millimeter bewegt.

„Sie strengen sich zu sehr an", kritisierte Jenny. „Das Geheimnis besteht darin, loszulassen. Wie bei der progressiven Muskelrelaxation. Sie müssen ganz leicht und locker werden."

Börnie schnaubte. Dann ließ sie ihre Schultern kreisen, zählte auf zehn, atmete tief aus, schloss die Augen, dachte an Feenstaub und Einhörner, weil das ihre Vorstellung von Visualisierung war, riss sich zusammen, dachte an die Kopftuch-Dreadlock-Riesin in der Kittelschürze und ...

... stand auf einmal direkt vor Jenny. So nahe, dass sich ihre Nasenspitzen berührt hätten, wären sie gleich groß gewesen. Da Börnie deutlich kleiner war, schwebte ihre Nase stattdessen über Jennys Vorbau.

Börnie sprang automatisch einen Schritt zurück.

„Sehen Sie, geht doch!" Jenny grinste triumphierend. „Sie packen das! Totsein ist eben ein Lernprozess. Wie alles andere auch."

6

Eins, zwei, drei, im Sauseschritt eilt die Zeit. Wir eilen – nicht – mit.

Das ist soooo geil!, jubilierte Börnie, als sie gleich darauf im Allerheiligsten stand – dem Chefbüro von Reginald Schön. Normalerweise durfte man nur hinein, wenn man herbeizitiert wurde. Und immer musste man an Vorzimmerdrachen Hagedorn vorbei.

All das gehörte für Börnie von nun an der Vergangenheit an. Sie hatte die Augen zusammengekniffen und an Schön gedacht, hatte noch gehört, wie Jenny rief, dass das mit dem Liderschließen nicht dazugehörte und sie sich auch sehenden Auges teleportieren konnte, schon stand sie in dem luxuriösen Eckbüro mit der phänomenalen Aussicht auf die Uferpromenade und den Sonnenaufgang.

Schön saß an seinem überproportionalen Schreibtisch vor einem Laminiergerät und laminierte etwas in Visitenkartengröße. Er arbeitete hochkonzentriert. Seine Zungenspitze lugte zwischen den etwas zu prallen, womöglich aufgespritzten Lippen hervor.

Es kam tatsächlich öfters vor, dass Schön schon im Morgengrauen sein Büro aufsuchte. Wenn er die Nacht mit irgendwelchen Mädels und Saufkumpanen durchgefeiert hatte und nur schnell nachsehen wollte, ob es irgendwas zu unterschreiben gab, bevor er sich dann nach Hause fahren ließ und den Tag über durchpennte.

Bestimmt laminiert er gerade das Safeword für seinen Escort Service, sonst würde er das doch von der Hagedorn erledigen lassen, dachte Börnie, die Schön ekelhaft fand und es für keine Summe der Welt mit ihm treiben würde.

Dann dachte sie wieder an Jenny und stand quasi im selben Moment vor ihr. Als ob Scotty vom *Raumschiff Enterprise* sie mal eben schnell von Ort zu Ort beamen würde. Beste Reisemethode ever!

Das ist soooo geil, freute sich Börnie demzufolge noch einmal.

„Und? Wo waren Sie?"

Im Chefbüro. Ohne Vorladung, einfach so. Weil ich es kann! Ha!

Börnie schnipste mit den Fingern.

Jenny schüttelte den Kopf. „Sie kommen schneller als das Licht an jeden Ort des Erdballs, und Sie entscheiden sich für das Büro Ihres Chefs?"

Börnie hörte ihr gar nicht zu. Wie immer, wenn sie etwas Neues gelernt hatte, wollte sie die Errungenschaft sofort perfektionieren. Oder noch toppen.

Sie ging zu ihrem Schreibtisch und erklärte: *Ich werde jetzt diese Tischleuchte anheben.*

Börnie versuchte, die Schreibtischlampe zu packen. Pustekuchen! Ihre Hände fuhren einfach durch Hartplastik und Metall hindurch.

Okay, dann fange ich mit etwas Kleinerem, Leichterem an.

Börnie versuchte, nach einem der Füllfederhalter zu greifen. Zwecklos. Sie kniff die Augen zusammen, konzentrierte sich und wagte sich an einen neuerlichen Versuch. Nope. Nada. Keine Chance.

Warum geht das nicht?

Genervt fuhr Börnie mit der Hand durch die Schreibtischplatte. Wenn etwas nicht beim ersten Anlauf funktionierte, brannten bei ihr gern mal die Sicherungen durch. Erschwerend kam hinzu, dass sie nicht mehr mit der Faust auf den Schreibtisch donnern konnte, um ihrem Ärger Luft zu machen.

Das ist doch Kacke. Ich stelle mir ganz fest vor, wie ich den Füller in der Hand halte, aber nichts passiert!

„Sie sind selten dämlich", merkte Jenny an, die ihr ins Büro gefolgt war. „Man fragt sich schon, warum Sie es in die Chefetage geschafft haben und ich Putzfrau wurde."

Börnie funkelte sie finster an. Aus Prinzip. Insgeheim keimte aber sowas wie Hochachtung vor dieser taffen Putze in ihr auf. Sie waren sich verdammt ähnlich, und Börnie respektierte Taffheit.

„Wenn Sie sich als Geist durch Materie hindurchbewegen können, dann können Sie nicht gleichzeitig erwarten, dass Sie Materie greifen können", erläuterte Jenny in Erklärbär-Manier. Geistsein für Dummies.

Warum nicht? Ich kann doch auch ... Börnies Stirn legte sich in Falten. Sie wollte mit einem ähnlich gearteten Beispiel aufwarten, aber ihr fiel nichts ein. Außer ... *Ich kann doch auch auf einem Stuhl sitzen. Wenn es nach Ihnen ginge, müsste ich doch einfach auf den Boden plumpsen. Und durch den Boden in den Stock darunter und* ...

„... und immer so weiter, bis Sie im Erdkern ankommen?" Jenny schüttelte den Kopf. „Keine Ahnung, warum man als Geist sitzen, aber nicht greifen kann. Vielleicht sitzt man gar nicht wirklich, aber weil Beine und Po sich noch ans Sitzen erinnern, schwebt man über dem Stuhl in der Luft, als würde man sitzen?"

Hä? Das ist doch hochgradig ... Börnie war sauer. Nicht wirklich auf Jenny, auch wenn sie es an ihr ausließ, sondern auf sich selbst, weil sie sich zu ihren Lebzeiten kein derart umfassendes Wissen angelesen hatte.

„Pst!" Jenny legte einen Finger an die Lippen. „Da kommt wer."

Automatisch pressten sie sich beide an die Wand. Bis Börnie wieder einfiel, dass es mit Sicherheit nicht noch jemanden in der Firma gab, der Geister sehen konnte. Sie lugte aus der Bürotür.

Draußen füllten sich die Kuben des Großraumbüros mit den Frühaufstehern.

Also gut, irgendwo da draußen ist mein Mörder. Wir ermitteln jetzt.

„Nein."

Schön, wir gehen erst in meine Wohnung, Sie bekommen mein Erspartes, und dann ermitteln wir.

„Nein."

Jenny verschränkte wieder die Arme. Sie sah aus wie ein Türsteher, der einen Nerd in Karo-Pullunder nicht in einen angesagten Danceclub lassen wollte.

Sie können mich doch nicht einfach hängen lassen?

Jenny seufzte. „Das ist doch keine böse Absicht meinerseits. Ich bin einfach nicht die Richtige, um Ihren Mörder zu finden. Das ist doch auch Quatsch. Sie brauchen einen Profi."

Wie soll das denn gehen? Mich sieht doch keiner! Börnie riss unmutig die Arme hoch. *Nur Sie können mir helfen! Sie müssen meine Dolmetscherin sein und für mich mit den Lebenden reden.*

Jenny bockte wieder. „Ich will aber keinen Mörder suchen. Ich hasse alles, was mit Gewalt zu tun hat. Ich schau mir nicht mal Krimis im Fernsehen an." Sie schob die Unterlippe vor. „Sie brauchen jemand anderes. Jemanden wie die *Ghostbusters*, nur in echt. Ein Schnüffler mit einer sensiblen Antenne. Warten Sie mal ..." Jenny kratzte sich am linken Ohr. Der Kreolenohrring hüpfte. „Da fällt mir was ein. Dolmetscher für die Toten, das habe ich neulich erst gehört!" Sie tigerte auf und ab. „Wo war das nur? Im Radio. Nein. Im Fernsehen. Nein. Doch! Im Radio. Genau!" Abrupt blieb sie stehen. „Und zwar auf diesem Lokalsender. *Radio Lokalwelle.* Den Sender habe ich vor kurzem für mich entdeckt und für gut befunden. Die machen Talkradio. Da kommen den ganzen Tag Menschen wie du und ich zu Wort. Zu den unterschiedlichsten Themen."

Börnie machte eine genervte Handbewegung. *Kommen Sie zur Sache. Helfen Sie mir nun oder nicht?*

„Nicht." Jenny verschränkte wieder die Arme. „Sehen Sie mich doch an, ich bin diplomierte Hygienemanagerin, aber die Leute sehen nur eine Putzfrau in mir. Noch dazu eine mit Migrationshintergrund. Wer würde einer *Putzfrau* ..." Sie malte mit den Fingern Gänsefüßchen in die klimatisierte Büroluft. „... schon was erzählen? Außerdem übersehen die meisten Leute das Servicepersonal, auch mich. Und das kommt bei meinen Ausmaßen schwarzer Magie gleich." Jenny schüttelte den Kopf. „Nein, eine Putzfrau ist nicht das Richtige für eine Mörderjagd."

Sie könnten ja vielleicht Ihren Kittel ausziehen? Börnie zuckte mit den Schultern, obwohl sie genau wusste, worauf Jenny hinauswollte. *Hören Sie, ich brauche Ihre Hilfe. Ich kann das nicht allein. Und die Polizei kann mir nicht helfen. Bitte!*

Jenny atmete aus. „Ich würde Ihnen echt gern helfen. Aber was Sie brauchen, ist jemand, der den Detektiv spielen und sowohl mit den Lebenden als auch mit den Toten kommunizieren kann."

Da wäre es doch leichter, eine Eier legende Wollmilchsau zu finden.

Jenny lächelte. „Möglicherweise nicht. Ich habe da nämlich schon jemand im Sinn. Kommen Sie. Ich bringe Sie zu jemand, der mit den Toten reden kann!"

7

Madama Arkana
Bitte nicht klingeln – ich weiß, dass Sie da sind!

Der Begriff Geisterfahrerin bekam für Börnie eine völlig neue Bedeutung. Um nicht zu sagen: Dimension.

Es hatte etwas herrlich Subversives für sie, als Schwarzfahrerin im Bus zu sitzen. Sie hatte Jenny ihren Porsche angeboten, der in der Tiefgarage von *Schön Cosmetics* stand, aber Jenny besaß keinen Führerschein. Wie konnte man ohne fahrbaren Untersatz überleben? Börnie realisierte, dass es ein Paralleluniversum zu dem gab, in dem sie gelebt hatte – ein Kosmos, in dem sich die Leute nicht nur kein Luxuscabrio leasen, sondern nicht einmal einen Führerschein leisten konnten. Das hatte sie natürlich immer gewusst, aber hautnahen Kontakt mit Wesen aus diesem Universum hatte sie bisher nicht gehabt. Sie nahm sich vor, Jenny den Porsche zu vererben. Dafür musste aber erst noch ein Testament gefälscht werden, weil sie selbst nie eins verfasst hatte. Wie man ein Flugticket ja auch erst kurz vor Reiseantritt kaufte und nicht prophylaktisch, nur für den Fall der Fälle, dass man in dreißig Jahren wegfliegen wollte. Börnie hatte sich nie vorstellen können, einmal zu sterben.

Der Tod war etwas, das anderen zustieß.

„Da vorn muss es sein."

Von der Bushaltestelle waren es nur wenige Schritte bis zu dem Gartentor vor einem völlig durchschnittlichen Einfamilienhaus am Stadtrand. Nicht am guten

Stadtrand, wo die Jugendstilprachtvillen der Banker, Politiker und Konzernerben standen, sondern am sozialen Brennpunktrand, wo sich in den kernsanierungsbedüftigen Reihenhäusern aus den sechziger Jahren zu viele Familienmitglieder auf engstem Raum tummelten. Die Stadtverwaltung hatte den Fehler begangen, Ghettobildung zu favorisieren, und so gab es hier im Viertel ethnisch strikt getrennte Kommunen. Aus den älteren Männern zu schließen, die im Nachbarvorgarten in Shorts über Krampfaderbeinen und Netzhemden, aus denen graue Haarbüschel quollen, neben einem Billig-Bratrost standen und Würstchen der Verkokelung anheimgaben, befanden sie sich hier im Hoheitsgebiet der volksgruppenübergreifenden Unterart der Hobby-Griller.

„Guten Tag", rief Jenny höflich, während sie die Rauchschwadenzone zügig passierte, aber die Männer beachteten sie weiter nicht. Jennys kantiger Körperbau veranlasste die Kerle offenbar nicht zu Pfeifkonzerten. Vielleicht vermuteten sie in ihr eine „Kampflesbe".

Börnie hatte Mitleid mit Jenny. Wenn sie selbst noch leben würde, wären den Kerlen die Augen übergegangen. Sie hätten bei ihrem Anblick gepfiffen und gejohlt, und Börnie wäre wie ein Model auf dem Catwalk an ihnen vorbeigeschritten – äußerlich, als ob sie kein Wässerchen trüben könnte und die Männer gar nicht bemerkte, innerlich triumphierend. Wohin sie auch kam, sorgte sie für Aufsehen. *Hatte* sie für Aufsehen gesorgt. Das war – je nach Tagesstimmung – entweder ärgerlich oder vermittelte ihr das wohltuende Gefühl, Macht über die Kerle zu haben.

Aber keiner der Typen war offenbar medial veranlagt, und so bemerkte sie auch keiner. Es pfiff nur eine Amsel im Geäst des einzigen Baumes.

Börnie stöckelte Jenny hinterher. Die stand schon vor der Haustür, neben der ein altmodischer Hexenbesen lehnte.

MADAMA ARKANA – BITTE NICHT KLINGELN, ICH WEISS, DASS SIE DA SIND, stand auf einem Messingschild. Das klang vielversprechend.

Jenny baute sich mit verschränkten Armen auf, ohne zu klingeln. Sie glaubte offenbar wirklich an ein Universum unendlicher Möglichkeiten.

Börnie bemerkte dagegen die Kamera, geschickt versteckt neben der Außenwandleuchte rechts oberhalb der Tür. Man brauchte keine paranormale Begabung, wenn man moderne Überwachungstechnologie einsetzte.

Was ist jetzt, klingeln Sie endlich!, verlangte Börnie. Sie war der personifizierte Zweifel. Paranormalität war ihrer Meinung nach nichts weiter als Humbug. Allerdings hatte sie auch nie an Geister geglaubt – und jetzt war sie einer. Hm, wenn es Geister gab, gab es dann auch Engel? Wiedergeburten? Oder, gulp, die Hölle?

Jenny rührte sich nicht. „Die Frau ist alt, geben Sie ihr etwas Zeit. Vielleicht hat sie sich gerade einen Tee gemacht."

Einer der Männer vom Grill zog eine Quetschkommode hervor und spielte eine alte Volksweise. So klang es zumindest. Jemand fing an, in hohem Falsetto dazu zu singen. Es roch nach verbrannter Wurst. Die Männer standen auf „gut durch".

Börnie sah sich um. Sie hatte etwas mehr übersinnliche Paraphernalien erwartet – bunte tibetische Gebetsfähnchen an einer Wäscheleine, Steinskulpturen hinduistischer Gottheiten zwischen den Buchsbäumen, halluzinogene Pilze, Hexenkräuter und Orakelpflanzen. Aber das Reihenhäuschen mit seinem englischen Rasen strahlte biedere mitteleuropäische Gemütlichkeit aus. Na, bestimmt nahm Madame Arkana nur Rücksicht auf die Nachbarn. Innendrin wurde zweifelsohne das volle Requisiten-Sammelsurium aufgefahren. Inklusive Glaskugel, in der man die Zukunft sehen konnte.

Waren Sie schon einmal bei dieser Madame Arkana?

„Madama mit a. Und nein, ich kenne sie nur von ihrer interaktiven Radiosendung im hiesigen Lokalsender. Immer samstags von acht bis Mitternacht. Man kann sie anrufen und ihr eine Frage stellen, dann legt sie die Tarotkarten und berät entsprechend."

Hm. Börnie packte ihren kompletten Zweifel in dieses *Hm.* Vor lauter Zweifel platzte das *Hm* beinahe an den Nähten auf wie die Würstchen auf dem Grill nebenan.

„Denken Sie, was Sie wollen, die Frau erteilt schon seit über drei Jahrzehnten sehr gute Ratschläge. Die Leute waren immer sehr zufrieden. Und oft ruft sie auch liebe Verstorbene herbei und berät sich mit ihnen und sagt den Hinterbliebenen, was sie tun sollen."

Verstorbene im Radio? Live auf UKW? Börnie kicherte lästerlich. *Hat man ein Rauschen gehört? Oder wenigstens das leise Schmatzen von Ektoplasma?*

Jenny würdigte sie keiner Antwort und presste nur die Lippen etwas fester aufeinander.

Die Quetschkommode gab weiter näselnde Töne von sich, die Falsettostimme sang dazu. Oder vielleicht war auch jemand mit der Hand in einen Mixer geraten und schrie sich jetzt den Schmerz heraus. Es klang grauenvoll.

Meine Güte, ich spüre förmlich, wie ich hier Wurzeln schlage. Jetzt klingeln Sie endlich!

„Hören Sie das auch?", fragte Jenny und spitzte die Ohren. Ihre Kreolen wackelten.

Das unsägliche Jodelduett aus Quetschkommode und Falsettostimme war unmöglich zu überhören. Selbst Gehörlose konnten es sicherlich an den Vibrationen der Bauchdecke spüren. Sehr laut, sehr falsch und sehr enervierend für alle Ohren, die diesen Soundmix nicht gewöhnt waren. Jetzt klatschten auch noch einige im Takt dazu.

Wie könnte man dieses Gejaule nicht hören? Ich bin nur noch ein Ätherwesen, und trotzdem tun meine Trommelfelle weh.

„Nein, ich meine, hören Sie nicht auch, dass der Gesang nicht von den Wurstgrillern kommt, sondern von hinter dem Haus hier?" Jenny stieg die wenigen Stufen hinunter und machte sich daran, das Haus zu umrunden. „Sprechen Sie bitte nicht so abfällig über die Musiktraditionen anderer Kulturen. Bloß, weil Ihr Gehör nicht dafür geschult wurde, heißt das nicht, dass es schlecht ist. Es ist nur ungewohnt."

Börnie folgte ihr grummelnd. Sie war sich eigentlich ziemlich sicher, dass auch die Gehörgänge all derer, die in dieser speziellen Musikkultur aufgewachsen waren, schmerzen würden, weil solche atonalen Dissonanzen unmöglich im Sinne des Komponisten sein konnten, aber sie schwieg. Manchmal bestand die größte Leistung darin, nichts zu sagen.

Hinter dem Haus gelangte man zu einem kleinen Nutzgarten mit traditionell kleinbürgerlichen Gemüsebeeten. Jemand in Jeans und einem psychedelisch bunten T-Shirt – also gänzlich anders, als Börnie sich ein Medium vorstellte – stand vornübergebeugt zwischen einer Parade aus Tomatenranken und harkte Unkraut. Und ja, es war dieser Jemand, der sang. Hoch und falsch, aber mutmaßlich nach eigenem Empfinden im Takt zu den Volksliedweisen des Grillmusikanten.

Jenny und Börnie blieben stehen.

Börnie fand das alles höchst enttäuschend. Eine medial veranlagte, sangestechnisch gehandicapte Kartenleserin, die keinen Kaftan trug, sondern Jeans? Wie profan.

„Hallo?", rief Jenny.

Der Jemand drehte sich um und zuckte bei ihrem Anblick erschrocken zusammen. Er erwies sich nicht als weibliches Medium im Matronenalter, sondern als junger Schlaks männlichen Geschlechts, schätzungsweise Mitte zwanzig.

„Keine Angst!" Jenny hob beruhigend beide Hände. Wie ein Ritter, der zeigen wollte, dass er sein Schwert nicht gezogen hatte, um gleich ein Turnier nachzustellen und dem Schlaks den Kopf abzusäbeln. Was beruhigender gewirkt hätte, wenn sie keine Zweimeterfrau mit riesigen Schlachterhänden gewesen wäre.

Der junge Mann, dessen Kinn und Oberlippe ein struppiges rotblondes Ho-Chi-Minh-Bärtlein zierte, wirkte von dieser Geste nicht überzeugt. Er schluckte schwer. Auf den ersten Blick wirkte er blass, fast leukämisch. Und war nur ein dünnes Handtuch von Mann. Ein Männchen.

Wenn man mich dabei erwischen würde, wie ich so falsch singe, träfe mich auch der Schlag, konstatierte Börnie.

„Hallo-o." Jenny winkte dem Männchen zu.

Bestimmt ein Veganer, befand Börnie, die Fleisch aus artgerechter Haltung für essenziell für die Blutbildung hielt. Wegen des Eisens.

„Pst!", schimpfte Jenny und strich sich errötend eine nicht vorhandene Locke hinter das Ohr.

Wie jetzt? Finden Sie den etwa sexy?

„Pst!!" Jenny durchbohrte Börnie mit Blicken.

Über Geschmack ließ sich bekanntlich nicht streiten. Und immerhin hatte das Männchen strahlend blaue Augen. Wie leuchtende Saphire. Allerdings huschten diese Augen ängstlich hin und her und auf und ab.

Börnie leistete innerlich Abbitte. *Sie hatten offenbar recht, als Sie meinten, wir bräuchten Hilfe. Sie machen den Leuten Angst. Vielleicht liegt das an Ihrer abscheulichen Kittelschürze. Wollen Sie die nicht endlich mal ausziehen?*

„Ich mache ihm keine Angst", brummte Jenny beleidigt. „Würden Sie sich jetzt bitte zusammenreißen? Ich tue das hier schließlich nur für Sie!"

Okay, ich will versuchen, mich zu bremsen. Fragen Sie ihn, wo Madama Arkana ist.

Jenny räusperte sich. Ihre Stimme, angesichts ihrer Statur sonst immer dröhnend wie ein Nebelhorn, ertönte jetzt fast mädchenhaft hoch. „Bitte, wir müssen unbedingt Madama Arkana konsultieren. Es geht um Leben und Tod."

Der Adamsapfel des Männchens hüpfte. Seine nervösen Augen hielten inne und fokussierten sich auf Jenny. Sein eben noch blutleeres Gesicht gewann rapide an Farbe.

Wäre es möglich, dass der Sie auch attraktiv findet? Soll es ja öfter geben, dass solche Hänflinge auf große Frauen stehen. Jamie Callum und Sophie Dahl, Nicolas Sarkozy und Carla Bruni, Gaius Silius und Messalina, Jona und der Wal ...

„Halten Sie jetzt endlich die Klappe?!"

Ist ja gut. Börnie ratschte sich in schwungvoller Geste den Lippenreißverschluss zu.

„Bitte", sagte Jenny zu dem spilligen Kerlchen, dessen Gesichtsfarbe allmählich in Konkurrenz zu den Tomaten an der Ranke trat, an die er sich jetzt Halt suchend klammerte. „Es ist wichtig, wo können wir Madama Arkana finden?"

„Ich ...", fistelstimmte er, räusperte sich und erklärte, immer noch mit exorbitant hoher Stimme, aber doch deutlich tiefer: *„Ich* bin Madama Arkana."

Na bravo, ein Hochstapler und ein Kastrat. Börnie warf die Arme in die Luft.

„Er ist kein Hochstapler."

Das hat er doch aber eben selber zugegeben!, empörte sich Börnie. *Er ist ein Kerl, der sich für eine übersinnlich begabte Frau ausgibt.*

„Merken Sie denn nicht, dass er echt ist? Er kann Sie sehen, obwohl Sie ein Geist sind."

Börnie starrte das Männchen an, das Männchen starrte zurück.

Scheiße. Er ist wirklich echt.

„Klar bin ich echt", erklärte er und fixierte den Laserblick seiner gletscherblauen Augen auf Börnie. „Ich kann Sie sehen. Übrigens auch hören! Und ich bin kein Kastrat."

Das war Börnie jetzt tatsächlich ein bisschen peinlich.

Er sah wieder zu Jenny, was seine roten Bäckchen noch mehr Farbe gewinnen ließ. Was war die Steigerung von tomatenrot?

„Und ich bin wirklich Madama Arkana. Also, stimmt schon, ursprünglich war meine Tante Madama Arkana. Ich habe den Job gewissermaßen von ihr geerbt, als sie starb. Aber ich bin ein verifizierter Paranormaler. Mit Urkunde und allem."

„Mein Beileid." Jenny schaute mitfühlend. Dann lief sie ebenfalls rot an und stotterte: „Wegen Ihrer Tante, nicht wegen Ihrer Veranlagung." Sie mutierte vom Rotbäckchen zum Gesichts-Hummer. „Ich meine natürlich Begabung, nicht Veranlagung, das klingt pervers ... nein, nicht pervers, ich will damit sagen ..." Ihre Stimme erstarb.

Börnie sah sie misstrauisch an. *Triggert diese halbe Portion Lustgefühle in Ihnen?*

Börnie war ja noch nie durch noble Zurückhaltung aufgefallen. Aber seit ihrem Ableben gab es ganz und gar kein Halten mehr, was die Verbalisierung von spitzen Gedanken betraf. Sie purzelten geradezu aus ihr heraus. Ob das auch so eine Geistersache war, dass man keinen sphärischen Gedanken für sich behalten konnte?

Jennys Kopf fuhr blitzschnell herum. „Sie sollen doch ruhig sein!"

'tschuldigung. Ich dachte nur, weil Sie doch Single sind ...

Der Hänfling strahlte Jenny an. „Ich bin auch Single."

Jenny schloss in stummer Verzweiflung die Augen.

Börnie bemühte sich sehr, nicht *Kein Wunder!* zu sagen, aber das war ein wenig so, als wolle man nicht an einen rosa Elefanten denken: Das Vorhaben an sich lief der Bemühung zuwider.

Kein Wunder!, hörte sie deshalb gleich darauf ihre Geisterstimme erklingen und fügte rasch hinzu: *Aber irgendwann trifft uns Amors Pfeil alle mal. Jenny hier liebt Ihre Radiosendungen. Das hat sie mir selbst gesagt.*

„Oh, danke schön, aber die Sendungen im Radio sind Wiederholungen. Meine Tante ist erst vor acht Wochen von uns gegangen. Seitdem laufen *Best-of*-Folgen. Der Senderchef meinte, ich bring's nicht. Mir würde die nötige Medienpräsenz fehlen. Ich habe aber den Tontechniker sagen hören, dass meine Stimme zu hoch ist und er das nicht regulieren kann." Er zuckte mit den Schultern und sah zu Jenny. „Ich heiße übrigens Kai-Uwe."

„Ich bin Jenny", sagte Jenny und strich sich eine winzige Afrolocke, die unter ihrem bunten Kopftuch hervorlugte, hinter das Ohr. „Und das ist Börnie."

Bernhardine. Das *Für Sie Frau Hess!* schluckte sie rasch hinunter. Sie brauchte diese halbe Portion schließlich für ihre Mörderjagd.

Kai-Uwe streckte ihnen seine Hand nicht zum Gruß entgegen, was gut war, denn unter seinen Fingernägeln bröckelten Erdreichkrumen hervor. Offenbar hatte er sich schon geraume Zeit mit Gartenarbeiten ausgetobt.

„Ich kann Ihnen heute ein Sonderangebot offerieren: Zwei zum Preis von einem – Hellsehen mit Tarotkarten plus Horoskoperstellung. Ich mache derzeit eine Rabattaktion. Weil es nicht so gut läuft. Wenn man Kai-Uwe heißt und aussieht wie ich, haben die Hilfesuchenden nicht gerade viel Vertrauen zu einem. So gut wie alle Stammkunden meiner Tante sind abgesprungen." Er atmete enttäuscht aus. „Ich habe schon versucht, mir einen anderen Job zu suchen. Aber das Paranormale kann ich halt am besten. Es ist ein Teufelskreis."

Sie verkaufen sich nicht richtig. Sie müssen sich umbenennen. Rasputin der Zweite oder etwas ähnlich Aussagekräftiges. Sie müssen die Fantasie der Menschen anregen. Tragen Sie eine Mönchskutte. Machen Sie auf exzentrisch. In Börnie kam die PR-Spezialistin durch. *Und ganz wichtig: Rasieren Sie sich das Kinn.*

Kai-Uwe strich sich über die strohigen Härchen, die man in ihrer Gesamtheit an maximal eineinhalb Händen abzählen konnte. „Den habe ich mir extra wachsen lassen, weil ich damit erwachsener aussehe."

Wenn das ein richtiger Bart wäre, würde es wohl stimmen.

„Er befindet sich einfach noch in der Entwicklung. Ich nehme extra ein Bartwuchsmittel aus Kieselerde, Biotin und Minoxidil! Und es wirkt auch – man sieht ganz viele neue Härchen sprießen." Er schob das Kinn vor und deutete auf unsichtbare Nachwuchshärchen.

Jenny und Börnie beugten sich unwillkürlich nach vorn, perfekt im Gleichklang wie Synchronschwimmerinnen, aber es war beim besten Willen nichts auszumachen.

Nicht alles, woran man ganz fest glaubt, wird auch wahr. Sie sollten es mit einem Kunstbart versuchen.

„Ich reagiere allergisch auf den Kleber. Nein, ich werde beruflich ganz umsatteln müssen. Sie wissen schon, ein völlig neues Terrain erobern, neue Abenteuer erleben. Ich kann gut mit Pflanzen. Vielleicht werde ich Gärtner oder so."

Er schaute versonnen auf die Beete, die – bei aller Liebe – nur als mickrig zu bezeichnen waren. Manche der Pflanzen sahen nachgerade tot aus. Er mochte ein Medium sein und konnte möglicherweise sogar mit Pflanzen kommunizieren, aber einen grünen Daumen hatte er definitiv nicht. „Oder ich geh in den Supermarkt an die Kasse."

„Ich bin auch gerade an einem Wegkreuz. Ich will weg vom Putzen, mir was Neues suchen."

Die Blicke von Kai-Uwe und Jenny versenkten sich ineinander. Sie fühlten sich vom jeweils anderen verstanden. Und wenn in diesem Moment und in diesem Garten auch keine Härchen und keine Blumen sprossen, so keimte doch zumindest Liebe auf.

Ich störe nur ungern, aber wir sind auf einer Mission!, bellte Börnie ungnädig.

„Bevor Sie umsatteln, müssen Sie bitte noch meiner ... äh ... Bekannten helfen", bat Jenny und sah zu Börnie. „Sie sucht ihren Mörder."

„Sie sucht ... WAS?" Kai-Uwe riss die Augen auf.

Ich wurde ermordet und will wissen, von wem!

Beinahe hätte Börnie mit dem Fuß aufgestampft, aber sie wollte nicht, dass sich ihre sündteuren Stöckelschuhe in den Dreck bohrten. Erst zu spät fiel ihr wieder ein, dass sie sich um solche Dinge keine Gedanken mehr machen musste. Da war der Aufstampfdrang schon verraucht. Sie fragte sich, wie lange es noch dauern würde, bis ihr das Totsein in Fleisch und Blut übergegangen war. Besser gesagt, in den ätherischen Energiekörper.

„Ich soll Ihnen helfen, einen Mörder zu finden? Nein danke, ohne mich. Das ist viel zu gefährlich." Kai-Uwe schüttelte den Kopf. Sehr vehement. Seine dünnen, schulterlangen rotblonden Haare wirbelten wie ein Derwisch um seinen knochigen Schädel.

Sie wollen einer Frau in Nöten nicht helfen? Börnie war empört. *Haben Sie denn gar keinen Funken Männlichkeit in sich?*

„Würden Sie wohl aufhören, so gemein zu ihm zu sein?", blaffte Jenny. Wenn es um sie selbst ging, war sie ihr Leben lang schüchtern und unsicher gewesen – also innerlich, äußerlich ähnelte sie einer Walküre und jagte den Leuten normalerweise einen Heidenrespekt ein –, aber diese halbe Portion von einem Paranormalen weckte etwas in ihr. Etwas Wildes, Amazonenhaftes.

Börnie, selbst eine Amazone, schreckte sogar ein wenig zurück. *Tut mir leid, Madama Kai-Uwe. Aber ... lockt Sie denn das Abenteuer gar nicht? Ich denke, Sie wollen sich auf neues Terrain begeben?*

„Ja schon, aber dabei habe ich nicht an so ein Selbstmordkommando wie eine Mördersuche gedacht. Körperliche Gewalt ist mir zutiefst zuwider." Kai-Uwe schüttelte weiter. Ein leichter Schuppenregen setzte ein. „Außerdem bin ich in meiner Mannbarkeit gefestigt und muss mir nichts beweisen."

„Wir haben Geld!", lockte Jenny, plötzlich ganz mit im Ermittlungs-Boot. Womöglich war das der Aussicht geschuldet, dass sie auf diese Weise mehr Zeit mit dem Hänfling verbringen konnte.

Viel Geld!, setzte Börnie noch eins drauf.

Der Haar-Derwisch hielt inne.

„Wie viel ist ‚viel'?"

8

Wer „A" sagt, muss auch „(iii) Bäh" sagen *(das iii ist optional)*

„Man sollte nie den Wohnungsschlüssel unter einen Blumentopf vor der Haustür legen. Das macht es kriminellen Subjekten zu einfach", dozierte Kai-Uwe, während er den Schlüssel unter dem Topf hervorzog. „Und warum stellen Sie sich Plastikpflanzen vor die Tür? Das gibt energetisch ganz schlechtes Feng-Shui."

Das ist kein Blumentopf, das ist ein Symbol für die Plastizität und gleichzeitig Morbidität der modernen Konsumgesellschaft, empörte sich Börnie, die sich bei einer Galerie-Eröffnung im angetrunkenen Zustand hatte überreden lassen, diese Monstrosität eines angesagten Nachwuchsbildhauers käuflich zu erwerben. *Kurzum, das ist Kunst, Sie Banause!*

„Sieht aus wie das Plastikblumengesteck meiner Großmutter", meinte Jenny. „Nur in viel größer. Und in hässlich."

Börnie hmpfte. Sie war genervt, weil sie mit dem Bus zu ihr hatten fahren müssen. Weil Kai-Uwe zwar einen Führerschein, aber keinen fahrbaren Untersatz besaß.

Das erste Schwarzfahr-Hochgefühl war vorbei – es blieb das Gedränge. Und bei dem Gedanken, sie könnte bei einem abrupten Bremsmanöver des Busfahrers versehentlich durch einen fremden Menschen „hindurchgeistern", standen Börnie die Haare zu Berge.

Außerdem mussten sie drei Mal umsteigen. *Das ist ätzend,* hatte Börnie genölt, woraufhin Jenny angesichts von Börnies Angefressenheit etwas von „white privilege" gemurmelt hatte, was Börnie noch säuerlicher machte. Sie hatte für ihren Porsche schließlich schwer gearbeitet. Und niemand fuhr gern Bus.

Jetzt hmpfte sie erneut, schwebte durch die Wand ihrer Wohnung und stand gleich darauf mitten im loft-artigen Hauptraum ihres Apartments. Sie hatte nicht vorhergesehen, wie sehr sie der Anblick ihrer Bleibe mitnehmen würde. Schließlich war sie schon seit drei Tagen tot. Aber während des Herumsitzens in ihrem Büro hatte auf ihrer Gefühlspalette der schwarze Klecks der Trauer gefehlt. Jetzt stürzte sie beim An-blick ihrer vertrauten Luxuswohnhöhle wie in einer Achterbahn in die Tiefe. Nur dass dabei keine rausch-haften Glücksgefühle aufkamen. Dieses Endorphin-Hoch gab es in der Achterbahn ja auch erst, wenn man zufrieden feststellte, dass man die Sturzfahrt überlebt hatte. Sie lebte aber nicht mehr. Sie war tot.

Hinter ihr traten Kai-Uwe und Jenny ein. Weil Bör-nie am letzten Morgen ihres Lebens die Vorhänge nicht aufgezogen hatte, war es dunkel in der Wohnung.

Kai-Uwe knipste das Licht an.

„Schön haben Sie's hier." Er nickte anerkennend an-gesichts der minimalistischen Einrichtung in diversen Grau-Tönen. Wie so eine Film-Location für *Shades of Grey*. Je mehr Geld man hatte, desto weniger Mobi-liar stand herum und desto weniger Farbvielfalt gab es. Das wusste Kai-Uwe aus der Frauenzeitschrift im Wartezimmer seines Urologen, den er wegen so einer Prostata-Sache in letzter Zeit häufiger hatte aufsuchen müssen. Im Wartezimmer gab es unzählige Männer-magazine über Sport, Autos und Technik, aber Kai-Uwe hatte mit sicherer Hand nach dem einzigen Heft gegriffen, das bestimmt ein ausgelesenes Exemplar des Abonnements der Sprechstundenhilfe war.

„Mir fehlt es hier an Heimeligkeit." Jenny machte die Runde. „Und an Aufgeräumtheit."

Der Futon war nicht gemacht, neben ihm stand „Der Stuhl", übervoll beladen mit all den Sachen, die zu schmutzig für den Schrank, aber zu sauber für die Wäsche waren, auf dem Esstisch befand sich noch die halbvolle Schale mit Börnies letztem Frühstücksmüsli – in der sich bereits etwas zu bewegen schien, die vergangenen drei Tage waren warm gewesen –, und in der Küche türmte sich ungespültes Geschirr in der Spüle und auf der Theke.

„Mit Putzen hatten Sie es nicht so, oder?" Eine rhetorische Frage, von Jenny augenhebend geäußert.

Die Faktenlage sprach Bände. Aus der Ecke mit dem Ultrawide-HD-Fernseher starrte sie eine Staubmaus an. Aber gemäß ihrem Blutschwur, nie wieder für andere zu putzen, schritt Jenny nur mit verschränkten Armen durch das Apartment, ohne irgendwo Hand anzulegen.

Ganz anders Kai-Uwe. Von seinen übersinnlich veranlagten Erziehungsberechtigten offenbar gut trainiert, machte er sich daran, das lebende Müsli im Müll zu entsorgen, mit dem schmutzigen Geschirr Tetris im Geschirrspüler zu spielen und anschließend mit angefeuchtetem Küchenpapier die Theke abzuwischen.

Börnie glich in ihrer Reglosigkeit immer noch einem Standbild aus einem eingefrorenen Computerspiel. Nur in 3D.

„Sie haben ja gar keine Erinnerungsfotos. Und absolut nichts Persönliches ... außer dem da." Jenny zeigte auf einen Glasschrank, der von zwei Strahlern angeleuchtet wurde.

Ich habe meine PEZ-Spender geliebt. Börnie starrte ihre Sammlung an Superheldinnen an: echten und solchen, die Börnie dafür hielt – sämtliche Versionen von

Wonder Woman, Harley Quinn, Cat Woman, Black Widow, Supergirl, She-Hulk, Poison Ivy, Luisa, Moana, Frau Holle, Storm und Gamora, um nur die Highlights zu nennen. Als Nächstes hätte sie eine seltene PEZ-Ausgabe von Morticia Addams ersteigert – ihr Gebot auf der Sammlerbörse war mit Abstand das höchste gewesen.

„Sind das ... Pfefferminzdropsspender?"

Das sind Kultobjekte! Für den teuersten PEZ-Spender wurden über 30.000 Dollar bezahlt.

Jenny starrte sie fassungslos an.

Nicht von mir! Aber es handelt sich um absolute Sammlerstücke!

In letzter Sekunde konnte Börnie ein Seufzen unterdrücken. Das war ihr dann doch zu peinlich. Aber echt, es konnte einem das Herz brechen, so kurz vor der Komplettierung einer einzigartigen Frauenpowersammlung aus dem Leben gerissen zu werden. Nicht auszuschließen, dass der Sensenmann ein Frauenhasser war. *Hmpf.*

„Heulen Sie jetzt etwa wegen dieses Sammlerkrimskrams?" Jenny schüttelte den Kopf.

Ich heule nicht!, erklärte Börnie. Dass ihr tatsächlich zum Weinen zumute war, ihr aber als Geist keine Tränen kamen, führte sie nicht weiter aus. *Und um auf Ihren taktlosen Kommentar zu antworten: Eine saubere Wohnung ist ein sicheres Zeichen für ein langweiliges Leben. Ich hatte Besseres zu tun, als zu putzen.*

Jenny hatte sich längst angewöhnt, abwertende Kommentare von anderen nicht persönlich zu nehmen. Als Putzfrau mit mehrfachem Migrationshintergrund hätte sie sonst den lieben langen Tag nichts anderes getan, als wie das HB-Männchen an die Decke zu gehen. „Warum haben Sie niemanden eingestellt, der das für Sie macht? Sie müssen doch tierisch gut verdient haben. Und für viele Leute ist es ein Segen, wenn sie sich mit Putzen etwas dazuverdienen können."

Börnie wollte das lapidar abschmettern, da kam ihr ein Gedanke.

Scheiße, ich habe kein Testament gemacht. Wer bekommt jetzt meine Sammlung? Doch hoffentlich nicht meine Cousine? Die ist in der Lage und wirft meine PEZ-Lieblinge in den Müll.

„Darum können Sie sich später kümmern. Sie zeigen Kai-Uwe jetzt, wo Sie Ihr Erspartes gebunkert haben, dann kann er sich entweder selbst auf Mördersuche machen oder, besser noch, einen professionellen Privatdetektiv für Sie anheuern."

„Meistens ist es ja der Lebenspartner", erklärte Kai-Uwe, der in der Küche das Nötigste erledigt hatte. Sich die Hände trockenwedelnd, kam er nun angeschlappt. „Nirgends ist man in größerer Gefahr als in der eigenen Beziehung."

Auch so eine Wartezimmerfrauenzeitschriftweisheit, die er aufgeschnappt und sich gemerkt hatte.

„Sie könnten sich als Frau mit einer fett vollen Geldbörse und entblößtem Busen in die gefährlichste Ecke von New York oder Rio de Janeiro wagen und wären trotzdem weniger in Gefahr als in Ihrer eigenen Wohnung mit Ihrem Lebenspartner. Das ist wissenschaftlich erwiesen."

Mein Verlobter Yannick ist ein hirnloser Dauerrammler, aber kein Mörder, erklärte Börnie und war sich dessen ganz sicher. Also, ziemlich sicher. *Er hatte doch auch gar keinen Grund, mich umzubringen – wir waren nicht verheiratet, und von meinem Tod hat er nicht profitiert, weder finanziell noch beruflich.*

„Ich schätze mal, Ihr Eckbüro wird jetzt neu vergeben. Hat Herr Bollmann nicht nur einen Kubus im

Großraumbüro?" Jenny fand, dass sie wie ein Trüffel-schwein den einzig möglichen Grund für einen Mord erschnüffelt hatte. „Auf welcher Position der Warte-liste für Ihr Büro steht er?"

Für ein Eckbüro bringt man doch niemanden um!

Jenny zuckte nur mit den Schultern. Sie hatte ein-mal eine Schlägerei unter Kolleginnen von der Putzko-lonne miterlebt – um den Spind, der am wenigsten nach käsigen Socken roch. Es war Blut geflossen. Und für ein Eckbüro mit Aussicht – wenn auch nur auf andere Hochhäuser, nicht auf den Fluss wie vom Chefbüro – würde man doch sicher noch einen Tacken drauflegen?

„Haben Sie gesehen, wie er in Ihrem Büro Maß ge-nommen hat?", fragte Kai-Uwe. „Das wäre doch ein Indiz. Hat er ein Maßband in seiner Schreibtisch-schublade?"

Höchstens eine Packung Kondome.

Börnie wurde dieses sinnlose Herumspekulieren zu dumm. *Mein Tresor befindet sich hinter dem Mapp-lethorpe. Die Kombination lautet 15-73-81-10.*

„Was ist ein Mäppel-dings?" Kai-Uwe zog an sei-nem Ho-Chi-Minh-Bärtchen. Das machte er oft. War das eine Übersprungshandlung? Oder juckte es ihn? Glichen seine spärlichen Kinn-Härchen ihren Mangel an Wuchskraft durch erhöhten Juckreiz aus?

Jenny marschierte zu dem gerahmten Bild über dem Eames-Loungechair. „Wow, laut Galerie-Aufkle-ber ein Original!"

Zwischen kinderkitschigen PEZ-Spendern und ei-nem limitierten Originalfoto von Robert Mapplethorpe klaffte – kunstkritisch gesehen – ein gähnender Ab-grund, aber Börnie stand zu ihrem eklektischen Ge-schmack. Na ja, nicht wirklich. Weder die PEZ-Spender noch die bestickten Kissen mit Sinnsprüchen auf ihrem

Bett im Schlafzimmer passten zu dem von ihr mühsam aufgebauten Image der knallharten Karrierefrau. Sie symbolisierten ihre Achillesferse, den letzten Rest menschlicher Verletzlichkeit, den sie sich insgeheim noch gegönnt hatte.

Das sollte natürlich niemand mitbekommen, darauf achtete sie gewissenhaft. Weiter auch nicht schwierig. Seit dem Unfalltod ihrer Eltern war sie allein auf der Welt. Und in ihre Wohnung durfte nur der Typ, der den Gas- und Stromverbrauch für die Stadtwerke ablas. Für Sex hatte es immer das Apartment der Horizontalgymnastikpartner oder Hotelzimmer gegeben. Und Freundinnen, die zum Kaffeeklatsch oder – Gott bewahre – zum Ausheulen vorbeikommen wollten, hatte Börnie nicht. Hm, war das jetzt ein Grund für noch mehr Trauer?

„Wow, cool! Ich kenne sonst niemand, der einen Tresor hat!" Kai-Uwe pfiff durch die Zähne. Er hatte den Stuhl beiseitegeschoben, den Rahmen aufgeklappt und stand nun vor dem recht eindrucksvollen Wandtresor. „Wie im Film!"

Börnie nickte. *Man sollte immer einen Bargeldvorrat zu Hause haben.*

„Mein Bargeldvorrat zuhause ist eine Untertasse mit Fünf- und Zehn-Cent-Münzen", erklärte Kai-Uwe. Jenny nickte bestätigend.

Ich werde mich jetzt nicht dafür entschuldigen, dass ich die finanziellen Früchte meiner konsequenten Karriereplanung geerntet habe, fing Börnie an. Sie wollte das noch ausführen, von Sechzehn-Stunden-Arbeitstagen und klugen Investitionen reden ...

... doch da hörte man plötzlich ein metallisches Knirschen.

Es kam von der Wohnungstür.

Jemand schob einen Schlüssel ins Schloss!

Kai-Uwe erstarrte, die Hand am Elektroniksicherheitsschloss des Tresors.

Jenny sah zur Tür. „Erwarten Sie jemanden?"

Börnie starrte sie vorwurfsvoll an. *Was für eine saublöde Frage.*

„Sorry, das ist mir ganz automatisch entfleucht. Nein, natürlich erwarten Sie niemanden", beantwortete Jenny ihre Frage selbst.

Verstecken Sie sich!, herrschte Börnie.

Jenny huschte hinter den bodenlangen Vorhang neben dem deckenhohen Fenster.

Kai-Uwe sah sich panisch um. Börnie zeigte auf die große, von ihrer Großmutter mütterlicherseits geerbte Holztruhe, die eigentlich für Bettwäsche gedacht war, aber bei Börnie nur gähnende Leere beherbergte.

Da rein!

Er hob den Deckel. „Das geht nicht, da ersticke ich doch drin!", meinte er ängstlich.

Unsinn – die hat jede Menge Holzwurmlöcher! Rein da!, herrschte Börnie.

Kai-Uwe kletterte hinein, und weil er so schmächtig war, hatte er es fast geräumig in der Truhe. Der Deckel fiel zu.

Keine Sekunde zu früh. Die Wohnungstür öffnete sich.

„Hallo? Ist da wer?"

Ach verdammt, die Wattig von nebenan.

„Hallo? Ich habe Sie doch gehört!" Frau Wattig schob sich herein. Sie hielt ein Nudelholz in der Hand.

„Und? Ist da wer?", rief hinter ihr eine Männerstimme. Das war dann wohl Herr Wattig.

Die Wattigs waren pensioniert und hatten den lieben langen Tag nichts anderes zu tun, als sich um Dinge zu kümmern, die sie nichts angingen. Herr Wattig mehr so als Spanner, Frau Wattig als Blockwartin.

„Wir wissen, dass Sie da sind!", drohte die Wattig und klopfte mit dem Nudelholz auf ihre rechte Handfläche. Sie war Linkshänderin. „Es brennt doch Licht!"

„Lass uns die Polizei rufen, Thea." Während seine Frau nudelholzschwingend die Wohnung abschritt, blieb er vorsichtshalber im Türrahmen stehen. Es gab Heldinnen und es gab Zeugen. Er gehörte zur zweiten Gattung.

Frau Wattig ignorierte seinen Einwurf. Sie begnügte sich nicht damit, nur kurz festzustellen, ob sich jemand Unbefugtes Zutritt verschafft hatte. Sie öffnete Schubladen und Schränke und linste sogar in den Korb mit der Schmutzwäsche.

Börnie ritt ein Teufelchen. Sie hopste vor der Wattig auf und ab und schnitt Grimassen. Ein glorioses Gefühl. Das würde sie von nun an öfter machen. Die Wattig bekam natürlich nichts mit. Als Börnie einmal nicht rechtzeitig zur Seite sprang, wäre sie auch beinahe durch sie hindurchmarschiert. „Hier ist niemand", rief die Wattig ihrem Mann zu. Es klang enttäuscht. „Aber wir haben doch Wasser laufen gehört. Und das Licht brennt auch!"

„Das alte Rohrsystem gibt öfters Geräusche von sich", meinte Herr Wattig. „Und die Hess wird schlichtweg vergessen haben, das Licht auszumachen. Das brennt bestimmt schon seit Tagen."

Frau Wattig ließ ihren Blick ein letztes Mal durch den Wohnraum schweifen.

Gott sei Dank war sie offenbar blind, denn Jennys Schuhspitzen ragten überdeutlich unter dem schweren Samtvorhang hervor.

Als die Wattig auf dem Rückweg zur Wohnungstür vor der Holztruhe stehenblieb, setzte Börnies nicht-existenter Herzschlag eine Sekunde lang aus. Aber die Wattig hatte nicht vor, den Truhendeckel anzuheben. Ihr fiel auch nicht auf, dass der Mapplethorpe an der Seite, an der man ihn aufklappen konnte, ein klein wenig weiter von der Wand wegstand als auf der anderen. Sie schob sich nur das Nudelholz in die linke Achselhöhle und fuhr mit dem Zeigefinger über den Holzdeckel der Truhe. Ihr Finger hinterließ eine Spur. „Tststs. Es ist mir schleierhaft, wie man in diesem Dreck leben kann."

Pö. Börnie streckte der Wattig die Zunge heraus. *Dafür leiden Ihre Söhne wegen Ihrer obsessiven Desinfektionssauberkeit beide an Neurodermitis. Dreck härtet ab! Dreck ist unser Freund!*

„Komm jetzt, Thea. Was, wenn uns wer sieht? Lass uns gehen. Und leg den Schlüssel wieder unter den Blumentopf."

„In was für einer Welt würden wir denn leben, wenn man sich nicht um seine Nachbarn kümmert? Hättest du von nun an noch in den Spiegel schauen können, wenn man der armen Frau die Wohnung leergeräumt hätte?"

Börnie sah zu Herrn Wattig. *Doch ja, das hätte er – problemlos!*

Herr Wattig machte das Licht aus.

Frau Wattig schubste mit der Schuhspitze eine Staubmaus aus dem Weg und schüttelte den Kopf. „Tststs", wiederholte sie. „Iii-bäh, ich hoffe, ich habe mir hier keinen Staub-Herpes geholt."

9

„Zwei Drittel aller Morde sind Beziehungstaten." Kai-Uwe, Single aus Sicherheitsgründen

Nachdem die Wattigs die Tür hinter sich geschlossen hatten, monierte Börnie – weniger zu sich selbst, mehr in Richtung Truhe: *Dieser IQ-Minderbemittelte hat den Schlüssel doch tatsächlich wieder unter den Blumentopf gelegt! Wie sonst hätten sich meine Nachbarn Zutritt verschaffen können?*

Jenny lugte hinter dem Vorhang vor und verteidigte Kai-Uwe. Vehement. „Machen Sie ihm keine Vorwürfe! Das ist doch das Erste, was man aus Krimiserien im Fernsehen lernt – alles so lassen, wie es war. Nur keine Spuren generieren!"

Diese blöde Kuh wollte sich schon bei mir umsehen, seit ich eingezogen bin. Und jetzt hat sie es geschafft. Verdammt!

„Das kann Ihnen doch egal sein. Sie sind tot!"

Erzählen Sie mir nicht, was mir egal sein soll, nur weil ich tot bin! Auch als Tote habe ich Gefühle, verstanden?!

Man hörte ein zaghaftes Klopfen. Es kam aus der Truhe.

„Ich kriege keine Luft mehr." Kai-Uwe kämpfte um sein Leben.

Jenny knickte ein. „Tut mir leid, so gefühllos bin ich sonst nicht", entschuldigte sie sich. „Es war nur einfach alles ein bisschen zu viel in letzter Zeit."

Börnie fiel wieder ein, dass man Jenny fristlos entlassen hatte. Und auch, dass sie selbst es gewesen war, die in der vorletzten Managementsitzung energisch für eine Verringerung der Reinigungskosten mittels Personalabbau gestimmt hatte, weil ihr Papierschredder zwei Tage in Folge nicht geleert worden war und sie sich darüber maßlos geärgert hatte. Dabei hätte sie deshalb rein rational für eine Personalaufstockung stimmen müssen. Aber das wäre dann von ihrem eigenen Jahresbonus abgegangen. Ein weiterer Beweis dafür, dass Börnie kein guter Mensch gewesen war. Sie seufzte.

Schon gut, ich merke immer deutlicher, dass ich als Lebende ein ... na ja, ein Stinkstiefel war. Und entgegen meinen Erwartungen ist offenbar noch ein Rest Stinkstiefeligkeit in mir.

„Was für Erwartungen? Dachten Sie etwa, Sie würden mit Ihrem Ableben sofort in den Status wundermilder Heiligkeit versetzt?"

Das Klopfen wurde lauter. „Hilfe!"

Na ja, ich habe mir immer vorgestellt, mit dem Tod wäre alles aus und vorbei. Finito. Schlussstrich. Allenfalls, dass man plötzlich alles versteht. Quasi ein letzter Schnelldurchlauf durch das komplette Leben, und dann ... aus die Maus.

„Und? Haben Sie Ihr Leben im Schnelldurchlauf gesehen, bevor Sie gestorben sind?"

Weiß ich nicht mehr, ich war ja besoffen.

„HILFE!!!"

Börnie platzte der Kragen. Sie streckte ihren Kopf durch die Truhenwand, schnauzte *Meine Güte, stemmen Sie doch einfach den Deckel mit den Füßen auf!* und zog ihren Kopf wieder zurück.

„War das wirklich nötig?", fragte Jenny.

Nein, aber hat Spaß gemacht. Börnie gluckste.

Einen Moment lang tat sich nichts. Ob sich Kai-Uwe vor Schreck ein wenig eingenässt hatte? Dann hob sich knarzend der Truhendeckel, von Kai-Uwes dürren Beinen nach oben geschoben. „Verzeihung ... ich dachte, es sei abgeschlossen."

Jenny lächelte, wie man einen tollpatschigen Welpen anlächelt, der gerade mit der Schnauze voraus in die Futterschüssel gefallen ist. Was für ein Goldstück dieser Junge doch war. Wenn sich wer hätte entschuldigen müssen, dann ja wohl Börnie. „Ist schon gut, ich bekomme in geschlossenen Räumen auch immer Panik. Deswegen kann ich auch nicht im Aufzug fahren", sagte sie sanft.

Echt nicht, Sie sind immer zu Fuß in den zwanzigsten Stock zu Schön Cosmetics gestiegen? Börnie staunte.

„Es hat einen Grund, dass ich so fit bin. Treppensteigen ist das allerbeste Cardio-Training. Und gut für die Muskulatur." Jenny hob den Kittel etwas an und präsentierte ihre perfekt definierten Oberschenkelmuskeln.

Kai-Uwe bekam große Augen. Ihm erschlafften daraufhin große Teile seiner Anatomie, wenn auch anzunehmenderweise nicht gänzlich alle, und daher fiel der schwere Truhendeckel mit lautem Knallen wieder zu.

Im Flur hörte man eine Stimme. „Hast du das gehört, Herrmann? Da war doch ein Geräusch!"

Pst. Börnie legte den Finger an die Lippen.

„Lass gut sein, Thea!", rief Herr Wattig.

„Bitte, wo kämen wir denn hin, wenn sich keiner mehr um den anderen kümmert?" Offenbar war das ihre Standardausrede, wenn sie ihre Nase in die Angelegenheiten anderer stecken wollte.

„Das geht uns nichts an. Du kannst meinetwegen die Polizei rufen."

Börnie und Jenny lauschten noch einen Moment, aber die Wattigs verzogen sich offenbar. Ihre Stimmen wurden leiser.

„Vielleicht rufen die wirklich die Polizei, wir sollten uns beeilen." Jenny klang besorgt. Ob es an ihrer Herkunft lag, dass sie unter gar keinen Umständen mit Autoritätspersonen aneinandergeraten wollte? Sah sie sich schon bei Wasser und Brot im Frauenknast sitzen, weil die Ordnungshüter die Schuld eher bei ihr sehen würden als beim weißen Kai-Uwe? Auch wenn Kai-Uwe eigentlich nicht weiß war, sondern schweinchenrosa? Börnie bekam ein schlechtes Gewissen. Und wie immer, wenn sie sich schämte, wurde sie aggressiv.

Kai-Uwe, kommen Sie da endlich raus! Die Uhr tickt!

„Seien Sie nicht so grob zu ihm." Jenny warf sich mittlerweile ganz automatisch vor ihren zweibeinigen Welpen.

Kai-Uwe kletterte aus der Truhe, als ob nichts gewesen wäre. „Ich müsste mal die Fliesenabteilung aufsuchen." Angst schlug ja gern mal auf die Blase.

Börnie nickte mit dem Kopf in Richtung Toilette.

Kai-Uwe verschwand und kam gleich darauf wieder zurück. „Das machen Sie aber nicht nochmal, oder?"

Börnie stellte sich dumm. *Was?*

„Plötzlich den Kopf durch die Wand zu strecken? Sonst kann ich nämlich nicht."

Aber nein, natürlich nicht. Pischern Sie ganz beruhigt.

Kaum war er im Badezimmer verschwunden, wollte Börnie hinterher. Keine Ahnung, welcher dreiste Dämon von ihr Besitz ergriffen hatte. Jenny warf sich ihr in den Weg, wie eine Löwin, die ihr Junges beschützen wollte. „Lassen Sie den Quatsch!"

Es juckte Börnie unheimlich, einfach durch Jenny hindurchzulaufen und Kai-Uwe auf ewig ein Pinkel-Trauma zu verpassen. Aber sie brauchte die beiden, sonst würde sie womöglich nie erfahren, wer ihr Mörder war.

Schon gut, ich benehme mich. Pfadfinderinnenehrenwort. Komisch, als sie noch lebte, hatten sie solche neckischen Anwandlungen nie überkommen. Zumindest nicht in nüchternem Zustand. Sie hatte immer gewollt, dass man die ernstzunehmende Karrierefrau in ihr sah, nicht das Alberne. Totsein machte einen irgendwie auch unbeschwerter.

Nach einer Weile kehrte Kai-Uwe zurück. Augenscheinlich hatte er sich das Gesicht mit kaltem Wasser abgespritzt – er wirkte frischer, wippender, mutiger.

„Packen wir's an!", sagte er, lächelte Jenny zu und strich sich über sein Bärtchen. Dann klappte er den Mapplethorpe auf und fragte: „Wie lauteten gleich die Code-Zahlen?"

15-73-81-10.

„Fünfzig, dreiunddreißig, einundsechzig, zehn."

In Börnie wuchs der Zweifel, ob dieser Hänfling ihr wirklich eine Hilfe sein könnte.

„Nein, nein, fünfzehn, dreiundsiebzig, einundachtzig, zehn", half Jenny aus.

„Ah, da war ich ja nah dran", freute sich Kai-Uwe.

Wenn Sie sich nicht so haben würden, bräuchten wir ihn hier gar nicht!, raunte Börnie Jenny zu.

Bevor Jenny antworten konnte, quakte Kai-Uwe: „Boar! Hammer!"

Ihm und Jenny klappten angesichts der Geldbündel die Unterkiefer herunter.

„Wie viel ist das?", fragte Kai-Uwe und beantwortete seine Frage gleich selbst: „Eine Million! Nein, zehn Millionen!"

Eine Million? Haben Sie überhaupt schon jemals Geld gesehen? Eine Million wäre ein Berg an Scheinen. Das hier sind lächerliche fünfzigtausend. Plus ein paar Devisen. Dollar, Pfund, Dirham – was man so aus dem Urlaub mitbringt.

„Wirkt wie mehr."

Weil es kleine Scheine sind.

„In nicht fortlaufenden Nummern? Wie genau haben Sie Ihr Geld verdient? Als Stripperin, der die männlichen Gäste einen Zehner in den String-Tanga klemmen?" Jenny kicherte.

Nein, durch Banküberfälle. Börnie streckte ihr die Zunge heraus.

Kai-Uwe schürzte die Lippen. „Fünfzigtausend Schleifen! Ich habe noch nie so viel Geld auf einen Haufen gesehen. Damit kann ich in der Südsee eine Strandbar eröffnen."

Er wollte in den Tresor greifen.

Börnie materialisierte sich vor ihm. Feuerspuckend. *Mooment – Finger weg! Erst reden wir darüber, was Sie für das Geld alles zu tun haben. Und ich verlange eine Erfolgsgarantie!*

Jenny beugte sich vor und atmete Börnie von oben heiß gegen die Schläfe. „Sie sollten netter zu ihm sein – Sie brauchen ihn nämlich mehr als er Sie."

Börnie, genervt, dass sie einen Kopf kleiner war, wo in ihr doch in Wirklichkeit die größere Kriegerin schlummerte, brummte nur.

„Kai-Uwe, wir wollen Sie selbstverständlich nicht in Gefahr bringen", sagte Jenny, „aber würden Sie sich ein wenig umhören, bevor Sie mit dem Geld in die Süd-see reisen?"

Vielleicht ist es total leicht verdientes Geld. Mögli-cherweise weiß die Polizei schon, wer es war, rief Börnie.

„Nee, weiß sie nicht. Ist noch alles offen." Kai-Uwe zog sein Handy aus der Jeanstasche, rief die Seite der Lokalzeitung auf und zeigte den beiden den Aufmacher vom heutigen Morgen. „Das habe ich beim Frühstück gelesen."

NEIN!, schrie Börnie auf.

Ihr Aufschrei war weniger der Schlagzeile NOCH KEINE SPUR IM MORDFALL BERNHARDINE H. geschul-det, mehr dem Foto darunter. Es zeigte Börnies Leiche am Tatort, mit einem Balken über den Augen, nicht aber über dem heraushängenden Busen und dem ein-genässten Schritt.

Wieso???

Ein Jaulen, irgendwo zwischen Empörung und Scham.

„Geschmacklos. Sind solche Fotos überhaupt er-laubt?" Jenny schüttelte den Kopf.

Warum veröffentlichen die dieses Foto von mir und nicht das offizielle Pressefoto?

„Wieso? Sie haben doch einen wirklich schönen Körper." Kai-Uwe verstand das Problem nicht. Dann schien ihm etwas einzufallen. „Wobei Sie auch echt toll aussehen." Er sah zu Jenny, die rot anlief.

Börnie warf die Arme in die Luft. Früher hatte sie nie wie ein leidenschaftlicher Sizilianer gestikuliert, aber die Widrigkeiten des Todes veränderten sie suk-zessive.

„Ich wette, es war Ihr Freund", konstatierte Kai-Uwe, der bis zur Bezahlschranke des Online-Artikels hinunterscrollte, aber natürlich nichts Wichtiges mehr entdeckte. „Da bin ich mir ganz sicher. Sie wollten ihn verlassen, aber wenn er Sie nicht haben konnte, dann sollte das auch kein anderer. Ist so 'ne Männerkiste."

Ich wollte ihn nicht verlassen!

„Hier steht aber doch was von Abschiedsparty, auf der Sie ermordet wurden."

Ich wollte den Job wechseln, nicht den Mann.

„Wird ihm trotzdem nicht gepasst haben."

Deswegen bringt man aber doch niemanden um.

„Zumal er sich ja schon längst anderweitig orientiert hat", erklärte Jenny lapidar.

Börnie wirbelte zu Jenny herum. *Woher wissen Sie das?*

„Kondome im Mülleimer unter Frau Schellings Schreibtisch. So gut wie täglich, und das schon seit Monaten, wenn nicht gar seit einem halben Jahr. Immer mindestens zwei, nie mehr als fünf."

„Fünf?" Kai-Uwe staunte.

Börnie musste kurz verdauen, dass die Putzfrauen sehr wohl den Inhalt der Mülleimer mitbekamen und ihre Schlüsse daraus zogen. Vielleicht nicht alle, aber offenbar Jenny. Sie hatte immer geglaubt, dass die Reinigungskräfte dafür zu sehr unter Zeitdruck standen. Dann machte sie auf lässig. *Die Kondome muss sie ja nicht mit meinem Verlobten durchgenudelt haben. Oder stand etwa sein Name drauf?*

„Nein, aber es waren genoppte Kondome mit Erdbeergeschmack. Von denen hat Herr Bollmann – und nur er – immer zwei Schachteln griffbereit in der obersten Schreibtischschublade."

Börnie brummte: *Sie gehen unsere Schubladen durch?*

Kein Spontan-Quickie nach ihrem Ableben, sondern eine monatelange Affäre? Börnie fühlte sich verletzt und wollte die Überbringerin der Nachricht dafür leiden lassen.

„Ich bin eben ein Mensch, der an vielem interessiert ist." Jenny zuckte mit den Schultern. „Was wollen Sie jetzt tun? Meine Entlassung fordern? Zu spät."

„Fünf?" Kai-Uwe war immer noch beeindruckt. „Das grenzt an Sexsucht, oder?"

Börnie und Jenny starrten sich nur schweigend an.

„Na, wie auch immer, zwei Drittel aller Morde sind Beziehungstaten", zitierte Kai-Uwe einen weiteren Yellowpressartikel. „Deswegen bin ich Single."

Ja genau, deswegen sind Sie Single, spottete Börnie, die immer noch Dampf ablassen musste.

„Neunzig Prozent aller Morde werden von Männern begangen", intervenierte Jenny, bevor Kai-Uwe merkte, dass Börnie ihm übelwollte. „Sie müssten sich also weniger Sorgen machen als Ihre ... künftige Partnerin."

Kai-Uwe schürzte die schmalen Lippen im Gestrüpp strohiger Barthaare. „Ich glaube, ich rede trotzdem mal mit diesem Ex-Freund. Dann sieht man ja, was Sache ist." Er schob das Handy wieder in die Jeanstasche. Eine Jeans, die eindeutig schon lange keine Waschmaschine mehr von innen gesehen hatte.

So, wie Sie aussehen?

„Was stimmt denn nicht mit meinem Aussehen?" Er sah an sich herab.

„Mit Ihrem Aussehen ist alles in Ordnung. Sie sehen sehr gut aus", meinte Jenny. Und wurde noch röter.

Meine Güte, nehmt euch doch ein Zimmer!

Börnie stapfte in ihr Schlafzimmer. Yannick hatte zwar nie bei ihr übernachtet, aber sie hatten am Wochenende vor ihrem Tod einen Kurztrip unternommen, und beim Abendessen im Golfhotel war er mit Hemd und Jackett an einem vorstehenden Nagel hängen geblieben. Börnie hatte ihm angeboten, die Sachen zu ihrer Schneiderin zu bringen, deswegen lagen sie immer noch hier.

Sie kehrte mit den beiden Teilen zurück. Vielleicht einen Ticken zu groß, aber besser als nichts.

Kai-Uwe bediente sich gerade an ihrer Hausbar an der Sahnelikörflasche. Als er Börnies Blick sah, meinte er: „Nur ein ganz kleiner Mutmachschluck. Jenny hat es erlaubt."

Börnie sah kopfschüttelnd zu Jenny, dann sagte sie zu dem Schnapsdrosselhänfling: *Hier, ziehen Sie das an. In Ihrem hyperlässig-verratzten Freizeitlook nimmt Sie doch keiner ernst.*

Kai-Uwe starrte den Anzug an, als würde der sich gleich auf ihn stürzen und ihn fressen.

„Jaguar-Print?", rief Kai-Uwe. „Ich kann keinen Jaguar tragen, ich bin bei PETA!"

Papperlapapp. Börnie guckte streng. *Und der Bart muss auch ab!*

„Der Bart bleibt dran!" Noch nie hatten die beiden Frauen Kai-Uwe so fest entschlossen erlebt. Er presste die Lippen zusammen, verschränkte die Arme und stellte die Beine in Power-Pose auseinander.

Der Bart kommt ab!, wiederholte Börnie. *Dafür dürfen Sie auch mit meinem Porsche fahren.*

10

Alles roger, Roger!

„Sie hätten sich einfach vor seiner Wohnung materialisieren und dort auf uns warten können!", zischelte Jenny ungnädig vor der Jugendstilvilla, in der Yannick Bollmann vor einigen Monaten die Souterrainwohnung bezogen hatte.

Sie wollen doch nur mit diesem Kai-Uwe allein sein! Das steht Ihnen frei, sobald wir meinen Mörder gefunden haben, zischelte Börnie zurück.

Zu dritt waren sie von Börnies Wohnung zu *Schön Cosmetics* gepilgert – das war zum Glück nicht wirklich weit –, hatten sich dort in der Tiefgarage in Börnies schneeweißen Porsche gequetscht – Kai-Uwe am Steuer, Jenny erstaunlich geschmeidig auf dem Beifahrersitz und Börnie hinten, gefaltet wie eine Origami-Papierfigur – und waren losgezuckelt. Immer etwas unterhalb der erlaubten Höchstgeschwindigkeit. Und wer glaubte, dass jeder cool und männlich aussieht, der am Steuer eines Luxussportwagens sitzt, der hatte Kai-Uwe noch nicht fahren gesehen: so weit nach vorn gebeugt, dass das Kinn fast auf dem Lenkrad auflag, die Finger ins bordeauxfarbene Glattleder gekrallt, die Lippen in höchster Konzentration gespitzt. Unxsexy hoch zehn. Nicht einmal der teure Designeranzug hatte das rausreißen können.

Jetzt fuhr er seinen Zeigefinger in Richtung Haustürklingel aus.

Es ist kurz vor sechs. Gin o'clock. Da können wir gleich nach hinten in den Garten. Die Cocktailstunde ist ihm heilig.

„Wenn er zu Hause ist", warf Jenny ein. „Wir hätten vorher anrufen sollen, aber Sie wissen seine Nummer ja nicht auswendig."

Wer weiß heutzutage noch Telefonnummern auswendig? Wir leben doch nicht mehr in der Steinzeit. Mein Handy kennt alle Nummern. Aber das steckte dummerweise in der Tasche ihres Blazers und hatte den Übergang von real zu Geist nicht mitgemacht.

Börnie und Jenny folgten Kai-Uwe durch den gepflegten Garten hinter die Villa.

Yannicks Klamotten schlotterten an der schmächtigen Gestalt des Mediums. Und dennoch schritt dieser Hänfling von einem Mann jetzt irgendwie selbstbewusster aus. Lag es am Designeranzug? Der dynamischere Eindruck wurde auch nicht dadurch getrübt, dass er einen pinkfarbenen Rucksack mit aufgedruckten Strass-Steinen in Herzchenform trug. In dem befand sich Börnies Tresorgeld. Kai-Uwe hatte hoch und heilig versprochen, nicht durchzubrennen, sondern den Frauen zu helfen, aber ohne das Geld wollte er keinen Fuß vor die Tür setzen. Also hatte Börnie ihm den Rucksack gezeigt – ein bedauernswerter Fehlkauf in einer Strandboutique bei einem ihrer Zwangsurlaube. Eins musste man Kai-Uwe lassen: Obwohl er aussah, als hätte er sich die abgelegte Haut einer Riesenschlange übergestreift und trüge dazu einen Mädchenrucksack, wirkte er unbekümmert und heiter.

Natürlich war er trotz Selbstsicherheits-Quantensprung noch meilenweit von jedwedem Machismo entfernt und somit nichts im Vergleich zum ursprünglichen Träger des Anzugs.

Der räkelte sich – wie sie gleich darauf sahen – mit einem Gin-Tonic-Glas in der Hand auf einer Flechtliege aus Polyrattan und hielt sein Gesicht mit geschlossenen Augen der Abendsonne entgegen. Neben ihm auf einem gläsernen Beistelltisch stand eine kleine Platte mit Fingerfood.

Börnie hatte Yannick nicht wirklich geliebt. Nicht so, wie man sich die große Liebe à la Hollywood vorstellte. Aber es gab einiges an ihm, was ihr gut gefallen hatte – ganz abgesehen von seinen Qualitäten als Ausdauersportler in der beliebtesten zwischenmenschlichen Kontaktsportart: beispielsweise seine Lässigkeit. Sein Stilempfinden. Und wie er immer aus allem das Beste herausholte. Und das Genussvollste. „Wenn schon Leben, dann soll es ein Fest sein" war sein Motto. Deswegen zelebrierte er auch jeden Abend um achtzehn Uhr die Cocktailstunde.

Jeder andere wäre auf der sichtlich edlen Terrassenliege einfach nur gelegen, nicht so Yannick Bollmann. Er räkelte sich fotogen, in der Linken ein Glas, in der Rechten eine Zigarre.

Okay, Kai-Uwe, jetzt gilt's!, flüsterte Börnie.

Jenny schlug plötzlich Wurzeln. „Besser, wenn ich nicht mitkomme."

Börnie musste ihr Recht geben. Kai-Uwes Erstreaktion auf Jenny hatte ihr gezeigt, dass der normale Humanoid beim unvorangemeldeten Anblick dieser beeindruckenden Riesin erstmal zur Salzsäule erstarrte. Nicht einmal Yannick würde es da anders gehen.

Börnie nickte also und stapfte, Kai-Uwe im Schlepptau, auf die Rattanliege und ihren Ex-Verlobten zu.

Sie wissen, was wir im Auto besprochen haben, flüsterte sie im Verschwörerton, auch wenn sie außer Kai-Uwe und Jenny niemand hören konnte. Und vielleicht noch das Eichhörnchen hoch oben im Geäst, denn das spitzte die Öhrchen. Was Börnie natürlich nicht mitbekam.

Kai-Uwe nickte und räusperte sich.

Yannick öffnete die Augen. „Oh hallo, ich habe Sie gar nicht klingeln gehört."

„Ich habe nicht geklingelt. Ich habe ... äh ..." Kai-Uwe sah sich Stichwort-suchend um und platzte heraus: „... das Essen gerochen und wusste, Sie müssen hier sein."

„Sie haben die Antipasti-Spießchen gerochen?" Yannick beugte sich zum Beistelltisch und schnupperte an der Platte, als ob ihm der Caterer seines Vertrauens tatsächlich faules Gemüse angedreht haben könnte.

Börnie wurde klar, dass da gerade zwei Männer mit dem IQ von Steckrüben aufeinandertrafen. Sie schnaubte und warf Kai-Uwe einen auffordernden Blick zu.

„Ja ... äh ... hallo erstmal." Kai-Uwe winkte. Tatsächlich, er winkte. „Ich bin ... Roger von Geldern, ein entfernter Vetter von Bernhardine."

„Sie sind wer?", fragte Yannik mit hochgezogenen Augenbrauen.

SIE SIND WER?, empörte sich auch Börnie, weil das so nicht abgesprochen gewesen war.

„Klingt besser als Kai-Uwe Schulz", sagte Kai-Uwe zu ihr.

„Das finde ich allerdings auch. Wer ist Kai-Uwe Schulz?" Yannick hatte das selbstverständlich mitbekommen.

„Niemand." Kai-Uwe fuhr sich mehrmals hektisch mit der Zunge über die Lippen. Wie ein Gecko.

Das war jetzt wieder ein guter Moment, um die Arme in die Luft zu werfen, fand Börnie und tat das auch. Spätestens jetzt sah sie ihre Felle davonschwimmen.

„Also ... ich bin Roger ... Roger von Geldern ... und ich bin gerade eingetroffen. Es geht um meine Tante."

„Cousine", warf Yannick ein.

„Nichte", bestätigte Kai-Uwe.

Es war wie ein Verkehrsunfall. Einfach schrecklich, aber man konnte dennoch den Blick nicht abwenden. Börnie schüttelte den Kopf.

„Ich bin Roger von Geldern", wiederholte Kai-Uwe zum nunmehr dritten Mal, jetzt mit sicherer Stimme und einen Ticken zu laut. „Und ich habe eine Frage an Sie!"

Yannick grinste. „Möchten Sie einen Gin Tonic?"

„Nein, ich trinke nicht!" Kai-Uwe ließ die Schultern rotieren wie ein Boxer, kurz bevor der Gong die erste Runde einläutet.

„Bernhardine war doch Ihre Freundin, oder nicht?"

Yannick stellte seinen Gin Tonic auf den Beistelltisch und sog nachdenklich an der Zigarre. Dann sagte er: „Woher wissen Sie das? Eigentlich war das unser süßes Geheimnis. Zumindest in der Firma." Er sah über seine Schulter zur offenen Terrassentür, als ob er fürchtete, jemand könnte sie belauschen.

„Bernhardine hat es mir erzählt."

Yannick fuhr sich durch das volle, lockige Haar. Er musterte Kai-Uwe. „Sie hat nie etwas von einem Roger erzählt. Oder überhaupt von Verwandten."

Weil ich keine mehr habe, schimpfte Börnie. *Wir hatten doch im Auto ausgemacht, dass Sie kein Verwandter von mir sind!*

Kai-Uwe sah zu Börnie und hob entschuldigend die Schultern.

„Wohin schauen Sie denn da?" Yannicks Blick ging durch Börnie hindurch zur Hausecke. Jennys Kopf, den ein genauer Beobachter hätte hervorlugen sehen, verschwand rasch. Yannick schien nichts gemerkt zu haben.

„Zu niemandem." Kai-Uwes Nase zuckte. Er hielt Druck nicht gut aus. „Bernhardine und ich ... wir hatten nicht oft Kontakt. Weil ich ... ein Weltreisender bin. Immer unterwegs. Erst neulich war ich auf einer Expedition am Südpol, wo wir das versunkene Schiff von Ernest Shackleton gesucht haben."

WIE BITTE?, dröhnte Börnie.

Sie meinte, Jenny von fern kichern zu hören.

Kai-Uwe fuhr unverdrossen fort. „Aber ich bin ihr einziger lebender Verwandter und ... wann immer mich die Flut des Lebens an heimische Gestade spülte, habe ich sie besucht. Und ich fühle mich verantwortlich."

„Verantwortlich wofür?" Yannick legte die Zigarre in den Aschenbecher und erhob sich von der Liege. Keineswegs bedrohlich, er stand einfach nur auf, aber Kai-Uwe trat dennoch einen Schritt zurück. Jedoch nur äußerlich. Innerlich stürzte er sich wie ein Weißkopfadler auf seine Beute. „Ich habe nur eine einzige Frage an Sie, Herr ..."

Bollmann, zischelte Börnie.

„Bollmann", sagte Yannick.

Kai-Uwe holte tief Luft. „Haben Sie meine Nichte ermordet, Herr Bollmann?"

„Cousine", korrigierte Yannick automatisch. Er lächelte.

War diese Nonchalance ein Zeichen für seine Unschuld? Oder für seine Abgebrühtheit als Täter?

„Ich bin nicht Börnies Mörder, und Sie sind nicht mit Börnie verwandt. Im Leben nicht. Börnie hatte niemand mehr, das hat sie selbst gesagt."

„Ach ja, hat sie das?" Kai-Uwe wollte sich über die Barthaare streichen, aber die waren ja frisch abrasiert. Seine Hand tat also nichts weiter, als die Luft unter seinem Kinn zu massieren. „Also ... bestimmt hat sie mich nur verleugnet, weil wir lange Zeit im Unguten miteinander standen. Wir hatten uns wegen des Erbes von ... unserer Großtante Wilhelmine entzweit. Aber kurz vor ihrem Tod ... also Bernhardines Tod, die Großtante war länger schon tot ... haben wir uns versöhnt, und sie hat mir von ihrem Verlobten erzählt. Von Ihnen. Jawohl."

Börnie musste jetzt doch anerkennend nicken. Wenn man Kai-Uwe unter Druck setzte, traten offenbar unerwartete Fabuliertalente zu Tage.

„Sie hat mir auch erzählt, wie Sie sie über Monate dreist betrogen haben! Mit ..." Kai-Uwe hatte den Namen der Frau vergessen, weil er seinem Vorwurf aber mit vorhandenem Detailwissen mehr Glaubwürdigkeit verleihen wollte, rief er: „... mit Erdbeergeschmacknoppenkondomen!"

Yannick erstarrte. „Börnie hat das von mir und Bine gewusst?"

„Sie wusste alles!" Kai-Uwe wedelte mit der Hand, als wolle er Yannick einen Fehdehandschuh ins Gesicht werfen und hätte leider den Handschuh zu Hause vergessen. „Sie Schuft haben meine Tante betrogen. Und genau deswegen wollten Sie sie aus dem Weg räumen!"

„Was?" Yannick stutzte.

Börnie schüttelte nur noch stumm den Kopf.

Ein paar Singvögel ließen sich auf einem der unteren Äste des Eichhörnchenbaumes nieder und zwitscherten fröhlich. Das Eichhörnchen putzte seinen langen Fellschwanz.

Kai-Uwe holte tief Luft. Man sah ihm förmlich an, dass etwas aus ihm herauswollte, etwas, das wie der Deckel eines Dampfkochtopfs gleich weggesprengt würde. Und dann war es so weit.

„J'accuse!", brüllte er und zeigefingerte auf Yannick.

Wieder ein Augenrollmoment für Börnie. Das war die Krux mit einer überbordenden Fantasie – sie überbordete zuweilen. Offenbar fühlte er sich gerade wie d'Artagnan und wollte sich zeigefingerduellieren.

„Stehen Sie unter Drogen?" Yannicks Augenbrauen trafen mittig über seiner Nase aufeinander.

„Nur ein wönziger Schluck Mutmach-Likör. Damit ich Sie mit der Wahrheit konfrontieren kann! Eigentlich trinke ich ja nicht."

Yannick schien davon unbeeindruckt. Sowohl von der Anklage als auch von dem Zeigefinger, der immer noch in seine Richtung wies.

„Hören Sie mal, ist das nicht *mein* Anzug?", wechselte er stattdessen abrupt das Thema.

Kai-Uwe hob ertappt, aber trotzig das rasierbrandrote Kinn. „Nein?"

Mehr eine Frage als ein Statement.

„Ich dachte erst, hey, noch einer mit meinem guten Geschmack in Sachen Outfits ..."

Darauf hatte Börnie spekuliert.

„... aber wer außer mir trägt Jaguar-Print?"

„Öhm ... ich?" Kai-Uwes Blick flackerte zu Börnie und wieder zurück. Seine Wangen bekamen Farbe. Diese halbe Portion mochte vieles können, Lügen gehörte nicht dazu.

„Jaguar ist voll im Trend. Viele tragen Jaguar. Man kann einen individuellen Anzug nicht erkennen."

Kai-Uwe hob kämpferisch das Kinn noch etwas höher. „Oder sind Sie etwa Schneider?"

„Nein, ich habe im Zwei-Fächer-Bachelor-Studiengang Marketing und Chemie studiert. Aber ich habe auch Augen im Kopf. Der Anzug ist viel zu groß für Sie, der schlackert ja förmlich an Ihnen. Und außerdem ..." Yannick packte das Jackett. „... na bitte, da ist auch der

Riss im Hemd. Da bin ich an einem saublöden Nagel hängen geblieben. Das ist *mein* Hemd. Und *mein* Anzug." Er packte Kai-Uwe mit beiden Händen am Revers. „Wie kommen Sie an meine Sachen?"

„Äh ..." Kai-Uwe wurde bleich. Er wollte zurückweichen, stieß aber mit den Kniekehlen gegen den Beistelltisch. „Sie haben mir nicht gesagt, dass er zu Gewalttätigkeit neigt!", rief er Börnie panisch zu.

Yannick folgte Kai-Uwes Blick und schrie auf. „Nein!" Er ließ Kai-Uwe los und wich entsetzt zurück.

Du kannst mich sehen? Börnie trat mit ausgestreckten Armen auf Yannick zu.

Aber dann wurde ihr klar, dass er nicht sie anschaute, er sah durch sie hindurch zur blickdichten Ligusterhecke, die den Garten von der Straße trennte.

Börnie drehte sich blitzschnell um und sah im Licht der untergehenden Sonne auch etwas aufblitzen, aber da knallte schon ein Schuss.

Der Knall schien in der Beschaulichkeit des Gartens viel lauter, als er es in Wirklichkeit vermutlich war.

Die Vögel stoben hoch, das Eichhörnchen verschwand in der Baumkrone, Kai-Uwe quietschte auf.

Börnie wirbelte in Sekundenschnelle zu Yannick zurück. Der schielte irgendwie ungläubig auf die Stelle zwischen seinen Augen, aus der geysirartig Blut quoll.

Gleichzeitig wurde sein Kopf durch den Aufprall in den Nacken katapultiert. Er breitete – vermutlich unwillkürlich – die Arme aus, als wollte er fliegen. Aber er fiel nur rücklings auf den Terrassenboden.

„Scheiße!" Jenny kam brüllend angelaufen. „Kai-Uwe, in Deckung!"

Kai-Uwe ließ sich fallen. Mittig auf den Beistelltisch. Anzunehmenderweise nicht absichtlich. Dessen

Glasplatte zersprang, die Antipasti-Spießchen flogen in alle Richtungen.

Hastig robbte Kai-Uwe quer durch die Scherben hinter die Rattanliege und legte die Hände über den Kopf. Sein Hinterteil ragte deutlich sichtbar hinter der Liege hervor.

Aber wer auch immer geschossen hatte, hatte es nicht auf Kai-Uwe abgesehen. Auch nicht auf Jenny, die jetzt die Liege erreicht hatte und sich sichtlich überlegte, ob sie sich schützend über Kai-Uwe werfen sollte. Sie tat es nicht. Eine gute Entscheidung – Gewicht im dreistelligen Kilobereich plus Beschleunigung: Womöglich hätte sie ihn planiert, wie eine Fliegenklatsche eine Stechmücke plattklatscht.

Auf der Straße heulte ein Motor auf, Reifen drehten durch.

Börnie ging neben Yannick in die Knie, doch der schaute schon blicklos in den Abendhimmel.

Ihr untreuer Verlobter – und möglicher Mörder – war tot.

11

Venus – nicht dem Meere, dem Badewannenschaum entstiegen …

„NEIN!", gellte eine Frauenstimme.

Kai-Uwe, Börnie und Jenny sahen erschrocken zur Terrassentür.

Bine Schelling schlug sich die Hand vor den Mund. Sie war nackt – wenn man von dem türkisfarbenen Badetuch absah, in das sie sich gehüllt hatte. Auf ihren Schultern und sogar auf den hochgesteckten blonden Haaren waren Schaumreste auszumachen.

„Scheiße", sagte Jenny erneut, diesmal schicksalsergeben.

Bine kam angelaufen, ignorierte die Ansammlung an Menschen und Geist, kniete sich neben Börnie und nahm Yannicks Kopf in den Schoß. „Mein Baby, du darfst nicht sterben. Nicht jetzt, wo wir endlich glücklich sein können!" Sie schaukelte ihn sanft.

„Wir müssen hier schleunigst weg!", befahl Jenny.

Bine bekam das nicht mit.

Kai-Uwe auch nicht, weil Bines Badetuch durch das Schaukeln aufgeklappt war und ihr Oberkörper freilag. Ihre sekundären Geschlechtsmerkmale aus Fett- und Bindegewebe wippten. Kai-Uwes Kopf wippte im Takt mit.

„Warum haben Sie das getan?", schluchzte Bine und sah dabei Kai-Uwe waidwund an.

Typisch, als ob nur Männer morden könnten. Börnie hätte ihr gern erklärt, dass auch Frauen sehr gut dazu imstande waren und sie diese singuläre Schuld-zuweisung sexistisch fand. Ohne Jenny zu nahe tre-ten zu wollen, aber wenn jemand einer gedungenen Auftragskillerin ähnlichsah, dann doch sie mit ihrem stämmigen, kastenartigen Rausschmeißerkörper. Aber obwohl Börnie mit der Hand vor Bines Gesicht we-delte, wurde sie von ihr einfach nicht wahrgenommen.

„Ich war das nicht!", stotterte Kai-Uwe.

„Er war das nicht!", erklärte auch Jenny. Sie beugte sich zu Kai-Uwe. „Wir gehen jetzt!", befahl sie.

An ihrer Stelle hätte Börnie das schmächtige Männ-chen unter den Arm geklemmt und zum Wagen ge-schleppt wie einen prall gefüllten Jute-Einkaufsbeutel. Jenny nahm einfach zu viel Rücksicht auf diese halbe Portion. Das war kein guter Anfang für eine Beziehung auf Augenhöhe.

Aber das war jetzt nicht ihr Problem. Sie hatte an-dere Prioritäten. Börnie lief los.

„Wo wollen Sie denn hin?", rief Jenny ihr nach.

Ich will mich umsehen. So eine Gelegenheit kriegen wir nie wieder!

Und schon war Börnie in Yannicks Souterrainwoh-nung gehuscht.

Es hatte sich nichts verändert, seit sie zuletzt hier gewesen war. Anzunehmenderweise duftete es jetzt aber nach dem unsäglichen Patschuli-Parfüm von Bine. Auf ihre Nase konnte sich Börnie nicht mehr verlas-sen, ihr Geruchssinn war jetzt offenbar auch ein Geist.

Die Wohnung war penibelst aufgeräumt. Und blitz-blanksauber. Yannick hatte eine Putzfrau, die jeden Mittag – außer samstags und sonntags – zwischen zwölf und eins vorbeikam und die Oberflächen desinfizierte. Hatte Börnie immer gemutmaßt, weil sie genau wusste, was auf diesen Oberflächen zu passieren pflegte. Vor ihrem Tod hatte sie allerdings geglaubt, es passiere nur mit ihr.

Sie hatte keine Ahnung, was sie zu finden hoffte. Ein Bekennerschreiben? „Ich wollte frei sein für meine neue Liebe." Quatsch, Yannick hätte jederzeit einfach gehen können. „Du, das mit uns – da hab ich keinen Bock mehr drauf." Börnie hätte das verstanden. Nein, Yannick stand auf den Prickel des Verbotenen. Wenn er etwas tun konnte, was er eigentlich nicht tun sollte, ging ihm jedes Mal einer ab.

Aber als er vorhin zu Kai-Uwe gesagt hatte, dass er bei seinem Bachelor-Studiengang nicht nur Marketing, sondern auch Chemie belegt hatte, da hatte eine Sirene in ihr aufgeheult. Yannick war bei der Abschiedsparty – soweit Börnie sich erinnern konnte – ständig um sie herumscharwenzelt. Da wäre es doch ein Leichtes gewesen, ihr irgendwas ins Champagnerglas zu kippen. Oder ihr einfach das Glas mit dem Gift anzureichen. Er hatte also die Gelegenheit gehabt. Wenn sie jetzt noch Blausäure in seiner Wohnung fand, war es bis zum Motiv sicher nicht mehr weit.

Die spartanisch eingerichtete Wohnküche erinnerte in ihrer Unbenutztheit an den Showbereich eines Einrichtungshauses. Börnie ging weiter ins Schlafzimmer.

Das darf doch nicht wahr sein! Entsetzt sah sie sich um.

Es war nicht das zerwühlte Bett, das ihre Aufmerksamkeit gefangen nahm. Auch nicht der offene Kleiderschrank, in dem Yannick offenbar Platz für Bines Sachen geschaffen hatte, falls er nicht dazu übergegangen war, als Transvestit knallbunte Blümchenkleider zu tragen.

Nein, es war die Regalwand, die er seit ihrem letzten Besuch bei ihm an die Schlafzimmerwand gedübelt hatte. Sie war voller Teddybären. Große, kleine, welche mit Knopf im Ohr und welche ohne Knopf, die sichtlich beim Jahrmarktschießen gewonnen worden waren. Dutzende Teddys.

Börnie war stocksauer. Als sie ihm anlässlich ihrer Verlobung einen PEZ-Spender in Form von Superman geschenkt hatte – quasi ein Sammlerinnen-Outing zum Zeichen ihrer Verbundenheit –, hatte er nur laut gelacht.

„Ein Scherzgeschenk. Du bist großartig! Ich liebe deinen Humor!"

Dann hatte er einen Drops probiert und das Gesicht verzogen. „Echt jetzt, du sammelst dieses Zeugs? Das ist doch was für Kinder! Egal, ich mag dich trotzdem."

Lachend hatte er ihr einen Kuss auf die Stirn gedrückt, den Spender in hohem Bogen in den Papierkorb geworfen und dabei gejubelt, als hätte er beim Basketball aus zwanzig Metern Entfernung einen Korb geworfen. Anschließend hatte er den Champagner geöffnet. Börnie hatte nicht widersprochen, hatte es einfach geschehen lassen und später den Spender heimlich aus dem Müll gefischt, als Yannick gerade nicht hinsah.

Mein liebevoll ausgesuchter PEZ-Spender war für dich nur ein Scherz, aber gegen diese kitschige Teddy-Parade hast du nichts einzuwenden gehabt, du Pappnase? Börnie kochte. Dann hielt sie inne.

Wenn sie durch ihre Ermordung zum Geist wurde, dann vielleicht Yannick auch?

Yannick? Bist du da?

Ihr fiel wieder ein, dass es bei ihr einen Moment gedauert hatte, bis sie als Geist aufgewacht war. Möglicherweise war das bei ihm auch so. Da wollte sie vorher noch rasch nach Indizien suchen.

Börnie eilte ins Bad.

Im Wannenwasser dümpelten noch Schaumreste, der Boden war klatschnass. Bine hatte das Bad sichtlich übereilt verlassen. Es war ein Männerbad – komplett in gedämpften Türkistönen. Nur ein knallgelber Kulturbeutel stach ins Auge. Der gehörte dann wohl Bine.

Börnie lugte hinein. Nichts als ganz normales Kosmetikzeugs. Allerdings Produkte von der französischen Konkurrenz, nicht von *Schön Cosmetics*. Na ja, Börnie konnte ihr das nicht vorwerfen. Sie benützte auch nichts von *Schön*. Außer der Schrundensalbe. Die war klasse.

Der Spiegelschrank über dem Waschbecken stand offen. Und dort entdeckte Börnie etwas höchst Verdächtiges: eine Phiole.

Es war eine Glasphiole, ungefähr zwölf Zentimeter hoch. Börnie sah genauer hin. Hochwertige Verarbeitung. Der Verschluss war absolut kunstfertig in Form der Venus von Botticelli geformt, der Glaskörper hatte länglich-gebogene Verzierungen, die in ihrer Gesamtheit an eine Muschel erinnerten. Die transparente Flüssigkeit im Inneren schien leicht ölig.

Was ist das? Die Giftphiole der Lucrezia Borgia?

Börnie wollte danach greifen, aber ihre Hand fuhr durch die Phiole und durch den Spiegelschrank.

Herrschaftszeiten, ist das ätzend!, schimpfte sie. Dennoch lief ihr ein kalter Schauer über den Rücken. Daran würde sie sich nie gewöhnen. Aber vielleicht musste sie das auch gar nicht. Es gab doch Poltergeister – wenn die Sachen anfassen und sogar werfen konnten, dann musste ihr das doch auch gelingen. Wäre doch gelacht! Sie hatte gelernt, sich zu teleportieren, da war poltergeistern der logische nächste Schritt.

Aber bevor Börnie sich noch in den vollen Konzentrationsmodus versetzen konnte, um zu üben, wie sie die Phiole in die Hand nehmen – oder wenigstens auf den Fliesenboden werfen – konnte, hörte sie draußen einen Motor aufheulen.

Es war ein ihr bekanntes Aufheulen.

Mein Porsche!

Sie rannte ins Freie. Bine schaukelte immer noch Yannicks Kopf in ihrem mittlerweile blutüberströmten Badetuchschoß.

An der Ecke zur Haustür stand eine ältere Frau, die Börnie vom Sehen kannte, weil sie unter dem Dach der Jugendstil-Villa wohnte. Bei ihren früheren Besuchen war sie ihr gelegentlich begegnet. Die Frau hielt ein Handy ans Ohr und sprach fieberhaft hinein. Zweifelsohne verständigte sie gerade die Polizei.

Hinter der Ligusterhecke war etwas auszumachen, was wie ein Männerkopf aussah. Der Schuss war offenbar nicht ungehört durch die Vorortsiedlung verhallt.

Bevor Börnie ging, musste sie noch etwas überprüfen, das ihr unter den Nägeln brannte.

Yannick, bist du hier?, rief sie und lauschte aufmerksam ins Grün des Gartens.

Sie zuckte zusammen, als Bine ausgerechnet in diesem Moment mit lauter Stimme WARUM? gellte.

Sonst war aber nichts zu hören. Auch keine Vögel und kein ominöses Rascheln von Blättern.

Yannick war offenbar disco-tänzelnd ins Licht entschwunden – vermutlich, weil eine 90-60-90-Ex ihm von der anderen Seite zuwinkte.

Na gut, hat sich das auch erledigt.

Börnie lief los, mitten durch die Ligusterhecke auf die Straße.

Und ja, ihr Porsche war weg.

Ebenso wie Kai-Uwe und Jenny.

12

Mordkommission, Zimmer 324 – wo die Hoffnung hingeht, um zu sterben

Teleportation – schon ein bisschen wie Trampolinspringen: ein Zentrum der Glückseligkeit, umgeben von einem Ring aus Schmerz.

Dachte Börnie bei ihrem dritten missglückten Versuch, sich mittels Gedankenkraft zu Kai-Uwe und Jenny zu beamen. Wenn es funktionierte, war es der Himmel auf Erden – es funktionierte nur nicht immer.

Beim ersten Mal landete sie an ihrem Fensternischenstammtisch in *Lek's Kitchen*, ihrem Lieblings-Thai-Restaurant. Vermutlich wegen Jennys teilasiatischer Herkunft.

Beim zweiten Versuch fand sie sich in dem Sportstudio wieder, für das sie wegen der grandiosen Rabattstaffelung einen Fünfjahresvertrag abgeschlossen hatte. Und ja, das war nicht nur so ein Neujahrsvorsatz gewesen – sie war in den vergangenen viereinhalb Jahren mindestens ... wenn nicht sogar ... also definitiv zehn Mal dort gewesen. Zweimal zu Bauch-Beine-Po, die restlichen Male, um nach der Arbeit an der Safttheke den geilen Bananen-Mango-Smoothie zu kippen. Der war Balsam für die Nerven. Ansonsten bevorzugte sie ihre morgendliche Gymnastik im heimischen Schlafzimmer. Da waren weniger Menschen. Börnie konnte nicht gut mit Menschen.

Warum sie bei Jenny an ein Sportstudio dachte, war ihr nicht ganz klar. Vermutlich, weil Jennys massige Statur nicht auf Fett beruhte, sondern auf Muskeln.

Für ihren dritten Versuch ahmte sie wieder die *Bezaubernde Jeannie* nach, kniff die Augen zusammen und dachte ganz fest an Jenny in ihrer Kittelschürze und an die Dreadlocks unter dem Kopftuch. Und als Börnie die Augen wieder öffnete ...

... befand sie sich im Großraumkubus von Yannick.

Kacke!, dachte Börnie. Gleich darauf zuckte sie vor Schreck zusammen, weil hinter der Kubuswand ein Kopf auftauchte.

„Warst du hier schon?"

Der Kopf gehörte einer der Putzfrauen von der Abendschicht.

Ganz kurz fühlte sich Börnie angesprochen, aber da tönte eine Stimme von weiter vorn: „Ja. Das sieht man doch!"

Die Putzfrau hinter der Kubuswand schürzte stark zweifelnd die Lippen, sagte aber nichts.

Wenn Börnie noch gelebt hätte, dann wäre das der Moment gewesen, um ins Schwitzen zu geraten. Weil sie es ja eben gewesen war, die bei der letzten Vorstandssitzung erklärt hatte, dass zwei Putzschichten pro Tag zu teuer seien – ein System, das der Vater von Reginald Schön eingeführt hatte, der fand, in einem Kosmetikunternehmen müsse es grundsätzlich immer so sauber sein, dass spontan eine OP am offenen Herzen durchgeführt werden könnte, sonst hätten die Besucherinnen und Besucher kein Vertrauen zur Hygiene bei der Herstellung der Produkte. Auch wenn das hier nur der Verwaltungssitz war, nicht die Herstellung. Jennys Entlassung, das wusste Börnie, war nur die Spitze des Eisbergs. Ab dem nächsten Quartal würde Putztruppenkahlschlag betrieben.

Börnie seufzte. Nicht aus Mitgefühl für das Proletariat, sondern weil auch ihr dritter Anlauf, sich zu teleportieren, fehlgeschlagen war.

Aber wo sie schon hier war, konnte sie auch gleich an Yannicks ehemaliger Wirkungsstätte nach Hinweisen suchen. Es lag jetzt auf der Hand, dass Yannick nicht ihr Mörder gewesen war – aber zweifellos hatte er etwas gewusst, das ihn letztlich das Leben kostete. Oder er hatte etwas gesehen, das ihn, wenn er erstmal eins und eins zusammenzählte, auf die Spur des Mörders bringen würde, und dem wollte der Mörder prophylaktisch entgegenwirken.

Blöderweise hatte Yannick seinem Sauberkeitswahn, der schon an eine Zwangsstörung grenzte, auch hier an seinem Schreibtisch gefrönt. Es lag nichts herum, nicht einmal ein Post-it-Zettel. Es gab auch keinerlei privaten Krimskrams. Oder wenigstens ein Foto seiner Verlobten. Nur ...

Börnie sah in den Mülleimer. Da lag noch was drin! Die zweifelnde Putzfrau hatte recht – hier war mitnichten schon saubergemacht worden. Würde sie gleich um die Ecke kommen und den Mülleimer leeren? Börnie musste sich beeilen. Sie ging in die Knie.

Etwas Buntes lag im Papierkorb. Ein Flyer.

Sackzement!, entfuhr es Börnie. Sie sah hastig auf, aber die Putzfrauen hatten nichts gehört. Natürlich nicht.

Der Flyer gehörte einer französischen Konkurrenzfirma. Es handelte sich offenbar um einen Entwurf, denn die gestempelten Worte *Strictement Confidentiel* waren deutlich am oberen Rand zu lesen. Und obwohl Börnies Schulfranzösisch ziemlich rostig war, erkannte sie ein *streng vertraulich,* wenn sie es sah.

Sie konnte den Flyer nicht aus dem Mülleimer fischen, aber sie sah ganz deutlich die Abbildung unter dem Stempel. Es war eine Phiole mit einer Venus-Figur als Verschluss.

Börnie kombinierte messerscharf: Yannick, diese Männersau, hatte sich ebenfalls abwerben lassen, es ihr aber nie erzählt! Und während sie quasi nur zwei Hochhäuser weitergezogen wäre, hätte sein Weg ihn nach Paris geführt. Paris! Das Mekka aller Kosmetikschaffenden!

Yannick, du Arsch!, fluchte sie.

Dass er ihr nichts von seiner Absicht, nach Frankreich zu gehen, erzählt hatte, schmerzte deutlich mehr als seine Nebenher-Action mit Bine. Kai-Uwe hatte recht: *Die Männer sind alle Verbrecher!*

Und – zack! – kniete sie, weil sie sich auf ihn konzentriert hatte, nicht länger neben Yannicks Mülleimer, sondern neben Kai-Uwes Knie.

Der schrie auf.

„Machen Sie das nie wieder!", keuchte er, die Hand auf die Brust gepresst, die sich sichtlich hob und senkte.

'tschuldigung, war keine böse Absicht. Vorhin hat's nicht funktioniert.

Börnie sah sich befremdet um. Ein steriler Flur, der nach Putzmittel roch. Nicht nach dem guten mit frischer Zitronennote, sondern nach dem billigen Allesvernichter, der nicht nur dem Dreck den Garaus machte, sondern auch die Oberflächenbeschichtung von Böden und Holzmöbeln wegfraß.

Wo sind wir hier?

„Bei der Polizei." Kai-Uwe zitterte immer noch wie Espenlaub.

Meine Güte, so schlimm kann es doch nicht sein, wenn ich urplötzlich auftauche.

„Ich zittere nicht wegen Ihnen. Ich habe eben meine erste Leiche gesehen. Will heißen, Mordleiche. Einfach tot kenne ich schon von meiner Tante."

Keiner von uns hat schonmal eine Leiche in the Making gesehen.

„Ich bin hochsensibel. So sind medial veranlagte Menschen nun mal."

„Genau", unterstützte ihn Jenny, die neben ihm auf der Wartebank saß. „Seien Sie dankbar, dass er so sensibel ist. Sonst hätten Sie keinen diplomierten Dolmetscher für die Welt der Lebenden."

Kai-Uwe nickte. Oder zitterte einfach heftiger mit dem Kopf, das war nicht genau auszumachen.

„Lassen Sie sich noch eine heiße Schokolade herunter. Das beruhigt." Jenny zeigte auf den verratzten Getränkeautomaten am Ende des Flurs, der aus den siebziger Jahren des vorigen Jahrhunderts zu stammen schien und eigentlich als Antiquität in ein Museum gehörte. Er offerierte Kaffee schwarz, Kaffee mit Zucker, Brühe und heiße Schokolade. Bestimmt schmeckte nichts davon, aber wenigstens war das, was in die Plastikbecher floss, heiß. Heißgetränke taten der Seele gut.

Kai-Uwe dackelte los. Winzige Scherbenreste von Yannicks Terrassenglastisch fielen von der Jaguarprinthose auf den Linoleumboden.

Was wollen Sie denn bei der Polizei? Börnie erhob sich.

„Ich finde, Kai-Uwe muss das Richtige tun", erklärte Jenny. „Er muss den Mord melden und sagen, was er gesehen hat. Wir wollen Ihnen wirklich gern helfen, aber wir ... also, ich meine, er ... Kai-Uwe muss auch an seine Zukunft denken. Was, wenn ihn jemand vor

Ort gesehen hat? Zum Beispiel der Mörder?" Jenny wurde rot.

Börnie schnaubte. Kai-Uwes Zukunft wäre sowas von ruiniert, sobald er der Polizei erzählte, dass er nur deshalb Zeuge eines Mordes geworden war, weil er einen Geist channelte. Aber Jenny hatte nicht gänzlich unrecht: Der Mörder hatte Kai-Uwe durch die Ligusterhecke zweifelsohne gesehen, als er auf Yannick anlegte. Vermutlich musste er sich vom Acker machen, weil der Schuss die Nachbarn an die Fenster trieb. Aber von nun an hätte er Kai-Uwe auf dem Kieker. Jetzt tat er ihr fast ein bisschen leid. Kai-Uwe, nicht der Mörder.

Warum sind Sie denn nicht einfach am Tatort geblieben? Da wimmelt es jetzt vermutlich vor Polizei.

„Da flogen Kugeln! Ich musste ihn doch in Sicherheit bringen!"

Börnie ahnte Schlimmes. *Sie haben ihn in seinem Zustand ans Steuer meines Porsches gelassen? Geht es meinem Auto gut?*

Jenny presste die Lippen aufeinander. Sie starrte Börnie an. Börnie starrte zurück.

„Ja", sagte Jenny. Eindeutig gelogen.

Börnie warf wieder die Arme in die Luft.

„Kriegen Sie sich wieder ein. Es ist ja nicht so, als ob Sie jemals wieder Auto fahren könnten", erklärte Jenny ungerührt. „Sie müssen lernen, loszulassen."

Ich lass hier gleich was los ... und zwar meinen Ärger!

„Der Automat nimmt keine Scheine und spuckt meine letzte Münze immer wieder aus." Kai-Uwe war, unbemerkt von den Frauen, zurückgedackelt. Er streckte seine Hand mit der Zwei-Euro-Münze vor sich. Die Hand zitterte. Er hyperventilierte auch wieder.

„Ich kann Ihnen leider nicht helfen", sagte Jenny.

Womit bewiesen wäre, dass man den Rucksack voller Geld haben, sich aber doch nicht das Glück kaufen kann, das man begehrt, spottete Börnie.

Jenny klopfte neben sich auf die Holzbank, in die Wartende trotz Kameraüberwachung im Flur Obszönitäten und ein Penis-Bild geschnitzt hatten.

„Setzen Sie sich, Kai-Uwe. Legen Sie den Kopf zwischen die Knie und atmen Sie tief aus und ein. Das hilft auch."

Er hielt sich an ihre Anweisung und beugte sich vor, wobei ihm der rosa Rucksack in den Nacken rutschte. Gleich darauf hörte man es zwischen seinen Knien röcheln. Jenny tätschelte ihm sacht den Hinterkopf.

Börnie fand, wenn aus Kai-Uwe und Jenny jemals ein Paar werden sollte, dann hätte die vorherrschende Dynamik in ihrer Beziehung etwas Mutter-Sohn-Inzestuöses.

Sie sah zu dem kleinen Namensschild neben der Tür. ZIMMER 324, ALEXANDER WENKOW.

Ist das „mein" Alexander? Der Hauptkommissar, der auf meinen Fall angesetzt wurde? Der Ermittler, der mich wachgeküsst hat?

Kai-Uwes Kopf tauchte zwischen seinen Knien auf. „Er hat Ihren Leichnam geküsst?" Es klang angeekelt. „Das ist doch Nekra... Nekra..."

Nekrophilie. Und natürlich hat er mich nicht geküsst – das war eine Metapher!, fauchte Börnie, obwohl sie absolut nichts dagegen gehabt hätte, von diesem Alexander wachgeküsst zu werden.

„Wir haben an der Rezeption gesagt, dass es mit Ihrem Fall zu tun hat", sagte Jenny.

„Darauf hat man uns hierhergebracht. Ich soll hier warten. Man wird mich hineinbitten", erläuterte Kai-Uwe und tauchte wieder ab.

Ach ja? Börnie hatte noch nie gern gewartet. Sie schloss die Augen, konzentrierte sich und dachte an die Locken des Hauptkommissars.

Gleich darauf stand sie in seinem Büro.

Ein Doppelbüro mit Uralt-Computern und Roll-schränken, das für jeden Arbeits-Effizienz-Berater als gutes „Vorher"-Bild getaugt hätte. Chaos pur. Akten, leere Kaffeebecher, noch mehr Akten, ein Kaktus (mehr tot als lebendig), noch mehr Akten.

Wird hier noch mit Papier gearbeitet?, staunte Börnie. Ungläubig, trotz der eindeutigen Beweislage.

Wenkow stand am Fenster und sprach in einen Fest-netzhörer.

„Fuck ... dann ist das also doch einer meiner Haupt-verdächtigen. Als ich die Meldung eben am Computer sah, hab ich's mir eigentlich gleich gedacht: Wie viele Yannick Bollmanns kann es schon geben? ... Nee, gebt ihr einen Moment – ich will der Erste sein, der die Zeugin befragt." Er sah auf seine Armbanduhr. „Ich bin in zehn Minuten bei euch."

Er legte auf, fluchte in sich hinein und ging zu der Tür, die ins Nachbarbüro führte. „Hasso, wir müssen los."

Börnie huschte an seinen Schreibtisch. Ihre Fall-akte lag aufgeschlagen gleich neben der Tastatur sei-nes Uraltcomputers. Wegen ihrer haptischen Ein-schränkung als Geist konnte sie nur das oberste Blatt lesen, aber das hatte es in sich. Es war die Aussage der Hagedorn.

Ich habe gesehen, wie Yannick Bollmann, der Kol-lege, mit dem die Tote seit langem eine „heimliche" Be-ziehung gepflegt hat, von der ich natürlich wusste, als Erster zu der Toten lief, nachdem sie zusammengebro-chen war. Er hat ihr den Blazer ausgezogen und versucht, sie mit Herzmassage wiederzubeleben, las Börnie laut vor. Der eigentliche Hammer kam aber erst noch. *Ich gebe zu Protokoll, dass ich gesehen habe, wie Herr Bollmann der Toten das Glas mit Champagner gab, aus dem sie getrunken hat, bevor sie ihren Anfall hatte. Das Glas fiel mit ihr zu Boden. Weil es nicht zerbrochen war, habe ich es aufgehoben und in der Teeküche in den Geschirrspüler geräumt. Zu diesem Zeitpunkt war ich natürlich davon überzeugt, dass die Tote nur eine Art Leberzirrhose-Anfall hatte. Sie pflegte viel zu trinken. An Mord habe ich nicht gedacht.*

Blöde Giftspritze, blöde, fluchte Börnie. Aber ihr Zorn auf die intrigante Hagedorn musste warten. Erinnerungsbrocken zogen an ihrem inneren Auge vorbei. Genau, Yannick hatte sie den ganzen Abend mit Champagner versorgt. Wann immer ihr Glas leer war, hatte er ihr nachgeschenkt oder ein neues Glas gebracht. Sollte er doch ihr Mörder gewesen sein? Wie sonst hätte man ihr Blausäure verabreichen können? Und wer sonst? Konnte es wirklich wahr sein? Ihr Bollermännchen hatte sie getötet?

Neben der Akte lagen noch ein paar Polaroid-Aufnahmen. Börnie fiel wieder ein, wie versessen Semmler aus der Vertriebsabteilung auf Polaroid-Bilder war. Offenbar hatte man die alle konfisziert.

Sie spürte einen Stich in der Herzgegend, als sie diese Aufnahmen von ihren letzten Momenten sah: vor dem Rolltisch mit den Getränken, wie die Hagedorn mit verkniffenem Mund hinter ihr stand. Wie der Chef, Reginald Schön, seine Hand um sie gelegt hatte und gekünstelt in die Kamera lächelte, wie Bine und Yannick sich über ihre Schulter hinweg zuprosteten, wie sie ein letztes Mal an ihrem Schreibtisch saß.

Da kam Alexander Wenkow zurück. Es sprach Bände über Börnies Seelenzustand, dass sie seinem gut gebauten Körper, den man an diesem Tag besonders gut ausmachen konnte, weil er nur ein beiges T-Shirt und eine enganliegende Skinnyjeans trug, keinerlei Beachtung schenkte.

„Zeugen sagen, sie hätten einen Tatverdächtigen in einem weißen Porsche davonfahren sehen", vermeldete der schütterhaarige Hasso, den Börnie von ihrem eigenen Tatort kannte. Er hielt sich ein Handy ans Ohr und wiederholte offenbar nur, was ihm jemand fernmündlich mitteilte. Auf die Idee, auf Lautsprecher zu stellen, kam er nicht.

„Es gibt Glasspuren, die auf einen Kampf zwischen Ermordetem und Täter deuten. Der Täter muss auf einen Glastisch gefallen sein. An seiner Kleidung werden Splitter auszumachen sein."

„Okay, ich schau mir das an." Alexander schlüpfte in die Lederjacke, dann stockte er und sagte: „Ach übrigens, du könntest für mich eine Zeugenaussage aufnehmen. Angeblich Informationen zum Mordfall Hess. Nimm die Personalien auf und hör dir an, ob das Hand und Fuß hat. Ich komme schnellstmöglich ..."

„Was?" Hasso, immer noch mit dem Handy am Ohr, hielt eine Hand hoch und unterbrach seinen Chef. „Wir haben einen Verdächtigen! Eine Nachbarin konnte wegen der Hecke nichts sehen, aber sie hat einen Streit zwischen zwei Männern mitbekommen, und sie schwört Stein und Bein, dass sie einen Namen gehört hat – Roger von Geldern!"

Alexander schürzte die Lippen. „Kann es wirklich so einfach sein? Okay, schau nach, ob wir zu dem was im System haben."

Oiweh, dachte Börnie und dachte mit aller Kraft an Kai-Uwe.

Der saß immer noch bleich auf dem Arme-Sünder-Bänklein, als sie sich gleich darauf vor ihm und Jenny materialisierte. Neben seinem linken Fuß sah man Glassplitter.

Wir müssen weg. Schnell!

Börnie eilte zur Treppe. Sie war immer sehr stolz darauf gewesen, auch in High Heels problemlos rennen zu können. Als Geist war es weniger laufen, mehr schweben.

Am Treppenkopf hielt sie an, weil sie hinter sich so gar keine Bewegung wahrnahm.

Was ist? Wir müssen weg! Zackzack! Die halten Sie für den Mörder!

13

Wenn am Ende des Regenbogens kein Goldtopf wartet, sondern eine Kasserolle mit Kuttel-Carbonara …

„Als mutmaßlicher Mörder auf der Flucht! Mein Leben ist zu Ende. Und Sie sind schuld! Ich werde mich ins Ausland absetzen müssen. Zu den Osterinseln. Oder auf die Insel, wo die *Bounty*-Meuterer wohnen. Irgendeine Insel!"

Kai-Uwe am Steuer schob Panik.

Was mussten Sie auch lauthals den Namen Roger von Geldern ausposaunen! Und was ist das überhaupt für ein Name?

„Ich wollte immer schon einen schöneren Namen haben", erklärte Kai-Uwe. „Das müssten gerade Sie doch verstehen!"

Er sah in den Rückspiegel, aber in dem spiegelte sich Börnie ja nicht. Der Porsche machte einen gewagten Schlenker, als er über seine Schulter nach hinten sah, um Börnie einen – für seine Verhältnisse – geharnischten Blick zuzuwerfen. Wenn sie nicht gerade mit – für einen Fluchtwagen sensationellen – fünfundzwanzig Stundenkilometern in einer Dreißiger-Zone unterwegs gewesen wären, hätte dieser Schlenker womöglich aus ihnen allen Geister gemacht.

Schauen Sie gefälligst auf den Asphalt!, brummte Börnie ungnädig.

Kai-Uwe hatte ihre Achillesferse getriggert. Aufgrund des Ultraschallbildes hatte der Gynäkologe seinerzeit mit absoluter Sicherheit einen Jungen angekündigt. Ihre Eltern hatten daraufhin alles hellblau gestrichen und Strampler mit Raketen- und Traktor-Motiven gekauft und einen männlich-imposanten Vornamen ausgesucht. Ihr Vater hatte sogar das Schild über dem Eingang seines Haushaltswarenladens in *Hess & Sohn* umändern lassen. Als dann kein Klein-Bernhard auf die Welt kam, hatten sie einfach ein -ine angehängt. Und weil nichts mehr an Geschwistern nachkam, hatte ihr Vater sie wie einen Sohn erzogen. Vielleicht wollte Börnie deshalb immer ihre Power unter Beweis stellen. Und gleichzeitig optisch ihre Weiblichkeit betonen.

„Ich für meinen Teil finde es beruhigend, dass die Polizei jetzt einen Roger von Geldern sucht und keinen Kai-Uwe Schulz." Jenny konzentrierte den Blick ihrer Mandelaugen auf die ihr zugewandte Schläfenseite von Kai-Uwe und sprach fast hypnotisierend. „Sie müssen sich keine Sorgen machen. Alles wird gut. Alles *ist* gut."

Kai-Uwe wirkte nicht überzeugt. Schon deshalb nicht, weil er nicht zugehört hatte. „Wir fahren jetzt als Erstes zu einer Drogerie. Wenn ich auf eine Insel muss, brauche ich Sonnenschutzmilch."

„Nichts da, wir fahren zur Hagedorn." Börnie, deren Interesse an Kai-Uwes Schicksal minimal war – zumal ja wirklich alles in Ordnung sein würde, sobald sie nur die wahre Mörderin hatten, bei der es sich zweifellos um die Hagedorn handelte –, ließ die Kommandöse heraushängen. Sie musste unablässig an die schriftliche Aussage der Chefsekretärin denken.

Auch wenn es Yannick war, der mir das Glas mit dem Gift in die Hand gedrückt hat – ich kann einfach nicht glauben, dass er mich umgebracht haben soll. Egal, was die Hagedorn gesagt hat. Im Gegenteil, für mich liegt auf der Hand, dass sie ganz gezielt den Verdacht auf ihn lenken wollte. Sie hat sich doch die ganze Zeit an der Getränkeausgabe herumgedrückt. Ich dachte noch, dass sie vermutlich einen Flachmann für umme mit dem guten Stoff auffüllen wollte. Aber bestimmt war sie es, die Yannick das Glas mit dem Gift reichte, damit er es an mich weitergab.

„Das klingt ziemlich weit hergeholt", zweifelte Jenny.

Kai-Uwe dozierte neuerlich: „Ich glaube, dieser Yannick war es. Es ist so gut wie immer der Freund, ich sagte es ja schon. Und haben Sie nicht gesehen, wie er mich am Revers gepackt hat? Er hatte definitiv das Potenzial zum Gewalttäter."

Ach Unsinn, er war ein Lämmchen.

„Vielleicht ein Ex-Freund", schlug Jenny vor. „Welcher Ihrer Ex-Lover fällt Ihnen spontan ein?"

Börnie schwieg.

„Na los, sagen Sie schon!"

Börnie brummte: *Moment noch, ich denke nach!*

Kai-Uwe kicherte.

„Keine falsche Scham. Man muss sich für ein reiches Liebesleben nicht entschuldigen! Moderne Frauen dürfen sich nehmen, was sie wollen. Auch palettenweise." Jenny sah zu ihr.

Kai-Uwe und Jenny dachten, sie hätte wegen der hohen Dreistelligkeit Probleme mit dem Zählen. Aber Börnie wusste ganz genau, dass es nur neun gewesen waren. Lächerliche neun Lover. Und da waren ihre beiden One-Night-Stands – einer gleich nach der Schulabschlussfete auf der ersten Paris-Reise und einer bei einer Marketing-Konferenz in Berlin – schon mitgezählt. Ihr war eben immer mehr an ihrer Arbeit gelegen als an Beziehungen, die bei ihr ohnehin nur die im Wesentlichen unbefriedigende Bandbreite von schwierig über kompliziert bis ätzend abdeckten.

Statt einer Zahlenbeichte erklärte sie: *Keiner meiner Exe hegt einen mörderischen Hass auf mich. Und selbst wenn: Es war eine kleine Abschiedsparty in meinem Büro, zu der nur Firmenangestellte eingeladen waren. Unbefugte hätten gar keinen Zutritt zum Gebäude gehabt.*

Jenny schürzte die Lippen. Da war was dran. Die Security im Erdgeschoss war scharf wie Chili. In mehr als einer Hinsicht.

Nein, es muss einfach jemand von der Arbeit sein! Ich bleibe dabei: Es war die Hagedorn.

„Ich weiß nicht recht ..." Jenny hatte mit der Hagedorn auch so manches Hühnchen zu rupfen, aber was für Börnie ein kleiner Hüpfer von der unangenehmen Kollegin zur Mörderin war, war für Jenny ein Weitsprung. „Egal, wie nervig man seine Kolleginnen findet, deswegen bringt man sie doch noch lange nicht um."

Wenn man jemanden als seine Erzfeindin betrachtet, dann schon.

„Aber Sie hatten doch gekündigt. Ihre Erzfeindin hat gewonnen. Sie haben sich vom Acker gemacht. Die Hagedorn hat triumphiert."

Ich habe nicht gekniffen, ich bin die Treppe nach oben gefallen! Für eine, die seit einem halben Jahrhundert denselben Job macht, ist das doch wie eine Ohrfeige. Ich habe lässig geschafft, worauf sie ihr Leben lang scharf war – eine Karriere!

„Sind Sekretärinnen nicht immer auf ihren Chef scharf?" Erstaunlicherweise kam dieser sexistische Einwurf nicht von Kai-Uwe, der – wenn er sich nicht gerade auf den Feierabendverkehr konzentrierte – darüber nachgrübelte, welchen Lichtschutzfaktor seine Sonnenmilch für die Südsee benötigte und ob es LSF 1000 gab. Nein, er kam von Jenny.

Der Seniorchef ist tot, der Juniorchef könnte ihr Enkel sein. Und darum geht es jetzt nicht. Über die Motivlage der Hagedorn können wir uns Gedanken machen, sobald wir Beweise für ihre Tat haben! Sie hatte die Gelegenheit zu beiden Morden. Wenn wir bei ihr Gift oder eine Waffe finden, ist sie geliefert!

Jenny lenkte ein. Sie hatte an diesem Abend ohnehin nichts anderes vor. „Also gut, fahren wir zur Hagedorn!"

Bei der Rückkehr von einem Budgetplanungs-Arbeitsessen hatte der Chef sie und die Hagedorn einmal in seinem Wagen nach Hause kutschiert, darum wusste Börnie, wo es hingehen musste.

Auf in die Mohnstraße!

Börnie riss den Arm wie ein Feldherr, der seinen Truppen das Zeichen zum Losreiten gibt, nach oben. Wobei ihr Arm durch das Wagendach hindurchglitt. Falls in einem der Rush-Hour-Autos um sie herum noch ein weiteres Medium sitzen sollte, sah es jetzt eine Hand aus dem Dach eines Luxussportwagens winken.

Kai-Uwe lenkte den Porsche ans andere Ende der Stadt, nachdem er „Mohnstraße" ins Navi eingegeben hatte. Die Hausnummer wusste Börnie nicht, aber wie lange konnte so eine Mohnstraße schon sein?

Endlos lange, wie sich zeigte.

Zwischen den Weltkriegen waren hier Dutzende für die Gegend untypische Backsteinhäuser hochgezogen worden, jeweils für zehn Mietparteien. Um bezahlbaren Wohnraum für all die Arbeiter zu schaffen, die man für den Aus- und Weiterbau einer Großstadt benötigte. Wie ein Lindwurm zogen sich die roten Häuser entlang der vierspurigen Straße, die stadtauswärts zur Autobahn führte. Wer bei „Mohnstraße" an eine idyllische Wohngegend in der Nähe einer Blumenwiese dachte, lag also falsch. Hier wollte man nicht tot über dem Zaun hängen, so hässlich war es. Und so laut.

„Sie haben Ihr Ziel erreicht", tönte die sexy Männerstimme des Navis, als sie an einem Schild „Letzte Tätowierstube vor der Autobahn" vorbeikamen. Kai-Uwe stellte den Wagen auf einem geschotterten Abbruchgelände ab, das Anwohner als Müllhalde und Parkplatz zweckentfremdet hatten.

Wir fangen zu beiden Seiten vorn an und arbeiten uns nach hinten durch. Wer fündig wird, gibt Laut!, ordnete Börnie an. Sie war das Kommandieren gewöhnt, schließlich war das unabdingbar für eine Führungsposition. Aber auch gute Kommandos konnten durchaus auf taube Ohren treffen.

„Wir trennen uns nicht!", erklärte Meuterin Jenny und meinte damit sich und Kai-Uwe. „Außerdem können Sie sich doch einfach auf Frau Hagedorn konzentrieren und sich bei ihr materialisieren. Und dann winken Sie uns aus ihrem Wohnzimmerfenster zu."

Ein Vorschlag, dessen Logik sich Börnie nicht verschließen konnte. Sie schloss die Augen, dachte an das hagere Gesicht mit den herabhängenden Mundwinkeln, legte die Arme übereinander und blinzelte.

Nichts.

Sie kniff die Augen fester zusammen und spannte ihren Konzentrationsmuskel volle Pulle an ... aber es tat sich rein gar nichts. Pustekuchen.

Vielleicht funktioniert es nur bei Menschen, die einem sympathisch sind?

„Na gut, dann eben auf die herkömmliche Art. Aber wir suchen als Team."

Zu dritt schlappten sie daraufhin den Lindwurm namens Mohnstraße ab, beginnend auf der Seite, auf der sich die Tätowierstube befand. Nach gut der Hälfte der Häuser fürchtete Börnie schon, sie hätte sich falsch erinnert und die Hagedorn wohnte gar nicht in der Mohnstraße oder sie wohnte hier, aber auf der anderen Straßenseite und dort ganz vorn. Aber da quietschte Kai-Uwe fröhlich auf. „Hagedorn, Luise und Walther."

Die Hagedorn ist doch nicht verheiratet. Und sie heißt mit Vornamen auch nicht Luise. Glaube ich.

Börnie war immer der Devise gefolgt: Was mich nicht interessiert, muss ich mir auch nicht merken. Für sie hatte die Hagedorn nie einen Vornamen besessen, und falls doch, dann lautete er „die".

Kai-Uwe drückte den Klingelknopf.

„Vielleicht ist sie noch bei der Arbeit. Oder beim Einkaufen", konstatierte Jenny.

„Entschuldigung, darf ich rasch vorbei?" Eine junge Frau mit einem Babytragetuch, in dem allerdings kein Baby, sondern ein Langhaardackel saß, schob Kai-Uwe aus dem Weg. „Sorry, ich hab's wirklich eilig. Mein Kleiner ist krank." Der Dackel gab röchelnd-kratzige Geräusche von sich, als wolle er hundeuntypisch einen Haarball hochwürgen.

„Ja klar, tut mir leid, dass ich im Weg war", rief Kai-Uwe ihr nach, als sie schon längst die Treppe hinaufhechtete. „Ich hoffe, Ihr Kleiner wird wieder!"

Fuß in die Tür, Idiot!, fauchte Börnie.

Vor Schreck stolperte Kai-Uwe nach vorn. Jenny und Börnie marschierten an ihm vorbei ins Treppenhaus. Sie lauschten, bis die Schritte der Dackel-Mutti verklungen waren, dann sah Jenny zu den Briefkästen und meinte: „Wenn die in der Reihenfolge der Stockwerke hängen, dann wohnt Frau Hagedorn ganz oben."

Ihre kleine Prozession erklomm die Stufen der originalen, ziemlich durchgetretenen Holzwangentreppe. Es war früher Abend, in so gut wie allen Wohnungen brannte hinter den Milchglasscheiben in den Türen Licht.

Auch ganz oben, bei Hagedorn.

Also gut, Sie sagen der Hagedorn exakt das, was ich Ihnen vorgebe, verstanden? Nichts anderes! Nach den Erfahrungen bei seinem allerersten Einsatz als Geisterdolmetscher hegte Börnie Bedenken. *Keine Eigeninitiative, Sie wiederholen mich wortwörtlich! Und nennen Sie sich ja nicht Roger von Geldern!*

Kai-Uwe schmollte. Und klingelte an der Wohnungstür.

Weil Börnie jetzt hinter ihm stand, stach ihr der rosa Herzchenrucksack ins Auge. *Jenny, nehmen Sie ihm den Rucksack ab. Wenn Kai-Uwe ihn trägt, mindert das seine Glaubwürdigkeit als Medium.*

„Ich gebe den Rucksack nicht her. Nachher machen Sie sich aus dem Staub, und ich stehe ohne Geld da. Ich muss an meine Insel denken!" Kai-Uwe zeigte nicht oft Durchsetzungsvermögen, aber in diesem Moment bockte er.

Und klingelte erneut.

„Frau Hagedorn scheint nicht zu Hause zu sein", meinte Jenny.

Klopfen Sie mal. Kräftig, wie ein Gerichtsvollzieher!

Kai-Uwe klopfte. Und obwohl es mehr ein Tätscheln der Holztür war, glitt diese daraufhin wie durch Zauberhand auf.

„Die war nur angelehnt", wunderte sich Kai-Uwe. Er drückte die Tür weiter auf. „Hallo, jemand zu Hause? Frau Hagedorn? Herr Hagedorn?"

Börnie konnte es nicht erwarten. Sie schlängelte sich an Kai-Uwe vorbei in die Wohnung. Wahrscheinlich hätte sie durch ihn hindurchgehen können, aber das fand sie dann doch zu spooky.

Der Eingangsbereich mit Garderobe begrüßte sie in typisch hagedornscher Manier: unterkühlt und ungastlich. Außerdem mit einer Batterie an Filzpantoffeln. Offenbar musste man sich die Straßenschuhe ausziehen, wenn man bei der Hagedorn zu Gast war.

Börnie stiefelte los. Nun gerade! Dummerweise würde sie als Geist vermutlich keinen Dreck verbreiten. Nur ein bisschen Ektoplasma. Aber es war die Absicht, die zählte!

Jenny blieb im Flur vor mehreren gerahmten Fotos und Urkunden stehen. „Ach, das ist ja interessant. Die Familie wohnt hier offenbar schon, seit das Haus gebaut wurde. Da hängt auch ein Stammbaum. Luise und Walther müssen ihre Eltern gewesen sein. Die sind aber tot. Sie ist die Letzte ihrer Familie. Hinter allen anderen Namen sind kleine rote Kreuzchen."

Kai-Uwe sagte „Oh wie traurig", während er seine Sneaker auszog und in ein Paar der grauen Pantoffeln schlüpfte, aber da war Börnie schon längst im Wohnzimmer, das gleich rechts hinter dem Garderobenständer lag.

Das Mobiliar zeugte von hundert Jahren hagedornscher Geschmacksverirrung: vom massiven Buffetschrank über niedrige Nierentische bis hin zur Retro-Sitzgruppe mit Holzlehnen, über der ein Stickbild mit der Aufschrift *Frohsinn und Gemütlichkeit* hing. Von wegen! Alles gut in Schuss gehalten, nichts davon schön. Und alles in sehr dunklen, tristen Farbtönen. Wenn man als Kind hier aufwuchs, musste man ja zu einer Hagedorn werden: hager und dornig.

Börnie huschte durch eine Doppeltür, die erfreulicherweise offenstand. Das Teletransportieren fand sie mittlerweile großartig, aber es war ihr immer noch nicht geheuer, sich durch feste Materie hindurchzubewegen – es konnte ja auch sowas wie Geister-Spreißel geben.

Festen Schrittes begab sie sich ins Schlafzimmer. Und stieß dort auf ein Problem.

Scheiße!!!

Kai-Uwe und Jenny kamen angelaufen.

Vor dem Vintage-Doppelbett mit gesteppter Überdecke, über dem das riesige Kaufhauskunst-Ölgemälde eines röhrenden Hirsches im Wald hing, lag ein ziemlich durchgelaufener Perserteppich-Läufer.

Den ein Blutfleck zierte.

Ein riesiger Blutfleck!

Ein riesiger, deutlich frischer Blutfleck – er war unübersehbar noch nicht geronnen!

14

Wenn man als Mordopfer verschwindet, ist man dann ein Vermisstenfall oder ein Diebstahlsdelikt?

Okay, jetzt bloß keine Panik!

Börnie stellte unter Beweis, dass man keine physischen Lungen brauchte, um zu hyperventilieren.

Kai-Uwe schien einer Ohnmacht nahe. „Zwei Tote an einem Tag", hauchte er.

Wir wissen doch gar nicht, ob da jemand tot ist. Wir haben es hier erstmal nur mit einem roten Fleck zu tun. Im Schönreden war Börnie gut. Schon sich selbst zuliebe.

„Das ist definitiv Blut", erklärte Jenny, die sich als Putzfrau mit Flecken aller Art bestens auskannte. „Wir müssen hier sofort weg. Jede Sekunde, die wir hierbleiben, verunreinigen wir den Tatort. Und lenken damit den Verdacht auf uns."

Niemand von uns dürfte hier sein, aber keine Sorge: Wir sind nicht in Amerika – Sie werden nicht zurufslos erschossen, wenn man Sie an einem potenziellen Tatort auffindet. Außerdem werde ich jederzeit bezeugen, dass Sie nichts Unrechtes getan haben.

„Sie, meine Liebe, sind tot", stellte Jenny klar. „Ihre Stimme hat kein Gewicht. Und keinen Ton."

Mist, das hatte Börnie doch tatsächlich wieder für einen Moment vergessen.

„Wenn das Blut noch warm ist, dann ist der Mörder womöglich noch in der Wohnung!", gab Jenny zu bedenken.

„Mir wird schlecht", kündigte Kai-Uwe an.

Nicht auf den Blutfleck kotzen, warnte Börnie.

Kai-Uwe drehte sich jedoch nicht der Magen, ihm sackte der Kreislauf weg. Erstaunlicherweise brach er nicht abrupt in sich zusammen, sondern glitt bedächtig, fast in Zeitlupe, zu Boden. Sein Kinn kam dabei allerdings mit einem hörbaren Geräusch auf dem Boden auf. Das würde zweifellos einen Bluterguss geben.

Hätten Sie ihn nicht auffangen können? Sie sind doch kräftig!, erkundigte sich Börnie bei Jenny.

„Es ging alles so schnell." Jenny stieg über Kai-Uwe hinweg und marschierte in Richtung Küche. „Ich sehe nach, ob ich Eis für sein Kinn finde."

Denken Sie daran, dass der Mörder noch hier sein könnte! Börnie zeigte auf eine blumenlose Bodenvase, mit der man sich notfalls verteidigen konnte. *Nehmen Sie eine Waffe mit!*

„Ich habe eine Saison lang professionell Wrestling betrieben. Ich komme schon klar!" Jenny stapfte los.

Wenn die Hagedorn Yannick erschossen hat, wer hat dann die Hagedorn getötet?

Da Kai-Uwe immer noch bewusstlos am Boden lag, sprach Börnie im Wesentlichen mit dem röhrenden Hirsch an der Wand.

Jenny kam mit leeren Händen zurückgehastet. „Das müssen Sie sich ansehen", rief sie Börnie zu.

Kai-Uwe stöhnte. Langsam kam er wieder zu sich.

Aber da standen Börnie und Jenny schon vor dem Küchentisch, auf dessen Resopalplatte ein aufgefaltetes Blatt Papier neben einem Umschlag mit dem Aufkleber *Einschreiben* lag.

Och Mönsch, ich dachte, Sie haben den Mörder gefunden. Oder wenigstens die Leiche. Börnie klang enttäuscht.

„Das hier ist viel entscheidender für das Gesamtbild!" Jenny klang wie ein Halb-halb-Kartoffelkloß – halb Genugtuung, halb Empörung. „Die Hagedorn wurde entlassen! Das ist ihr Kündigungsschreiben!"

Nein!

„Lesen Sie doch selbst."

Hiermit kündigen wir Ihnen das bestehende Arbeitsverhältnis ordentlich und fristgerecht zum ..., las Börnie vor und stutzte. *Komisch! Ich dachte, nur die unteren Etagen sollten entlassen werden?*

„Wie bitte?"

Sie wissen schon ... äh ... die Nicht-Systemrelevanten.

„Wenn in der Firma nicht mehr geputzt würde, dann könnten Sie ganz schnell sehen, was wirklich systemrelevant ist!" Jenny kochte sichtlich.

Diese Schlacht können wir später ausfechten. Hier und jetzt müssen wir uns überlegen, was das für meinen Mordfall bedeutet. Börnie tigerte in der Küche auf und ab.

„Ich glaube, Sie waren kein guter Mensch." Jenny sprach aus, was sie dachte.

Diese Erkenntnis ist mir auch schon gekommen, sogar mehrmals. Danke für nichts. Börnie tigerte weiter.

Als sie noch lebte, hatte sie immer Karriere machen wollen, und dazu brauchte es einfach Ellbogen, was letztendlich Spuren im Charakter hinterließ. Irgendwie war da immer der Plan gewesen, ihre Karma-Bilanz auszugleichen und Gutes zu tun, sobald sie in Rente war: Schulen in Afrika aufbauen, ihr komplettes Vermögen der Krebsforschung hinterlassen, etwas in der Art. Aber diesen Plan konnte sie nun ad acta legen. Wenn die Posaune sie zum letzten Gericht rief, würde der Gerichtsdiener salbungsvoll ankündigen: „Bernhardine Hess, kein guter Mensch."

Das ließ sich jetzt womöglich nur noch dadurch ändern, dass sie ihren Mörder fand – den Menschen, der mutmaßlich auch Yannick und jetzt die Hagedorn ermordet hatte. Und damit potentiellen weiteren Opfern das Leben rettete.

Börnie selbst war trotz Karrieregeilheit nie über Leichen gegangen, aber angesichts der Faktenlage war eine Beziehungstat auszuschließen: Das einzige verbindende Element zwischen Yannick, der Hagedorn und ihr war die Arbeit.

Börnie kam eine Idee. *Natürlich, Schön Cosmetics!*

„Was ist mit *Schön Cosmetics*?", fragte Jenny.

Da schlappte Kai-Uwe in die Küche. Er rieb sich die untere Gesichtshälfte, die unterdessen schon deutlich an Farbe gewonnen hatte. Blau-gelb-schwarz changierend. „Haben Sie etwas Eis für mein Kinn?"

„Der Kühlschrank ist da drüben."

Börnie registrierte mit einer gewissen Befriedigung, dass Jennys Neugier an den Morden wohl doch größer war als ihr Gluckeninstinkt gegenüber Kai-Uwe.

Ich muss kurz etwas im Bad nachsehen. In Yannicks Badezimmerschrank war eine Phiole der Konkurrenz. Wenn wir bei der Hagedorn auch so eine Phiole finden, dann weiß ich, wie der Hase läuft!

Jenny folgte Börnie über den Flur zur Badezimmertür, die nur angelehnt war.

Abrupt blieb Börnie stehen. *Haben Sie das gehört?* Sie lugte durch den Türspalt, sah aber nichts.

„Nein, was?", bühnenflüsterte Jenny. Wer immer dort drin sein mochte, hatte sie spätestens jetzt gehört.

Pst! Börnie legte einen Finger auf die Lippen.

„Schauen Sie durch die Tür", riet Jenny.

Börnie wollte sich weigern – ihre Primärreaktion auf alles, wie sie jetzt merkte –, aber sie musste zugeben, dass genau darin der Vorteil bestand, Geist zu sein: Man konnte seine Widersacher, die womöglich mit einer blutigen Axt hinter der Badezimmertür auf einen lauerten, überraschen.

Börnie holte tief Luft und steckte den Kopf durch das Sperrholz.

Erst sah sie nichts als ein altmodisches Badezimmer, das notdürftig auf den neuesten Stand der Technik gebracht zu sein schien, aber dann nahm sie in Bodennähe eine Bewegung wahr. Eine getigerte Katze, die im Katzenstreu saß. Und die offenbar Geister sah, denn kaum tauchte Börnies Kopf in der Tür auf, kreischte die Katze lauthals wie ein Höllentier, stob in die Höhe und schoss mit durchdringendem Jaulen durch den Türspalt in den Flur. All das dauerte nicht länger als den Bruchteil einer Sekunde. Und bis auf ein paar Katzenstreuklumpen, die durch die Luft flogen, schien es so, als wäre nichts gewesen.

Gott, ich hätte beinahe einen Herzkasper bekommen.

„Sie können nicht infarkten", konstatierte Jenny, die sich die Hand in Herzhöhe auf die Kittelschürze presste.

Börnie betrat das Badezimmer. Es gab keinen Badezimmerschrank, nur ein offenes Regal direkt neben dem Waschbecken. Auf dem mittleren Regalfach stand – inmitten von diversen *Schön*-Produkten – die geheimnisvolle Phiole mit dem Venus-Verschluss.

Bingo!

„Das ist sie?" Jenny atmete ihr heiß in den Nacken.

Voilà, Beweisstück eins: Yannick und die Hagedorn sollten von der Konkurrenz abgeworben werden. Und wegen ihrer mangelnden Loyalität hat der Chef sie er-mordet!

„Was? Quatsch! Oder haben Sie auch eine Phiole in Ihrem Bad? Sie wurden doch auch abgeworben."

Ja, aber nicht von den Franzosen. Vielleicht war ich ja wirklich nur ein Versehen? Selbst Börnie merkte, wie albern das klang. Mit verärgert zusammengepressten Lippen starrte sie auf die Phiole. Als sie sich umdrehte, war Jenny schon im Flur.

Da muss es aber einen Zusammenhang geben!, wollte Börnie wenigstens gegenüber ihrem Spiegelbild über dem Waschbecken beharren, realisierte wieder, dass sie kein Spiegelbild hatte, erschrak darüber, fluchte und folgte Jenny in die Küche.

Kai-Uwe saß, mit der Katze im Schoß, am Küchentisch. Er fütterte sie mit Thunfisch aus der Dose, während er sich mit der anderen Hand einen Beutel Tiefkühlerbsen ans Kinn presste. Als die Katze Börnie sah, spuckte sie ihren Fischbissen aus, miaute erbärmlich, sprang von Kai-Uwes Schoß und schoss ins Wohnzimmer, wo sie sich hinter dem Sofa versteckte.

Sie kann mich sehen! Börnie war regelrecht gerührt!

„Katzen haben ein Gespür für das Feinstoffliche, hat meine Tante immer gesagt." Kai-Uwe nahm die Erbsen vom Kinn. Wegen des Hämatoms sah es so aus, als hätte er einen Kinnbart. Ein Bart, der zwar nicht echt war, aber deutlich üppiger wirkte als die wenigen echten Härchen, die er bis zu diesem Morgen noch gehabt hatte. „Jede gute Hexe sollte eine Katze haben. Hätten wir für unsere Kunden-Konsultationen mit einer Katze aufwarten können, dann hätten wir den Beratungspreis nochmal deutlich erhöhen können. Aber meine Tante hatte eine Katzenallergie."

Wie durch ein kosmisches Eingreifen hörte man plötzlich Tom Jones „What's new, Pussycat?" singen.

Es war allerdings nicht die Hand der Vorsehung, die den Knopf am Transistorradio gedreht hatte, sondern die von Kai-Uwe. Der folgte Börnies Blick und sagte: „Ich habe das Radio angemacht. Bei mir zu Hause läuft immer das Radio. Oder der Fernseher. Das beruhigt mich."

„Sie haben heute zwei Tote gesehen, natürlich brauchen Sie etwas Seelenmassage", erklärte Jenny, bevor Börnie etwas Abfälliges über das Bedürfnis nach unterschwelligen Klangteppichen sagen konnte.

Eigentlich hat er nur einen *Toten und einen Blutfleck gesehen*, korrigierte sie.

„Sie sind auch tot. Macht summa summarum zwei!" Jenny lächelte maliziös.

Hmpf.

Gerade als Börnie zu einer ätzenden Replik ansetzen wollte – nur aus Prinzip, denn natürlich hatte Jenny recht, wie ärgerlicherweise immer –, wurde Tom Jones schnöde vom News-Jingle des Senders unterbrochen und eine Profi-Sprecherin des Lokalsenders verkündete: „Radio Lokalwelle, willkommen zu den Nachrichten. Hier die Top-Meldungen: Mordopfer-Leiche aus Gerichtsmedizin verschwunden. Klimakonferenz hat unter Teilnahme eines hiesigen Forschers begonnen. Innenstadtkaufhaus musste Insolvenz anmelden."

Während erneut ein kurzer Jingle erklang, sahen Börnie und Jenny sich ahnungsvoll an. Kai-Uwe löffelte den Rest des Thunfisches aus der Dose. Dabei tropfte reichlich Öl, mehrheitlich auf die Resopalplatte, aber auch auf das Jaguarprinthosenbein.

Nach dem Jingle war wieder die Radiosprecherin an der Reihe. „Heute Nachmittag ist die Leiche der ermordeten Bernhardine H. aus dem Gerichtsmedizinischen Institut verschwunden. Der leitende Rechtsmediziner steht vor einem Rätsel. Die Polizei ermittelt."

15

Wo's Leben hat, gibt's Narben

Es stinkt nach Fisch!, beschwerte sich Börnie. Was so sehr zum Himmel stank, war sogar für ihre untote Geisternase noch wahrzunehmen.

Sie saßen in ihrem Porsche, der auf dem weitgehend leeren Wanderparkplatz für Stadtparkbesucher stand.

In einem Baum über ihnen rief ein Kauz im Geäst. *Huuuh. Huuuh. Huuuh.* Passend, wenn man daran glaubte, dass Käuze Totenvögel waren. Schließlich grenzte der Stadtpark an das Gelände des Gerichtsmedizinischen Instituts mit haufenweise toten Körpern. Nur offenbar nicht mit dem von Börnie.

„Sehen Sie, ist doch gut, dass wir erst das mit der Katze geklärt haben", konstatierte Kai-Uwe, der fest entschlossen war, sich nicht für den Thunfischölgeruch zu entschuldigen, den sein Hosenbein ausdünstete. „Jetzt ist es dunkel, und wir können uns viel unbemerkter einschleichen."

Viel was?

„Unbemerkter", wiederholte Jenny, als hätte Börnie mit ihrer Nachfrage nicht die Grammatik, sondern die Hörbarkeit gemeint.

Es war Kai-Uwe gewesen, der vor ihrem Aufbruch aus der Wohnung der Hagedorn darauf bestanden hatte, dass sie einen Katzensitter finden mussten, weil man das arme, traumatisierte Fellknäuel nicht allein zurücklassen konnte.

„Sehen Sie nur, sie ist ganz verstört", hatte er, vor dem Sofa kniend, gesagt. Er beugte sich tiefer. „Miez, Miez, Miez."

Das Tier als Ganzes war nicht hervorzulocken. Auch nicht mit weiteren Konserven. Teile der Katze allerdings schon. Genauer gesagt: die Tatze.

„AUA!", schrie Kai-Uwe auf, als ihre Krallen drei tiefe Kratzer in seine Wange schlugen, die wie die Velociraptor-Furchen im Filmlogo von *Jurassic Park 3* aussahen.

„Was ist passiert?" Jenny eilte besorgt auf ihn zu. „Sind Sie okay? Oh Gott, muss das genäht werden?"

„Nein, mir geht's gut. So weit. Die kleine Mieze hat nur Angst", entschuldigte Kai-Uwe die Monsterkralle und sah vorwurfsvoll zu Börnie.

Das ist keine Mieze, das ist eine Killerkatze im Blutrausch. Börnie weigerte sich – wie von Kai-Uwe verlangt –, die Wohnung zu verlassen und draußen zu warten. *Die Katze ist nicht wegen mir verstört, sondern weil ihr Frauchen brutal ermordet wurde. Höchstwahrscheinlich direkt vor ihren Augen. Und momentan würde ich nicht ausschließen, dass es die Katze war, die ihr Frauchen umgebracht und anschließend gefressen hat!*

Daraufhin googelte Kai-Uwe gefühlte Ewigkeiten nach einer Fünf-Sterne-Tierpension mit Abholservice, deren nicht gerade billige Leistungen er vom Rucksackgeld bar bezahlte. Der Abholerin, einer jungen Frau, die ein T-Shirt mit dem Aufdruck *Tierpension Pfötchenglück* zu Springerstiefeln trug und krampfhaft versuchte, weder unhöflich auf das Bluterguss-kinn und die Narbenwange von Kai-Uwe zu starren noch auf die fetten Geldscheinbündel in seinem pinken Herzchenrucksack, erklärte er: „Meine Tante ist ... äh ... spontan erkrankt."

Spontan erkrankt? Als ob man geplant erkranken könnte, lästerte Börnie aus dem Nebenraum, wo sie sich mit Jenny versteckte. Je weniger die junge Frau mitbekam, desto besser.

„Wie heißt sie denn?", fragte die Pfötchenbeglückerin und hob die Transportbox mit der fauchenden und spuckenden Katze hoch, die sie nur mit einem Kescher hinter dem Sofa hervorbekommen hatte.

„Wer? Oh, die Katze ... Sie heißt ... äh ... Fräulein Hagedorn." Kai-Uwe kratzte sich nervös am Ohrläppchen. „Wir rufen sie nur Fräulein. Aber eigentlich hört sie auf keinen Namen."

„Katzen eben. Die tun, was sie wollen." Die Abholerin nickte voller Stolz. Bestimmt fand sie Hunde zu devot.

Börnie nahm sich vor, den süßen Chihuahua, den sie sich irgendwann zulegen würde, nie in die *Tierpension „Uns sind Katzen lieber"-Pfötchenglück* zu geben. Aber dann fiel ihr wieder ein, dass sie die Chance, Tierbesitzerin zu werden, ein für alle Mal verpasst hatte.

Außer, es gab Geisterhunde.

Das alles hatte über drei Stunden gedauert, weswegen sie erst jetzt, nach Einbruch der Dunkelheit, das Gerichtsmedizinische Institut auskundschafteten.

„Ich weiß nicht, was Sie hier zu finden hoffen", flüsterte Jenny, als gäbe es Überwachungs-Richtmikrofone auf der Mauer rund um das Institutsgelände. „Ihr Körper ist weg, und im Radio hieß es doch, man stünde vor einem Rätsel."

„Vielleicht haben die Ihre Leiche nur verlegt?", warf Kai-Uwe ein. „Das kommt doch oft vor, dass man sich den Bär sucht und etwas einfach nicht finden kann, weil man es nicht an seinem üblichen Ablageort deponiert hat."

Meine Leiche ist keine Lesebrille, erklärte Börnie. *Und den Medien gegenüber sagt man nie alles, was man weiß. Bestimmt gibt es irgendeinen Hinweis, und den werden wir uns wie die Trüffelschweine erschnuppern. Also los jetzt.*

Die Frauen näherten sich ganz normal dem Tor zum Institut, nur Kai-Uwe schrammte verstohlen an der Mauer entlang. Wenn er schon den Bond gab, dann richtig und zu hundertzwanzig Prozent filmreif.

Der Rucksack brachte den Efeu zum Rascheln.

Pst!, befahl Börnie.

Es war aber niemand da, der Kai-Uwe hören konnte. Stadtparkbesucher gab es zu dieser späten Stunde nicht mehr, und die nächsten Anwohner fanden sich in einem halben Kilometer Entfernung.

Das Tor zum Gelände war nicht geschlossen, und es patrouillierten auch keine schwerbewaffneten Wächter um das Institut herum. Trotz einer verschwundenen Leiche hatte man aus der Gerichtsmedizin keinen Hochsicherheitstrakt gemacht, der von Selbstschussanlagen und Hubschraubern mit Wärmebildkamera geschützt wurde. Vermutlich dachten die Verantwortlichen, dass der Blitz nicht zweimal an einem Tag an derselben Stelle einschlagen würde.

Die glauben bestimmt, dass mich ein marodierender Leichendieb gekrallt hat, spekulierte Börnie, als sie im Schatten der Bäume über die Auffahrt zum Eingang huschten. *Die Polizei weiß doch noch gar nichts von den Zusammenhängen und dass mittlerweile drei Mitarbeiter von Schön Cosmetics ermordet wurden. Vielleicht verhören die gerade Bine, weil sie die Morde für das Ergebnis einer missglückten Dreierkiste zwischen ihr, mir und Yannick halten. Deswegen schützen sie das Institut auch nicht. Weil sie denken, falls der Leichenschänder heute Nacht scharf auf eine weitere Eroberung ist, geht er auf den Friedhof. Oder ins nächste Bestattungsinstitut.*

„Sie sollten die Polizei nicht unterschätzen", meinte Jenny, deren Onkel väterlicherseits Schutzpolizist gewesen war. Für so eine massige Frau bewegte sie sich erstaunlich leise auf dem Kies vor dem Haupteingang. Dafür knirschte Kai-Uwe wie eine ganze Büffelherde übers Gestein.

Müssen Sie so einen Lärm machen?

„Ich kann in den Pantoffeln nicht gut laufen", sagte Kai-Uwe. „Es geht leicht hangaufwärts, und ich rutsche dauernd hinten raus."

Jenny und Börnie blieben stehen und starrten auf seine Füße. Er trug tatsächlich noch die Filzpantoffeln aus der hagedornschen Wohnung.

„Was denn?", wehrte er sich. „Es musste alles so schnell gehen. Hektik macht mich wuschig. Ich hab ganz einfach vergessen, die Schuhe zu wechseln."

Börnie starrte mit vorwurfsvollem *Warum?*-Blick zu den Schicksalsgöttinnen am Nachthimmel auf.

„Das ist völlig normal, dass man unter Druck unwichtige Dinge übersieht", tröstete Jenny.

Unwichtig? Seine fußpilzigen Sneaker an einem Tatort zurückzulassen, ist unwichtig?

„Ich habe keinen Fußpilz. Ich achte immer sehr auf Hygiene!" Kai-Uwe sah zu Jenny in ihrem Putzfrauenkittel. Sauberkeit als kleinster gemeinsamer Nenner war immerhin ein Anfang. „Und in meinen Sneakern steht auch nicht mein Name."

Nur Ihre DNA ist dran.

„Wir holen Ihre Schuhe, wenn wir hier fertig sind", versprach Jenny vollmundig.

Das Käuzchen rief erneut.

Sie knirschten weiter.

Das Institut lag, der späten Stunde geschuldet, im Dunkeln. Mit einer Ausnahme. Börnie sah ganz ungeniert durch das offene Fenster in den hell erleuchteten Pförtnerraum neben der Eingangstür. Ein älterer Mann in Uniform saß vor einer Empfangstheke und las in einer Sportzeitung. Ein deutlich jüngerer Mann in einem weißen Kittel lehnte an einem Rollschrank und füllte mit Bleistift etwas auf einem Klemmbrett aus. Neben ihm stand – Börnie verspürte den Drang, sich die Augen zu reiben – eine Schreibmaschine auf einem Beistelltisch. Sie hatte nicht zum ersten Mal an diesem Tag das Gefühl, mittels eines Zeitmaschinen-Fernrohrs in die Analog-Vergangenheit von Beamtenstuben zu schauen.

Plötzlich tauchte der Kopf eines Schäferhundes im Fenster auf.

Börnie schrak zurück.

Der Hund schnupperte und jaulte leise auf.

„Ist wieder ein Eindringling unterwegs?", fragte der Weißkittel.

„Nee, dann würde er anschlagen. Er heult nur den Mond an. Aus, Bono! Platz!"

Börnie huschte zu Jenny und Kai-Uwe, die sich auf der anderen Seite der Tür an die Sandsteinwand pressten.

An denen kommt ihr nicht vorbei. Wir müssen eine Hintertür suchen.

Links ging es zur „Anlieferung", wie es ziemlich kodderschnäuzig angeschrieben war. Dort war alles dunkel, ruhig und verschlossen. Doch als sie sich der Rückseite des Hauses näherten, hörten sie Stimmen.

Pst!, mahnte Börnie und trat todesmutig um die Ecke. Keiner der drei Weißbekittelten, die gerade im Halbkreis eine Raucherpause um einen Stahlblech-Standascher einlegten, bemerkte Börnie, obwohl sie sich ihnen – nachgerade tollkühn – bis auf eine Armeslänge näherte, um sie besser belauschen zu können. Wenn ihnen in spektakulärer Weise eine Leiche förmlich unter ihrem Sezierskalpell gestohlen worden war, dann mussten sich ihre Gespräche doch ganz sicher um dieses Thema drehen. Dachte der Geist besagter Leiche, der aufmerksam zuhörte. Taten sie aber nicht. Es ging um die Hobbykoch-Gretchenfrage: Induktion oder Ceran, was ist besser?

Hinter den drei Männern sah man durch eine offene Flügeltür in einen Sezierraum.

Göttin sei Dank nicht „in Betrieb", dachte Börnie. Will heißen: Es lag keine frisch geöffnete Leiche auf dem Seziertisch.

„Okay, dann wollen wir wieder." Der offenbar Dienstälteste drückte seinen Zigarettenstummel nicht aus, sondern steckte ihn so in den Sand des Aschers, dass die noch glühende Seite nach oben zeigte. Er fächelte den Restrauch in den Seziersaal hinein. Die beiden anderen hielten es ebenso.

„Das bringt doch nichts!" In der Tür tauchte der Klemmbrettmann aus der Pförtnerloge auf. „Wieso habt ihr denn draußen geraucht? Ihr solltet doch hier Sezierraum drei ausräuchern!"

„Es ist so ein milder Abend, da will man ins Freie. Und den Gestank nach Wasserleiche kriegt man sowieso nicht weggeraucht." Der Dienstälteste wandte sich an seine Mitraucher. „Lasst die Tür offen. Ich schließe dann ab, wenn ich gehe."

Die Männer verschwanden im Inneren.

Börnie fand, dass es Leichenräubern hier nicht gerade schwer gemacht wurde. Aber als sie in den Sezierraum drei trat, merkte sie, dass hier auch nichts zu rauben war. Man sah im grünlichen Dämmer der Notausgangleuchte nichts weiter als glänzende Oberflächen. Was es an Gerätschaften gab, war weggeschlossen. Und Leichen lagen hier schon gar nicht herum.

Die Luft ist rein, rief Börnie.

Vorsichtig kam erst Jenny an, dann Kai-Uwe. Der röchelte sofort: „Was stinkt hier so ...? Bäh!" Er gab Würgegeräusche von sich.

Was ist denn?, fragte Börnie genervt.

„Riechen Sie das nicht? Das ist widerlich! Das ist ... äää!" Kai-Uwe sah schlagartig grün aus, wie ein Marsmännchen. Wie sich herausstellte, lag das nicht am grünen Notausgangslicht, weil er sich nämlich gleich darauf unter lautem Stöhnen großflächig übergab. Mehrheitlich Thunfisch in Gallenflüssigkeit, durchsetzt mit einer kleinen Bröckchen-Garnitur aus Frühstückssalami.

Börnie sah zu Jenny, um zu eruieren, ob sie auch gleich losreihern würde, aber sie schien gegen den Gestank immun zu sein. Bestimmt berufsbedingt. Börnie hatte ein einziges Mal wegen Überbelegung der Damentoilette – es hatte Zwiebelsuppe in der Kantine gegeben – die Herrentoilette von *Schön Cosmetics* aufsuchen müssen, und seitdem hegte sie den größten Respekt vor den Menschen, die dort saubermachen mussten. Eine olfaktorische Zumutung sondergleichen, trotz Duftstäbchen. Und ein Beweis dafür, dass die meisten Männer entweder nicht zielen konnten oder nicht wollten.

Ich habe gehört, dass hier vorhin eine Wasserleiche seziert wurde. Offenbar steigt der Geruch sofort ins Brechreizzentrum. Geht's wieder?

Kai-Uwe schüttelte negierend den Kopf, trottete den Frauen aber trotzdem hinterher, um ihnen dann – ganz Gentleman – die Tür zum Flur zu öffnen.

Am Ende des Korridors hörte man eine monoton-sonore Stimme, die anscheinend etwas in ein Aufnahmegerät diktierte. Börnie nickte in Richtung Treppenhaus.

„Was haben Sie jetzt vor?", verlangte Jenny zu wissen.

Keine Ahnung. Ich weiß es, wenn ich es sehe. Oder höre.

Im Erdgeschoss schien es nur Seziersäle zu geben. Die kleine Dreier-Prozession schlich sich die Treppe hinauf in den ersten Stock mit den Büroräumen. Schon von weitem sah man, dass in einem davon noch Licht brannte.

Müssen Sie diese Geräusche machen?, herrschte Börnie plötzlich Kai-Uwe an, der ständig schnaubend Luft ausstieß.

„Ich kriege diesen Gestank nicht aus der Nase. Der ist abscheulich!"

„Nörgeln Sie nicht immer an Kai-Uwe herum, nur weil er über mehr Sensibilität als andere verfügt. Sie vergessen wohl, dass Sie nur deshalb für ihn wahrnehmbar sind."

Börnie wackelte genervt mit dem Kopf. War ja klar, dass Mutterglucke Jenny sich wieder einmal schützend vor ihr Küken warf.

Sie schritten den langen Korridor mit dem Marmorboden entlang.

Ruhe jetzt! Börnie hätte die Situation am besten allein ausbaldowern sollen, aber sogar ihr als Geist war dieses Haus voller Leichen unheimlich. Da half es, in Gesellschaft zu sein. Zudem fürchtete Börnie, dass es mehr von ihrer Art geben könnte, und sie würde sich einer Horde Untoter ganz sicher nicht ohne Putzfrau und Medium stellen.

Schließlich kamen sie vor dem Büro mit dem Lichtstreifen unter der Tür an. Man hörte Stimmen.

„... ich muss mir die Aufnahme der Überwachungskamera nicht noch einmal ansehen – ich kenne diese Person nicht." Eine Frauenstimme, die genervt klang. „Ich habe hier über fünfzig Mitarbeiterinnen und Mitarbeiter. Außerdem haben wir regelmäßig Kolleginnen und Kollegen, die bei uns an der rechtsmedizinischen Facharzt-Weiterbildung teilnehmen. Da ist es doch wohl verständlich, wie jemand, der ganz augenscheinlich nach Mediziner aussieht, sich hier einschleichen konnte, ohne groß Aufruhr zu verursachen. Mein Team ist noch mit dem Prüfprozess beschäftigt, ob es sich nicht doch um jemanden handelt, der eine Anwesenheitsberechtigung hatte. Sobald mir eindeutige Ergebnisse vorliegen, melde ich Ihnen das."

Eine Männerstimme murmelte etwas, das Börnie nicht verstehen konnte.

Der nuschelt, schimpfte sie.

Jenny zeigte in einer fließenden Bewegung mit ausgestreckten Armen auf die Wand.

Börnie überwand ihre immer noch vorhandene Spreißelangst, holte tief Luft und trat durch die Tür hindurch in ein Büro, das eindeutig ins 21. Jahrhundert gehörte. Anders als unten an der Pforte gab es hier sehr modernes Mobiliar und auf dem Schreibtisch einen formschönen Großbildschirm mit angebissenem Obst auf der Rückseite. Davor saß eine hochelegante Frau fortgeschrittenen Alters mit asymmetrischer Frisur.

Sie trug einen weißen Kittel und den umwerfendsten samtig-roten Lippenstift, den Börnie jemals gesehen hatte. Den wollte sie auch!

Der Mann mit der Nuschelstimme war ihr höchsteigener Hauptkommissar Alexander Wenkow.

„Unsere Sicherheitsmaßnahmen sind absolut adäquat", echauffierte sich die Frau am Schreibtisch, bei der es sich – laut einem kleinen Aufsteller zwischen Telefon und einem Becher mit kaltem Kaffee – um *Dr. Leonora Himmelreiter, Leitende Direktorin* handelte. „Die Pforte ist rund um die Uhr besetzt und verfügt an entscheidenden Nahtstellen über Kameraüberwachung, aber der Zutritt zum Institut ist für jemanden mit ausreichend krimineller Energie dennoch möglich. Und der Hintereingang ist überwachungstechnisch ohnehin unsere Achillesferse. Aber wir sind ja auch nicht Fort Knox."

Niemand wusste das besser als Börnie.

„Ich fasse zusammen: Ihre Leute haben also nicht mitbekommen, wie die Leiche – die *unobduzierte* Leiche, wie ich anmerken möchte – entwendet wurde? Und es kann auch niemand eine Aussage zu diesem unbekannten Eindringling machen." Alexander schien von irgendetwas getriggert zu werden, er strahlte sonst deutlich mehr gelassene Souveränität aus. Erinnerte ihn die Direktorin an seine Mutter? Er benahm sich wie ein trotziger Teenager.

„Ich muss Ihnen ja wohl nicht erst erklären, wie überlastet mein Institut ist. Wir hatten und haben einige absolute Top-Priority-Fälle. Die Obduktion Ihrer Toten stand nicht ganz oben auf der Liste." Sie klopfte mit perfekt manikürten, rot lackierten Fingernägeln auf ihre Schreibtischplatte. Mami wurde sauer – gleich setzte es eine Ohrfeige. „Außerdem verbitte ich mir diesen Tonfall. Noch dazu, wo Sie Ihre Leiche und sämtliche dazugehörigen Beweismittel wiederbekommen haben!"

Wie bitte? Börnie glaubte, sich verhört zu haben.

„Das bringt mich zu Ihrem Gärtner." Obwohl die leitende Direktorin die Aura einer griechischen Göttin verströmte, die gleich mit Blitzen werfen oder ihn in ein Hängebauchschwein verwandeln würde, zuckte Alexander mit keiner Wimper. „Können Sie gesichert ausschließen, dass er sich nicht an der Leiche vergangen hat und nur behauptet, sie im hinteren Teil des Gartens ‚gefunden' zu haben?" Er malte Gänsefüßchen in die Luft.

Die Direktorin seufzte. „Nein, das kann ich nicht. Ich kenne den Mann kaum. Keine Ahnung, welchen Fetischen er frönt. Aber wenn es der Gärtner war, wer ist dann der Unbekannte auf dem Überwachungsfoto? Unser Gärtner hat eine völlig andere Physiognomie! Und ihn kennt hier auch jeder."

Hauptkommissar Alexander verschränkte die Arme und guckte enttäuscht. „Schon gut, Sie haben ja recht. Ein zufälliger Eindringling am selben Tag, an dem der Gärtner durchdreht und sich eine Leiche krallt, das ist wohl eher auszuschließen."

Börnie hatte genug gehört. Ihre Leiche war in den Garten getragen und dort ... äh ... nur abgelegt worden? Das hatte mit ihrem Mord wohl eher nichts zu tun. Mehr Details wollte sie dazu gar nicht wissen.

Sie spazierte wieder durch die Wand in den Flur, aber der lag verlassen da.

Hallo?

Keine Antwort.

Das muss aufhören, dass die beiden sich immer verdünnisieren, wenn ich ihnen mal für eine Minute den

Rücken zukehre!, fluchte Börnie im leeren Korridor. Dann konzentrierte sie sich auf Kai-Uwe, und gleich darauf stand sie neben ihm, augenscheinlich im Keller des Instituts. Im Raum mit den Kühlfächern. Börnie lief ein kalter Schauer über den Rücken. Sie drehte sich langsam einmal im Kreis. Eigentlich mussten hier doch mehr von ihrer Sorte sein. Geister. Tote Menschen, die den Schritt ins Licht nicht vollzogen hatten.

Aber sie sah nur Jenny und Kai-Uwe.

Jenny zeigte auf eine Plastikwanne, in der ein paar High Heels, ein Kleid, ein Tanga, zwei Ohrringe und ein Fußkettchen lagen.

Das sind meine Sachen!

„Und das da sind Sie!" Jenny zeigte auf ein Plastiktuch, unter dem sich ein menschlicher Umriss abzeichnete.

Börnie musste schlucken.

„Kai-Uwe hatte oben im Flur wieder einen Brechreiz, deshalb haben wir uns nach unten verzogen. Und da haben wir gehört, wie sich der Pförtner mit einem Arzt über Sie unterhalten hat. Also ... über den Raub Ihrer Leiche und der Wanne mit Ihren Sachen. Der Arzt kommt auch gleich, um Sie heute Nacht noch zu obduzieren. Wir sollten uns beeilen."

Kaum wird man gestohlen, wird man zum Dringlichkeits-Fall, für den Überstunden genehmigt werden.

Börnie sah zu ihrem Körper, der sich unter der Plastikplane kaum abzeichnete. Sie war als Lebende extrem stolz darauf gewesen, wie schmal sie war, aber jetzt wünschte sie sich, sie hätte doch öfter der Lust auf Kartoffelchips nachgegeben. „Tot, aber wenigstens schlank" war ein Statement, das ihr wider Erwarten keinerlei Glücksgefühle bescherte.

„Ich war noch nie bei einer Obduktion dabei", meldete sich Kai-Uwe zu Wort.

Sie werden nicht zusehen, wie ich aufgeschnitten werde!, donnerte Börnie. Etwas vehementer, als sie es beabsichtigt hatte, aber neben der eigenen Leiche zu stehen, löste etwas in einem aus.

„Das würden Sie auch gar nicht durchstehen, dazu sind Sie zu feingeistig", meinte Jenny.

Kai-Uwe hatte aber schon ein neues Kapitel aufgeschlagen. „Warum klaut jemand eine Leiche, nur um sie in den Garten zu legen?"

Es gibt Perverse, die ..., fing Börnie an.

„Ihre Leiche ist absolut unangetastet", unterbrach Jenny, als ob sie nicht wollte, dass ihr Kleiner die schnöden Fakten vom perversen Rande der Gesellschaft kennenlernte. „Sie ist makellos. Ich habe nachgesehen. Nur ein bisschen Restschaum um die Lippen, wegen dem Gift. Ansonsten. Ist. Nichts. Passiert." Sie wackelte mit den Augenbrauen, sah zu Börnie, dann zu Kai-Uwe, dann wieder zu Börnie.

Schon verstanden. Börnie war offen gestanden sehr erleichtert. Die Phase, in der es ihr egal war, was mit ihrem Körper passierte, hatte sie noch nicht erreicht. *Dann begreife ich aber nicht ...*

Plötzlich riss Jenny den Mund auf. „Oh mein Gott!" Sie zeigte auf Börnie, den Geist. Und dann auf die Plastikwanne. „Sehen Sie sich doch an!"

Börnie sah an sich herab.

Ja und?

„Als Geist trägt man immer das, was man im Moment des Todes anhatte!"

Jetzt strahlte auch Kai-Uwe auf. „Sie trägt einen Blazer. In der Wanne mit den Kleidern ist aber kein Blazer."

„Genau!" Jenny stemmte die Hände auf die Hüften. „Es ging bei dem Diebstahl um den Blazer!"

Börnie runzelte die Stirn. *Aber wenn es dem Täter nur um den Blazer ging, warum hat er dann auch die Leiche und die ganze Wanne entwendet und sie später zurückgelassen?*

„Um eine falsche Fährte zu legen!" Jenny lächelte triumphierend.

Man hörte sich nähernde Schritte.

Weg hier!, befahl Börnie. Die Details konnten sie später klären.

Die Schritte kamen aus dem Treppenhaus. Zum Glück gab es im Keller einen Notausgang zum Garten. Kai-Uwe lief voraus, Jenny und Börnie hinterher.

Sie bekamen noch mit, wie ihnen jemand aus dem Flur „He, wer ist da?" hinterherrief, aber da waren sie schon draußen auf dem Rasen, umrundeten den kantigen Bau des Instituts und rannten auf die Pforte zu.

Erst an der Straße angelangt, zügelten sie ihr Tempo und schritten, immer an der Mauer entlang, zum Parkplatz, auf dem nur noch Börnies Cabrio und – am anderen Ende – ein Kleinwagen standen. Beim Anblick des Porsches wähnten sie sich in Sicherheit. Gleich wären sie auf und davon. Nach ihnen die Sintflut.

Aber in diesem Moment tat es einen gewaltigen Knall, und Börnies heißgeliebter schneeweißer Porsche explodierte vor ihren Augen zu einem gigantischen Feuerball.

16

Wir lernen:
In einer Welt, in der es
Win-Win-Situationen gibt, gibt's halt
auch Lose-Lose-Situationen.

Es regnete Porsche-Fragmente.

Börnies geliebte Luxuskiste flog ihnen buchstäblich um die Ohren.

Erstaunlicherweise steckte Börnie das am besten weg. Sie duckte sich nicht einmal.

Jenny hielt sich zwar sofort die Ohren zu, wich aber lässig und salopp der fliegenden Motorhaube aus. Sie sah nicht nur aus wie Thor – nur in Schwarz, weiblich und mit Mandelaugen –, sie war auch ebenso unkaputtbar wie der nordische Gott.

Den armen Kai-Uwe erwischte es allerdings böse. Der rechte Seitenspiegel löste sich durch die Explosion und wurde in die Luft katapultiert, musste aber dann der Schwerkraft gehorchen und wieder nach unten kommen. Und es war ja irgendwie klar, dass er auf Kai-Uwe, dem sprichwörtlichen Pechvogel, landen würde. Dummerweise genau in dem Moment, als Kai-Uwe, „Boar" murmelnd, nach oben in die sich verziehende Rauchwolke sah, aber glücklicherweise nicht mehr mit der Wucht der Detonation, sondern nur noch mit der normalen Kraft der Fallgeschwindigkeit. Es würde dennoch ein Veilchen von immensen, nachgerade *Guinness*-rekordträchtigen Ausmaßen werden.

Wir müssen hier weg!, brüllte Börnie, weil sie hören konnte, wie Leute aus dem Institut angelaufen kamen.

Jenny und Kai-Uwe hatten ja vermutlich ein Knalltrauma und hörten nur ein Pfeifen im Ohr.

Kai-Uwe rappelte sich hoch – der Seitenspiegel hatte ihn wie einen Baum gefällt – und torkelte los. Man musste ihm Respekt zollen. Er zog Desaster jedweder Art magisch an, aber er ließ sich nicht unterkriegen.

Jenny lief an seiner Seite und rief ihm aufmunternd „Weiter, Sie schaffen das!" zu. Wie die Trainerin eines Langstreckenläufers.

Börnie sah sich ein letztes Mal um. Die Reste ihres Wagens brannten lichterloh. Diverse Teile waren ebenso wie der Spiegel weggesprengt worden und zierten jetzt qualmend den Parkplatz. Sie blieb stehen.

Das war er – der letzte Nagel zu ihrem Sarg. Nie hatte sie sich erfolgreicher gefühlt, als wenn sie am Steuer ihres weißen Cabrios saß, wenn der Fahrtwind mit ihren Haaren spielte und sie immer einen Ticken zu schnell über die Landstraßen brauste. Keine Gehaltserhöhung, kein Eckbüro, keine Beförderung fühlte sich mehr nach Erfolg an als diese Spritztouren. Aber jetzt war ihr heißgeliebtes Auto ebenso tot wie sie. Wahrhaft das Ende einer Ära.

Börnie wachte aus ihrer Selbstmitleidattacke auf, als sie mehrere Männer aus der Pforte zum Institut laufen sah. Sie drehte sich um und folgte eilends Jenny und Kai-Uwe hinein in den Stadtpark, die grüne Lunge der Metropole.

Der Hauptweg war natürlich beleuchtet, seit der Landesgartenschau sogar mit sehr hübschen Jugendstilleuchten, die Seitenwege lagen jedoch weitgehend im Dunkeln. Dahin zog es die drei.

Stöhnen Sie leiser!, mahnte Börnie Kai-Uwe und sah sich um, weil sie fürchtete, sie könnten verfolgt werden.

Dass die Gefahr von vorn kommen könnte, damit hätte keiner von ihnen dreien gerechnet.

„Stehenbleiben!", bellte eine geschlechtsneutrale Stimme unfreundlich. Gleich darauf, als die Person zur Stimme mit ihrer Taschenlampe Kai-Uwes Gesicht anstrahlte, bellte sie deutlich freundlicher: „Scheiße, wie sehen Sie denn aus?"

Kai-Uwe erinnerte in dieser Spotlichtbeleuchtung an die Monster der Fünfziger-Jahre-Filme: etwas zu doll geschminkt, um wirklich furchteinflößend zu sein. Dafür aber abgrundtief hässlich. Das lila Veilchen am rechten Auge und der lila Bluterguss am Kinn flossen allmählich ineinander, und die Katzenkrallen-Furchen auf der linken Wange wirkten wie das Relief des Grand Canyon mal drei.

Jenny lächelte ihn liebevoll an. Erst wenn jemand richtig lächerlich aussah, merkte man, wie sehr er einem am Herzen lag.

„Was haben Sie gesagt?", rief Kai-Uwe, der seit der Explosion alles gedämpft hörte, als wäre er unter Wasser.

„SIE SEHEN SCHEISSE AUS!", brüllte die Stimme hinter der Taschenlampe.

Kai-Uwe schmollte. „Ich finde Bodyshaming nicht okay!"

„He, ich äußere mich nie abwertend über die Körper anderer!", verteidigte sich die Stimme, als ob es ihr wichtig war, ihre Feinfühligkeit gegenüber Diskriminierungen aller Art unter Beweis zu stellen. Dann brachten sie die Feuerwehr-Sirenen zurück zu der eigentlich anliegenden Aufgabe. „Aber egal, HER MIT DEM RUCKSACK!"

Die drei Flüchtigen stutzten. Sie waren – unabhängig voneinander, aber gleichermaßen fest überzeugt –

davon ausgegangen, dass jemand aus dem Institut eine Abkürzung kannte und sie abgefangen hatte. Oder vielleicht auch ein Parkwächter oder ein Schutzmann, angelockt von der Explosion, vor ihnen stand.

Aber ... ein Räuber?

Börnie trat angstfrei näher. Noch ein Vorteil, wenn man Geist war – zunehmende Furchtlosigkeit.

Und von nahem sah sie, dass es sich um eine Frau handelte. Mit einer Skimaske über dem Kopf, somit eigentlich unkenntlich. Wäre da nicht das T-Shirt mit der Aufschrift *Tierheim Pfötchenglück*.

Rückblickend war es ein Fehler gewesen, dass Kai-Uwe den Rucksack im Beisein der Katzenabholerin geöffnet hatte. Und dass sie einen so auffälligen Wagen gefahren hatten, dem man – in dem Tempo, in dem Kai-Uwe ihn kutschierte – mühelos folgen konnte.

Vorsicht, sie hat ein Messer!, warnte Börnie. *Lauft um euer Leben!*

Börnie war tatsächlich besorgt, denn Jenny war zwar gesichert stärker als die Tierfreundin, aber womöglich nicht wendig genug, um einem Messerangriff auszuweichen. Und wie sie Kai-Uwe kannte, würde der auf einem Blatt ausrutschen und von selbst ins Messer fallen.

Etwas miaute lautstark.

Kai-Uwe legte den Kopf schräg. „Fräulein Hagedorn?"

Es ist die Frau vom Tierheim, raunte Börnie Jenny zu.

„Sie bringen ein unschuldiges Tier mit zu einem Raubzug?" Kai-Uwe klang vorwurfsvoll.

„Man lässt eine Hauskatze nicht allein im Auto, auch nicht mit geöffneten Wagenfenstern!", erklärte die räuberische Tierfreundin. „Und schon gar nicht, wenn irre Bombenleger unterwegs sind."

Sie hat gesehen, wer die Bombe gelegt hat! Fragen Sie sie, wer es war!

„Sie sind uns gefolgt?", fragte Kai-Uwe stattdessen.

„Liegt doch auf der Hand. Was glauben Sie denn, wie ich Sie sonst hier gefunden hätte?" Die Taschenlampe wackelte, während die Frau mit der Messerhand die Skimaske richtete. Die Maske war ihr offensichtlich zu groß und rutschte immer über die Augen. „Ich will das Geld! Wenn Sie wüssten, wie vielen Tieren man mit so viel Geld helfen kann!"

Herrschaftszeiten, fragen Sie sie, wer die Bombe in meinem Wagen platziert hat!

„Seien Sie nicht so unfreundlich zu ihm", intervenierte Jenny. „Nicht nach allem, was er für Sie durchmachen musste."

„Ich gebe Ihnen den Rucksack, wenn Sie mir sagen, wer die Bombe gelegt hat. Ehrenwort."

Was? Ich bin davon ausgegangen, Sie teilen das Geld mit Jenny, sobald wir den Mörder gefunden haben! Sie können das Geld nicht einfach so weggeben.

Jenny schien es aber nicht weiter zu kratzen, dass ihr Anteil am Vermögen ins Tierwohl fließen sollte.

Fräulein Hagedorn – die ja möglicherweise Muschi oder Hannelore hieß – miaute neuerlich.

„Echt jetzt?", fragte die Tierheimlerin und ließ das Messer sinken.

„Echt!" Kai-Uwe nickte.

Sie zuckte mit den Schultern. „Ich weiß nicht, wer das war. So ein älterer Typ. Elegant. Teurer Mantel. Tauchte plötzlich auf, schob ein Päckchen unter den Wagen und machte sich wieder vom Acker. Da war bestimmt Plastiksprengstoff mit einem Zeitzünder drin!" Sie guckte kritisch. „Ich bin ja grundsätzlich schon dafür, dass man ein Zeichen gegen den Großkapitalismus setzen sollte, aber nicht nachts im Park mit einer Auto-bombe. Das traumatisiert die Tiere. Die hören auf zu brüten oder ziehen weg."

„Ja, finde ich auch!" Kai-Uwe strahlte. Für ihn war sie eine von den Guten – Messerattacke hin, Raub-überfall her.

Börnie hmpfte. *Mein armer Porsche. Es ist nicht rich-tig, das, was andere sich mühsam erarbeitet haben, in die Luft zu sprengen – auch nicht tagsüber und an einem Ort, wo keine Tiere hausen.*

„Danke für die Info!", sagte Kai-Uwe und wollte sich gerade aus dem Rucksack schälen – ein Mann, ein Wort –, da brüllte jemand: „KEINE BEWEGUNG!"

Halligalli im Stadtpark.

Es war aber kein konkurrierender Rucksackräu-ber, sondern der Pförtner aus dem Gerichtsmedizini-schen Institut.

„Mein Bono war früher bei der Hundestaffel. Der ist nicht nur Ihrer Fährte gefolgt, der zerlegt Sie auch, wenn Sie sich nicht augenblicklich ergeben!"

Was Bono sicher auch getan hätte, wäre in diesem Moment nicht Fräulein Hagedorn – die nicht in ei-ner Transportbox saß, sondern ein Katzengeschirr mit Leine trug, das am Gürtel der Tierfreundin befestigt war – mit aufgestelltem Nackenfell nach vorn gepresht. Sie fuhr die rechte Tatze aus und versenkte sie gleich darauf schmerzhaft in die Schäferhundschnauze. Das ließ sich ein ehemaliger K9'er natürlich nicht bieten. Er fletschte sein eindrucksvolles Gebiss und stürzte sich seinerseits auf die Katze.

Der weibliche Pfötchenglück-Robin-Hood schrie: „Bändigen Sie gefälligst Ihren Köter!"

Der Pförtner brüllte: „Weg mit der Katze oder ich vergesse mich!"

Was die beiden Zweibeiner und die beiden Vierbeiner sonst noch gellten, bellten, miauten oder taten – und was immer es war, es machte einen Heidenlärm und brachte Buschwerk zum Rascheln und Blätter zum Stieben –, bekamen Börnie, Jenny und Kai-Uwe nicht mit.

Sie setzten sich nämlich zügig durchs Gebüsch ab.

17

Kopflos durch die Nacht

„Weinbrand oder Wodka?"

Als sehr großer Mensch darf man Kleineren nicht anbieten, etwas für sie von hoch gelegener Stelle herabzuholen. Aber wenn sie einen darum bitten, muss man es tun. So lautet das Gesetz der Giganten.

„Eierlikör, bitte."

In Momenten großer seelischer Erschütterung ist der Mensch – ob lebendig oder tot – geneigt, sich schutzsuchend in eine Höhle zu verkriechen. Jenny, Börnie und Kai-Uwe ging es da nicht anders. Deswegen waren sie zügig zum Hauptsitz von *Schön Cosmetics* gewandert. Aus dem einfachen Grund, weil das Hochhaus mit dem Firmensitz dem Gerichtsmedizinischen Institut näher lag als ihre eigenen Wohnungen und Jenny immer noch den zwölfstelligen Zugangscode auswendig wusste, der erst zum nächsten Ersten geändert werden würde.

Wer merkt sich denn bitte einen zwölfstelligen Code auswendig?, hatte Börnie gemosert, die den Code immer in ihrem Handy gespeichert und dann sofort vergessen hatte.

„Das nennt sich Gedächtnistraining und ist gut fürs Gehirn!"

Die kurze Strecke hatte sich gezogen, nicht nur, weil sich die Frauen anmoserten. Besonders lang fühlte sich der Weg für Kai-Uwe an, der immer noch in den Filzpantoffeln steckte. Die sich allerdings allmählich auflösten. Für Hals-über-Kopf-Fluchten in Grünanlagen und nächtliche Wanderungen waren sie nämlich nicht entworfen worden.

Und nun waren sie hier im Hauptsitz von *Schön Cosmetics*, durch die Tiefgarage eingeschleust dank Jennys Kenntnis des Nummerncodes. Kai-Uwe trug einen türkisfarbenen, für ihn viel zu großen Putzmannkittel aus Jennys Spind im Keller, damit er – falls er versehentlich ins Blickfeld einer Überwachungskamera geraten sollte – wie eine versprengte Reinigungskraft von der Nachtschicht aussah. Er besaß jetzt eine unheimliche Ähnlichkeit mit Quasimodo, dem Glöckner von Notre-Dame, weil er den Rucksack mit seinem Südseegeld auf gar keinen Fall ablegen wollte und darum unter dem Kittel trug.

„Eierlikör sehe ich hier oben nicht", sagte Jenny, die auf Zehenspitzen stand und mit den Augen die Bürobar absuchte.

Sie befanden sich im Büro des Chefs, weil man sie dort auf gar keinen Fall vermuten würde. Seine Bar bot eine exorbitant große Auswahl. Aber allumfassend war sie offenbar nicht.

Er soll Whisky trinken, der wird ihm guttun, riet Börnie und zeigte auf die Flasche, die – umgeben von drei Kristallschwenkern – nicht zwischen den anderen Alkoholika stand, sondern hinter Glas im mittleren Regalfach. Kai-Uwe öffnete die Glastür und nahm den Whisky in die Hand. „Wow, der ist älter als ich!"

Nur zu, gießen Sie sich ordentlich ein. Jenny, nehmen Sie sich ruhig auch.

„Ich trinke nicht!" Jenny klang, als wäre Alkoholkonsum eine der sieben Todsünden. Was es – in unmoderaten Mengen – vermutlich auch war.

Auch gut.

Börnie räkelte sich mit wohlig geschlossenen Augen auf der sündhaft teuren *Corbusier*-Luxusliege. Das hatte sie immer schon tun wollen, aber das Büro vom Chef wurde tagsüber von der Hagedorn bewacht und war nachts abgeschlossen. Nur dank Jennys Generalschlüsselkarte kam sie jetzt in diesen Genuss.

„Ich brauche aber Eis. Ohne Eis kriege ich keinen Whisky runter. Das kratzt sonst so in der Speiseröhre." Kai-Uwe hörte sich an wie ein Kleinkind. Ein Kleinkind mit einer dreißig Jahre alten Whiskyflasche im Patschehändchen.

Im Kühlschrank in der Kaffeeküche. Den Gang runter links.

Börnie würde so schnell nicht wieder aufstehen. Sie war zwar nicht körperlich müde, was ohne Körper auch gar nicht ging, aber doch seelisch erschöpft. Was für ein Tag!

„Er ist so süß", seufzte Jenny und sah ihm nach.

Börnie öffnete ein Auge. *Finden Sie wirklich? Diese halbe Portion?*

„Na ja, er ist so hilflos. Er braucht jemand, der sich um ihn kümmert." Jenny schnurrte es beinahe.

Nur zu, so wie ich das sehe, gibt es keine lange Warteschlange für diese Position.

„Das wäre ... aber nein, es ist unmöglich."

Oh bitte – warum denn nicht? Finden Sie sich zu alt, zu groß, zu was auch immer? Bullshit!

„Worüber reden Sie?" Kai-Uwe kam filzpantoffelig zurückgeschlappt.

Jenny überlegt sich gerade, ob sie Ihnen das Du anbieten darf, und wenn ja, ob sie Sie Kai oder Uwe nennen soll.

In seinem malträtierten Gesicht wetterleuchtete es. Es lag eindeutig Liebe in der Luft.

„Also, gern, klar, alles. Kai. Uwe. Ja."

Jenny warf Börnie einen finsteren Blick zu, sagte aber: „Kein Eis?"

Kai-Uwe sah das eiswürfellose Whiskyglas in seiner Hand an. „Nein, im Kühlschrankfach war nichts."

Dann versuchen Sie es im großen Kühlschrank von unserem Chemiegenie Tobias Krenz. Der bringt regelmäßig irgendwelche Proben aus der Herstellung mit, die er kühl halten muss. Ich weiß, dass er da auch immer Eiswürfelbeutel für seine Feierabendcocktails aufbewahrt. Eiswürfelbeutel und Schirmchen.

„Ich komme mit", sagte Jenny und ging voraus.

„Warum?", fragte Kai-Uwe und folgte Jenny.

„Um dir zu zeigen, wo der Kühlschrank ist."

„Ah!" Kai-Uwe strahlte. Er hoffte wohl, dass Jenny ihm noch ganz andere Dinge zeigen würde. Ihre Zuneigung zum Beispiel.

Börnie grinste. Und räkelte sich weiter. *So lässt es sich aushalten.* Das Dasein als Geist hatte nicht nur schlechte Seiten.

Doch da hörte sie das Klirren von zerschellendem Kristall.

Und einen gellenden Männerschrei.

Und Jennys laut gefluchtes: „Scheiße!"

Börnie fuhr hoch, sprang von der Liege und rannte los. Aus reiner Gewohnheit zu Fuß. Bis ihr das Materialisieren in Fleisch und Blut – also, in Äther und Ektoplasma – überging, würde es definitiv noch dauern.

Das Büro von Tobias Krenz, promovierter Chemiker und Chefproduktentwickler von *Schön Cosmetics,* sah aus wie immer: unaufgeräumt. Krenz pflegte stets zu erklären, dass sterile Ordnung der Kreativität zuwiderliefe – Genie erwachse nur aus dem Chaos.

Der einzige halbwegs aufgeräumte Ort in seinem Büro war der überdimensionale Kühlschrank, in dem er die neuesten *Schön*-Produkte in unterschiedlichen Entwicklungsstadien aufbewahrte. Und auch jetzt herrschte im Kühlschrank vergleichsweise penible Ordnung. Ein Fach mit Plastikbehältern, ein Fach mit Glasbehältern …

… und ein Fach mit einem menschlichen Kopf.

Der sichtlich nicht von einem chirurgisch bewanderten Profi in einem glatten Schnitt abgetrennt worden war – am unteren Ende des Halses hing noch „Zeugs" heraus: Blutgefäße und Fleischhappen.

Kein schöner Anblick.

Wirklich nicht.

Fand auch Kai-Uwe, der ohnmächtig in sich zusammensackte.

18

Alkohol ist ein Zaubermittel – er ist die Abschminklösung für den Charakter

Das ist die Hagedorn. Ganz eindeutig.

„Ich mache mir Sorgen um Kai-Uwe. Es ist nicht gut, wenn er immer auf den Kopf fällt." Jenny beugte sich über ihn.

Lassen Sie ihn liegen. Bewusstlosigkeit hilft dem Körper, Traumata zu verarbeiten. Je länger er weggetreten ist, desto fröhlicher wacht er wieder auf.

„Das haben Sie beim Frisör in einer Frauenzeitschrift gelesen, oder? Wie kann man nur so gefühllos sein!" Wenn Jenny böse schaute, so wie jetzt, dann hätten sich Zartbesaitetere ängstlich verkrochen.

Nicht so Börnie. Ihr Talent, sich nicht durch Empathie vom Wesentlichen ablenken zu lassen, war für ihre Karriere in einer immer noch von Männern dominierten Wirtschaftswelt stets ihre Trumpfkarte gewesen.

Wir machen Fortschritte!, freute sie sich. *Es kann jetzt mit Sicherheit gesagt werden, dass der Täter hier arbeitet!*

„Nein." Jenny richtete sich wieder auf. „Wir wissen nur, dass er Zugang zu den Räumlichkeiten hat."

Börnie wischte den Einwand mit einer Handbewegung beiseite. Sie tigerte auf und ab. Im Gehen konnte sie besser denken. Weil das Labor nicht groß genug war und sie dauernd über den immer noch ohnmächtigen Kai-Uwe hätte hinwegsteigen müssen – was Jenny mit verschränkten Armen und zusammengezogenen Augenbrauen als lebende Verkehrsschranke verhinderte –, tigerte Börnie über den Flur in Schöns Büro und wieder zurück.

Der Mörder radiert also einen Schön-Angestellten nach dem anderen aus, fasste sie zusammen. *Und er spielt sichtlich auf Zeit, sonst hätte er die Hagedorn nicht versteckt. Wo keine Leiche, da kein Mord.*

Börnie blieb vor Jenny stehen. *Und wir funken ihm dazwischen. Deswegen die Autobombe. Er hat noch etwas vor, bei dem wir ihm im Weg sind. Also ... Ihr seid ihm im Weg – von mir weiß er ja nichts.*

Börnie stöckelte wieder los.

„Können Sie nicht mal stehenbleiben?", verlangte Jenny. „Dieses ständige Hin und Her macht mich wuschig."

Nein, rief Börnie aus Schöns Büro. *Es muss etwas mit den Franzosen zu tun haben. Mit dem Konzern, der Schön Cosmetics übernehmen will. Vielleicht wollen sie durch Guerilla-Terror-Methoden den Preis drücken?*

Jenny musterte Kai-Uwe, der irgendwie friedlich aussah, und beschloss, ihm diesen Moment der Ruhe zu gönnen.

Sie marschierte über den Flur zu Börnie. „Warum verdächtigen Sie ausgerechnet die Franzosen? Wegen der Phiolen bei Ihrem Ex und Frau Hagedorn? Ist das nicht ein bisschen weit hergeholt? Vielleicht ist es einfach ein gutes Produkt, das beide benützt haben? Oder sie haben es geschenkt bekommen?"

Das Zeug ist offiziell noch gar nicht auf dem Markt. Börnie umrundete den Schreibtisch. *Nein, meine Schlussfolgerung basiert auf dem internen Flyer mit dem Aufdruck „vertraulich", den ich in Yannicks Büromülleimer gefunden habe!*

„Wieso hat er den Flyer dann in den Mülleimer geworfen, wenn er so geheim sein sollte?", wandte Jenny ein und lehnte sich gegen den großen Besprechungstisch.

Weil er selber keinen Schredder in seinem Kubus hatte und zu faul war, seinen Hintern zu dem Schredder im Kopierraum zu bewegen. Börnie blieb abrupt stehen. *Ich weiß es! Die Franzosen haben erst Yannick angeheuert, um mich umzubringen, dann hat die Hagedorn Yannick erschossen und ...*

„... und das ist hochgradig albern. Hören Sie sich doch mal selbst zu!"

Also gut, dann haben die Franzosen eben einen Auftragskiller angeheuert, um die Morde zu begehen.

„Sie ticken doch nicht mehr richtig. Wir haben es nicht mit internationaler Politik zu tun. Hier geht's doch um nichts. Nur um Kosmetik."

Ich höre ja wohl nicht richtig? Sie finden Kosmetik unwichtig? Börnie stemmte die Hände in die Hüften. Eine Sekunde lang tat es ihr nicht mehr leid, dass man Jenny gefeuert hatte. Mit einer solchen Einstellung war sie bei *Schön Cosmetics* falsch.

Kosmetik ist der Stoff, aus dem Träume sind. Vor allem, wenn es sich um Anti-Aging-Produkte handelt. Es geht um das Anhalten der Zeit. Es geht um ewige Jugend. Glauben Sie mir, das ist weitaus wichtiger als jede Politik!

Börnie war im Verteidigungs-Modus, aber bevor sie noch mehr dazu sagen konnte, kam Kai-Uwe totenbleich angeschlappt und marschierte schnurgerade auf die Bürobar zu.

„Ich kann einfach kein Blut sehen. Jetzt hilft nur noch nicht-kratziger Alkohol", sagte er, schob einen der Sitzhocker vor die Regalwand mit der Bürobar, stieg aus den Filzpantoffeln, kletterte auf den Hocker, griff sich eine beliebige Flasche, setzte sie an und trank in großen Schlucken. Er wischte sich mit dem Handrücken über den Mund. „Schmeckt scheußlich, aber jetzt geht's mir besser."

Weder Börnie noch Jenny wiesen ihn darauf hin, dass er nichts Hochprozentiges, sondern eine Flasche Tonic erwischt hatte.

Dafür rief jemand anderes: „Was machen Sie da?!"

Kai-Uwe prallte vor Schreck gegen die Regalwand. Sein Rucksackrücken stieß gegen mehrere Flaschen. Einige kippten nur um, zwei fielen zu Boden und zerbrachen. Dämpfe waberten. Es roch hochprozentig.

Jenny, die sich am anderen Ende des Büros aufgehalten hatte, ließ sich zu Boden fallen und robbte unter den Besprechungstisch. Wenn man sich bückte, konnte man sie problemlos ausmachen, aber es bückte sich keiner.

Schon gar nicht Reginald Schön, der Chef von *Schön Cosmetics*, der in der Tür zu seinem Büro stand. Und dabei leicht schwankte. Der Blick, mit dem er die Situation analysierte, war dennoch erstaunlich scharf. Und seine Beurteilung teilweise zutreffend.

„Sie ... Sie Schnapsdieb!"

Kai-Uwe war zur Salzsäule erstarrt, aber Börnie trat mutig näher.

Er hat getrunken, mutmaßte sie. Als ob die beiden anderen gedacht hätten, das Schwanken sei erdbebenbedingt. Vermutlich roch es auch nach Alkohol, aus den zerbrochenen Flaschen zu schließen.

Reginald Schön rülpste.

Er war ein typischer Erbe in dritter Generation. Oma und Opa hatten die Firma großgezogen, Junior wollte sich beweisen und baute die Firma weiter aus, aber der Enkel war einfach nur reich geboren und wollte möglichst viel Kohle aus der Firma ziehen, ohne sich groß dafür abzurackern. Wenn man ihn brauchte, befand er sich in neun von zehn Fällen auf dem Golfplatz. Wenn er nicht gar am anderen Ende der Welt urlaubte. Er tauchte nur ab und zu in der Firma auf, um die Methode des Möwen-Managements zu praktizieren: reinflattern, rumschreien, auf allem seinen Sch**ß hinterlassen und wieder rausflattern. Außer der Hagedorn vermisste ihn nicht wirklich jemand im täglichen Geschäft.

„Ich hätte die komplette Putzkolonne entlassen sollen. Alles diebische Elstern!", erklärte Schön jetzt mit dieser dezidierten Aussprache, die Betrunkenen zu eigen war. „Und was ist mit Ihnen passiert? Mit dem Kopf voraus in den Schmutzwassereimer gefallen? Oder schauen Sie von Natur aus so aus?" Er kicherte.

Börnie fiel wieder ein, dass Kai-Uwe ja den Kittel der Reinigungsfirma trug. Deswegen hatte Schön offenbar auch nicht sofort den Alarm ausgelöst. Er hielt Kai-Uwe für ein versprengtes Mitglied der Reinemachetruppe, das sich an seinen Spirituosen bediente.

Kai-Uwe stand immer noch in Schockstarre auf dem Hocker. Wegen des viel zu großen Kittels sah er aus wie ein Schulbub, der die Sachen seiner älteren Geschwister auftrug und dabei ein paar Brüder übersprungen hatte.

„Kommen Sie da runter, Sie Dieb!", verlangte Schön und bewegte sich langsamen Schrittes auf Kai-Uwe zu. Der blieb salzsäulenhaft auf dem Hocker stehen, die Flasche nach wie vor in der Hand.

Laufen Sie los! Der holt Sie in seinem Zustand nicht ein, riet Börnie.

„Ich kann nicht!"

„Was können Sie nicht?" Schön stand jetzt vor Kai-Uwe und langte zu. Allerdings nicht, um den vermeintlichen Schluckspechtdieb zu packen, sondern um nach der dreißigjährigen Whiskyflasche zu greifen, die Kai-Uwe vorhin auf dem Schreibtisch abgestellt hatte, als er sich auf die Suche nach Eiswürfeln machte.

Kai-Uwes Blick huschte von Schön zu Börnie und zurück.

Aber Schön wartete gar nicht auf eine Antwort. „Sie hatten auch eine verfickte Scheißwoche, stimmt's?" Er setzte die Flasche an und trank in großen Schlucken. Wie Kai-Uwe vorhin, nur dass er dabei Vierzigprozentigen wegkippte, keinen Tonic. „Warum kann es für mich nicht ein einziges Mal ..." Schön rülpste. „... nur ein einziges Mal ..." Er schlug sich auf die Brust und rülpste erneut. „... gut laufen? Warum?"

Börnie fand, dass für jemanden, der Multimillionär war, doch mehr als einmal alles gut gelaufen sein musste.

„Das muss man sich mal vorstellen", beschwerte sich Schön jetzt und sah dabei zur Regalwand, als ob sie eine lebende Entität wäre. „Die wollen mich abspeisen! Abspeisen wollen die mich! Diese verdammten Franzosen haben mir nichts als ein Butterbrot für die Firma angeboten!"

Ha, ich wusste es! Die französische Konkurrenz killt sukzessive die Top-Leute der Firma, um den Verkaufspreis für das ganze Unternehmen immer weiter senken zu können! Börnie jubilierte fast. Recht zu haben war besser als Sex.

„Fragen Sie ihn, warum er seine eigenen Leute umbringt!", wisperte Jenny unter dem Tisch Kai-Uwe zu.

„Wie?" Kai-Uwe drehte sich zu ihr. Es war nicht ganz klar, ob er Jenny wegen des Knalltraumas nicht verstanden hatte oder ob er entsetzt war, weil er möglicherweise einem Mörder gegenüberstand.

Wie?, rief Börnie. *Schön ist doch nicht der Mörder! Warum sollte Schön seine eigenen Leute töten?*

„Wie?", rief auch Schön und sah sich verwirrt um. Dafür, dass er die halbe Flasche geleert hatte, stand er erstaunlich sicher auf den Beinen. Aber der Mann hatte ja auch jahrzehntelanges Golfclubtrinken hinter sich. „Mit wem reden Sie da?"

„Weil auf Ihrer Abschiedsparty kein gedungener Killer von außerhalb sein konnte, das haben wir doch schon geklärt", raunte Jenny. Sie lugte unter dem Tisch hervor, kam aber nicht heraus. „Los, Kai-Uwe, fragen Sie ihn, warum er seine Mitarbeiter umbringt!"

„Ich will nicht." Kai-Uwe bockte. „Und ich lasse mich nicht herumschubsen."

„Ich lasse mich auch nicht herumschubsen!", gab Schön ihm recht. Von dort, wo er stand, konnte er Jenny nicht sehen. Börnie ging – aufgrund eigener Erfahrungen – sehr davon aus, dass Schön in diesem Moment alles für surreal hielt: das Hutzelmännchen auf dem Hocker, die geisterhafte Frauenstimme aus dem Perserteppich.

Schön schimpfte weiter. „Diese verkackten Froschschenkelesser wollen die Firma nicht für das Geld kaufen, das ich haben will. Nur für 'nen Appel und 'n Ei. Die wollen mich demütigen. Aber nicht mit mir! Hören Sie? Nicht mit mir!" Weil sich nun doch kleinere Gleichgewichtsstörungen einstellten, ging er in Zeitlupe in die Knie, konnte sich aber gerade noch rechtzeitig an seinem Schreibtischstuhl festhalten. Als wäre nichts passiert, reckte er aufmüpfig sein Kinn nach oben. „Nicht mit mir! Nicht mit Reginald Schön! Ich habe immer noch das Pik As in der Hand!"

Börnie hatte ihn immer ein bisschen bewundert. Für seine Lässigkeit und Nonchalance, auch und gerade in wichtigen Verhandlungen. Selbst, wenn er bei diesen Verhandlungen viel getrunken hatte, was keine Seltenheit war. Mit welcher Unbekümmertheit er seine teuren Maßanzüge und Chronometer und geflochtenen italienischen Schuhe trug (auch wenn die von ihm heiß geliebten bunten Socken mit Comic-Motiven einen Abzug in der B-Note gaben). Wie sicher er in seinen Entscheidungen schien, auch den schwierigen. Aber jetzt kam er ihr wie ein verzogener Kita-Knirps in der Trotzphase vor.

„Ich hasse diesen Laden", rief Schön Kai-Uwe zu. „Hasse. Hasse. Hasse. Ich habe die Seele eines Künstlers und muss mich mit ... dem hier beschäftigen!" Er zog mit der freien Hand einen großen Kreis, der zweifelsohne das ganze Schön-Imperium umfassen sollte, dann setzte er die Flasche wieder an und trank gurgelnd.

Selbst Kai-Uwe bekam langsam mit, dass von Schön in dem Zustand, in dem er sich befand, keine Gefahr ausging. Er stieg vom Hocker. „Hören Sie mal, Herr ..."

Schön, soufflierte Börnie.

„Warum bringen Sie Ihre Leute um?"

„Was?" Schön, nun wieder stehend, musste sich an der Regalwand festhalten. Er hickste.

„Sie haben drei Ihrer Mitarbeiter umgebracht, nicht wahr? Bernhardine, den Ex von Bernhardine und Frau Hagedorn."

Schön schluckte schwer. „Quatsch! Nur die Dings ist tot ... die Dings ... die Kampfmaus mit den Mini-Möpsen, die sich hat abwerben lassen."

Jenny kicherte. „Kampfmaus."

Kai-Uwe schaute abwägend auf Börnies Ausschnitt.

He! Hier oben!, blaffte sie.

Rasch wandte er sich wieder Schön zu. „Es sind noch zwei weitere Ihrer Mitarbeiter tot, wussten Sie das nicht?"

Schön starrte ihn an. „Was? Wer? Wann?"

„Heute. Das müssen Sie doch mitbekommen haben."

„Ich war auf einem Kneipenbummel. Wegen der Franzosen." Schön blinzelte, als ob er sich an etwas Wichtiges erinnern wollte. Dann fiel es ihm wieder ein. „Scheiß-Franzosen. Guter Cognac, aber miese Verhandlungspartner!" Er leerte den Rest der Flasche und warf sie achtlos hinter sich. Sie prallte gegen die Wand und riss eins der unzähligen gerahmten Fotos von drei Generationen Schöns mit sich nach unten.

„Wenn Sie es nicht waren, wer hat dann Ihre Leute umgebracht? Waren es die Franzosen? Sie müssen doch einen Verdacht haben!" Weil Schön nicht reagierte, stupste Kai-Uwe ihn ganz vorsichtig mit dem Zeigefinger an der Schulter. „Hören Sie mich? Wer hat Ihre Leute umgebracht?"

Schön schreckte zurück und prallte gegen die Wand. „Sie wollen mich umbringen?"

„Wer? Ich?" Kai-Uwe schüttelte vehement den Kopf und presste die Tonic-Flasche an die Brust. „Nein, ich will Ihnen nichts tun."

„Mich bringt man nicht um! Ich bin Reginald Schön!" Schön streckte beide Hände aus und torkelte auf Kai-Uwe zu wie Frankensteins Monster. Weil er größer und breiter war, wirkte das auf Kai-Uwe offenbar bedrohlich. Er kreischte schrill: „Gehen Sie weg!"

Jenny krabbelte unter dem Tisch hervor, war aber nicht schnell genug.

Börnie wollte sich automatisch dazwischenwerfen, landete auf ihrem Chef …

… und glitt durch ihn hindurch.

Der blieb abrupt stehen, als hätte er tatsächlich etwas bemerkt. Er runzelte sogar die Stirn.

Kai-Uwe nutzte den Moment, hob den Arm und schlug schwungvoll mit der noch fast vollen Tonic-Flasche gegen Schöns Schädel.

Aus die Maus!

19

Egalité, Fraternité, Amour und Tee

„Ist er tot?"

Nein, nur ausgeknockt. Und fallen Sie gefälligst nicht wieder in Ohnmacht.

„Ich falle nicht dauernd in Ohnmacht!", bockte Kai-Uwe. „Ich kann nur kein Blut sehen. Und er blutet ja nicht." Er beugte sich über den reglos auf dem Perser liegenden Konzernchef und sagte zu ihm: „Es tut mir leid, Herr Schön. Obwohl ... falls Sie der Mörder sein sollten, tut es mir nicht leid."

Jenny, die jetzt wie eine Yogini im Fersensitz vor dem Besprechungstisch kauerte, erklärte: „Er ist unschuldig. Er wusste nichts vom Tod von Herrn Bollmann und Frau Hagedorn. Und im Wein liegt Wahrheit – es war also nicht gelogen."

Kai-Uwe hielt seinen Handrücken vor Schöns Nase. „Ich glaube, er atmet nicht mehr. Ich spüre gar nichts."

Börnie, die sah, wie sich Schöns Brustkorb hob und senkte, blieb gelassen. *Gut, gehen wir davon aus, dass Schön nichts wusste. Dann sollten wir uns jetzt auf die Franzosen als mögliche Täter konzentrieren.*

„Nein, es reicht jetzt. Wir werfen das Handtuch. Und tauchen am besten auch noch unter. Uns steht das Wasser bis über beide Ohren. Und Sie müssen an Kai-Uwe denken – er darf nicht in Gefahr geraten."

Sie können mich doch jetzt nicht im Stich lassen! Nicht so kurz vor der Auflösung!

„Wir sprechen mit der Polizei!" Jenny blieb hart.

Sie hatte aber nicht mit Kai-Uwe gerechnet. Der hatte Schöns Nasenlöcher zugehalten und sehr zufrieden festgestellt, dass daraufhin der Mund aufklappte und eine Röchelatmung einsetzte. Nun richtete er sich auf.

„Ich will auch keine Polizei!" Er ging zu Jenny. Ihm lag viel an ihrer Meinung. „Verstehen Sie denn nicht, dass das viel schlimmer wäre? Die glauben mir bestimmt nicht. Das habe ich schon in der Schule erlebt, als ich zum ersten Mal erzählte, dass ich Geister sehen kann. Der Lehrer hat mich nachsitzen lassen – wegen dreisten Unfugs. Ich will nicht schon wieder als Spinner abgetan werden."

„Wir haben es hier mit einem Dreifachmörder zu tun! Auf uns wurde ein Bombenanschlag verübt! Lieber als Spinner gelten als sterben."

Kai-Uwe wirkte nicht überzeugt. „Mir hat nie jemand geglaubt. Auch meine Tante nicht. Wenn sie die lieben Verstorbenen ‚channelte', habe ich anfangs widersprochen, weil da niemand war. Dann setzte es Ohrfeigen, also blieb ich irgendwann still. Am Ende habe ich mir selbst eingeredet, dass ich mir meine Fähigkeiten nur einbilde."

Ich bin tot, und Sie sehen mich. Ihre Talente sind real. Sogar Börnie fühlte sich bemüßigt, ihn wieder aufzurichten, obwohl auch sie nicht wollte, dass Kai-Uwe zur Polizei ging.

„Danke, aber die Toten muss ich nicht überzeugen, nur die Lebenden. Und das funktioniert nicht. Horrorfilme mit Toten und Untoten boomen, aber im wirklichen Leben glaubt da so gut wie keiner mehr dran. Ich hätte im Mittelalter auf die Welt kommen sollen – da wäre das noch anders gewesen." Kai-Uwe schob schmollend eine Unterlippe vor. „Außerdem zahlt sich das Paranormale finanziell nicht aus. Es sind generell viel weniger tote Menschen unterwegs, als man meinen würde. Und ich sage Hinterbliebenen nicht einfach, dass ich wen sehe, wenn ich niemand sehe."

Jenny, bitte lassen Sie ihn mir helfen. Ich verlange doch gar nicht, dass er den Mörder eigenhändig über-wältigt ...

„Obwohl ich das könnte!", unterbrach Kai-Uwe und zeigte auf den röchelatmenden Schön.

„Einen Betrunkenen niederzuschlagen, ist deutlich weniger schwer, als einen zu allem entschlossenen Se-rienkiller auszuschalten", hielt Jenny dagegen.

Er soll doch nur dolmetschen, wenn ich mit den Fran-zosen rede. Börnie setzte ihren treuherzigsten Blick auf.

Jenny blieb stur.

Ich will Sie nicht der Lächerlichkeit preisgeben, ver-sicherte Börnie und zielte mit ihrem Dackelblick auf Kai-Uwe. *Ich will doch nur wissen, wer mich ermordet hat. Dann kann ich beruhigt ins Licht schreiten. Oder wohin auch immer.*

Jenny wirkte, als würde sie die Gefahr für ihr schmächtiges, bereits heftig angeschlagenes Lieb-lings-Medium gegen die Aussicht auf eine Welt ohne Börnie abwägen.

Kai-Uwe war da aber schon zu hundert Prozent an Bord. „Geil! Road-Trip nach Paris!"

Paris? Wie kommen Sie denn darauf?

„Na ja, soll ich nicht mit den Franzosen reden?"

Sie sollen mit François Épice reden, dem Leiter der hiesigen Niederlassung, der die Übernahmegespräche mit Schön geführt hat. Nicht mit den Franzosen als gan-zes Volk.

„Dann fahren wir jetzt nicht nach Frankreich?"

Jenny lächelte, als sie sein enttäuschtes Gesicht sah. Und sie schenkte auch Börnie ein Lächeln, weil die darauf verzichtete, auf das deutlich sichtbare Hochhaus schräg gegenüber zu zeigen, in dem sich die Niederlassung der Franzosen befand. Was am riesigen Logo an der Fassade erkennbar war. Das hätte Kai-Uwe nur noch mehr deprimiert.

Börnie folgte Jennys Blick. *Es ist spät, Épice wird zu Hause sein. Kai-Uwe, rufen Sie ihn an. Schön hat seine Nummer.*

Kai-Uwe ging die Visitenkarten-Rollkartei durch, die Schön vom Vater geerbt und als historisches Relikt immer noch auf seinem Schreibtisch stehen hatte und die er für spezielle Promi-Kontakte nutzte. Neben den verblichenen Visitenkarten von Freddy Quinn und Hildegard Knef – Quinn hatte auf der Rückseite handschriftlich „Danke für die Crème" geschrieben, die Knef hatte einen vollen Lippenabdruck hinterlassen – fand Kai-Uwe dort auch die Karte von François Épice, mitsamt Privatadresse.

Schalten Sie auf laut, befahl Börnie, als Kai-Uwe sich auf den Chefsessel setzte und das Tischtelefon zu sich zog.

„Hallo?", meldete sich nach langem Klingeln eine verschlafene Männerstimme.

Börnie sah zu der Uhr im Tastaturfeld des Telefons. Schon Mitternacht. Seit sie tot war, schien die Zeit wie im Ferkelgalopp zu rasen.

„Hier ... äh ... Roger von ..."

Oi!, brüllte Börnie.

Kai-Uwe hätte beinahe den Hörer fallen lassen. „Ich möchte bitte Herrn Épice sprechen."

„Monsieur Épice ist nicht zu Hause."

Kai-Uwe presste die Hand auf die Muschel und strahlte. „Der klingt wie der alte Butler aus Downton Abbey."

Fragen Sie ihn, wo Sie Épice erreichen können. Sagen Sie, es geht um Leben und Tod.

„Wo kann ich bitte Herrn Épice erreichen?"

„Monsieur ist privat unterwegs."

Kai-Uwe sah zu Börnie und zuckte mit den Schultern. Börnie versetzte ihm einen angedeuteten Klaps gegen den Hinterkopf.

„Ich muss ihn aber unbedingt persönlich sprechen. Wissen Sie, wo ich ihn erreichen kann? Sie ahnen ja nicht, wie wichtig es ist!"

„Leute!", rief Jenny von der Tür. Sie rief es besorgt.

Die Stimme aus dem Telefon tönte: „Vielleicht möchten Sie es gleich morgen früh wieder versuchen? Monsieur Épice frühstückt immer um sieben Uhr."

„Bis dahin ist es zu spät! Es geht um Leben und Tod!" Kai-Uwe sah zu Börnie und streckte den Daumen nach oben. „Buchstäblich!"

„Ich fürchte, ich kann Ihnen nicht weiterhelfen." Der Butler schaltete auf stur.

„Leute! Die Aufzugsanzeige bewegt sich. Das müssen die Jungs von der Security sein, die eine Runde drehen! Macht hinne!" Jenny deutete einpeitschende Bewegungen an.

Sagen Sie ihm, dass es um Schön Cosmetics geht.

„Es geht um *Schön Cosmetics*", wiederholte Kai-Uwe brav.

Am anderen Ende der Leitung trat eine Pause ein. Keine Das-ist-doch-alles-pillepalle-ich-lege-jetzt-auf-Pause, sondern eine nachdenkende Pause, bei der man förmlich das Gehirn arbeiten hören konnte. „Wenn das so ist, finden Sie ihn in der Geldhauser Allee 231."

Bingo!

„Wir müssen hier weg", rief Jenny. „Und zwar schleunigst."

Sie lief zum Treppenhaus.

Kai-Uwe warf abschiedsgrußlos den Hörer auf die Gabel und sprintete Jenny hinterher.

Börnie schlenderte ihnen lässig nach. Sie blieb aber nicht stehen, um zu sehen, ob da wirklich die Sicherheitsleute zu einer nächtlichen Überprüfungsrunde kamen.

Das war ein Fehler!

20

Schokolade ist wie Sex – nur besser, weil man sich dafür nicht die Beine rasieren muss!

„Palast der tausend Freuden", las Kai-Uwe von dem kunstfertig bemalten Schild in Form eines Drachens ab, das an einem rot-goldenen Baldachin über dem Haupteingang prangte. „Toll, ein China-Restaurant. Das passt gut: Ich könnte was essen." Kai-Uwe war immer hungrig. Angesichts seiner schlaksigen Hungerhakengestalt fragte man sich, wo die Kalorien blieben, die er zu sich nahm. Flutschten die einfach durch ihn hindurch, ohne irgendwo einen Halt einzulegen? Wenn er das Geheimnis seines Stoffwechsels jemals in Flaschen füllen sollte, würde er in der Diätindustrie Milliarden scheffeln. Dachte Börnie, deren Geschäftssinn nicht mit ihr zusammen das Zeitliche gesegnet hatte.

„Geldhauser Allee 231" erwies sich als abgelegene Gründerzeit-Villa im Grünen. So abgelegen, dass sie sich ein Taxi hatten nehmen müssen.

Kai-Uwe hatte erklärt, dass ihm auf dem Beifahrersitz schlecht würde, also war er umständlich mit Jenny hinten eingestiegen, während Börnie die ganze Fahrt über auf der Pausenbrotdose und der Thermoskanne sitzen musste, die der Fahrer auf dem Beifahrersitz abgelegt hatte. Was sich aber – Pluspunkt fürs Geisterdasein – überhaupt nicht als störend für sie erwiesen hatte.

Der Fahrer hatte Kai-Uwe unterwegs mehrmals angesehen und verschwörerisch geschmunzelt. Jetzt wussten sie, warum.

Also, Börnie und Jenny wussten es.

Kai-Uwe suchte immer noch ahnungslos nach dem Aushang mit der Speisekarte.

Vergeblich.

Die roten Lampions und die chinesischen Schriftzeichen suggerierten einer naiven Seele wie der seinen tatsächlich, dass man hier Pekingente und Huhn süß-sauer bekommen konnte. Wahrscheinlich aber nur, wenn einem das Personal etwas aus der mitgebrachten Pausen-Tupperdose abgab. Denn wer genauer hinsah, entdeckte auf dem reich mit Miniaturen bemalten Türrahmen die Abbildungen von fliegenden Penissen und verdächtig vulval wirkenden Lotusblüten. Die Freuden, die hier geboten wurden, waren von anderer fleischlicher Natur.

„Ich geh da nicht rein!" Jenny verschränkte die Arme und trat demonstrativ ein paar Schritte zur Seite.

Müssen Sie ausgerechnet jetzt auf prüde machen?, flüsterte Börnie Jenny zu. *Seien Sie nicht katholischer als der Papst!*

„Beleidigen Sie meine Religion nicht. Und das hat nichts damit zu tun, dass ich katholisch bin. Bordelle existieren nur aufgrund von Frauenhandel und Zwangsprostitution. Das unterstütze ich nicht!"

Sie sollen hier nicht Kundin werden, sondern einen Mörder finden!

„Ich setze keinen Fuß in dieses Haus, und das ist mein letztes Wort!", bellte Jenny.

„Mögen Sie kein chinesisches Essen?" Kai-Uwe, der den Händel zwischen den beiden jetzt erst mitbekam, klang entsetzt. Als wäre das ein echter Dealbreaker für ihr künftiges gemeinsames Glück. Sollte Kai-Uwe sich jemals für eine Henkersmahlzeit entscheiden müssen, er würde Wan-Tan-Suppe wählen. Mit viel Wan Tan und wenig Suppe.

Börnie seufzte schicksalsergeben.

„Und außerdem haben Sie das hier offenbar nicht gesehen!" Jenny zeigte auf ein kleines Messingschild neben der Türklingel: *Der Eintritt ist nur für Männer gestattet.*

Kai-Uwe staunte. „Es gibt Restaurants, die für Frauen verboten sind?" Immerhin schöpfte er Hoffnung, dass Jenny nicht per se etwas am Essen auszusetzen hatte, sondern nur Verbotsschildern folgte. Hach, wenn sich Hindernisse für das künftige Liebesglück zweier Menschen nur immer so leicht aus dem Weg räumen ließen. „Ist das erlaubt?"

Börnie sah ihn an, wie man einen Alien ansehen würde, wenn man einen träfe. Einen Alien ohne Tentakel. *Kai-Uwe, sind Sie noch Jungfrau?*

Noch bevor er seine gespielte Entrüstung in Worte fassen konnte, öffnete eine junge Frau die Tür. Obwohl sie noch gar nicht geklingelt hatten. Da hatte wohl jemand durch den Türspion gelugt.

„Willkommen im Palast der tausend Freuden", sagte sie mit samtiger Stimme und verneigte sich tief.

Kai-Uwe lief tomatenrot an. Das lag vermutlich nicht an ihrer asiatischen Höflichkeit, sondern daran, dass ihr durchsichtiger Spitzenbody nichts, wirklich absolut gar nichts der Fantasie überließ – weder ihre gepiercten Brustwarzen noch ihre Blinddarmnarbe. Von südlich des Äquators ganz zu schweigen.

Sagen Sie ihr, dass Sie Monsieur Épice suchen!

Kai-Uwe gab keinen Ton von sich. Er wusste auch nicht, wo er hinsehen sollte. Zum Drachenschild? Auf die rot gestrichenen Treppenstufen? Auf den zu einem scheuen Lächeln geformten Kussmund der Asiatin?

Und das beantwortet dann auch meine Frage nach Ihrer Jungfräulichkeit, konstatierte Börnie.

„Bitte mir zu folgen", flötete das Empfangsfräulein, bei dem es sich – das stand außer Frage – um einen Vollprofi handelte. Dass sie angesichts eines barfüßigen (die Filzpantoffeln hatte Kai-Uwe im Büro von Schön vergessen), scheinbar buckeligen jungen Mannes mit blutunterlaufenem Kinn und Veilchen im Kittel einer Reinigungsfirma noch lächeln konnte, war nur auf jahrelange Übung im Umgang mit ästhetisch suboptimalen Freiern zurückzuführen. Auch wenn sie keinen Tag älter als neunzehn aussah.

Kai-Uwe rührte sich nicht von der Stelle.

Folgen Sie ihr!, herrschte Börnie. Sie drehte sich zu Jenny um und bedeutete ihr mit einem Winken, mitzukommen. Doch die bockte dieses Mal. Sie hatte sich halbherzig hinter einem der beiden überlebensgroßen steinernen Löwen zu beiden Seiten der Tür versteckt. Weil sie so groß war, überragte sie den Löwen, der jetzt aussah, als hätte er zusätzlich zu seiner Mähne auch noch Dreadlocks.

In dem schmalen Eingangsbereich standen zwei ganzkörpertätowierte Schlägertypen in Tanktops, die zweifellos dafür sorgten, dass keine unerwünschten Subjekte hereinkamen. Oder alternativ Störenfriede freundlich zum Gehen aufforderten.

Danach kam man in eine Art Empfangsbüro mit einer Theke, auf der ein Kreditkartenlesegerät stand. Hinter der Theke thronte eine uralte Frau in einer roten

Wickelrobe aus Seide, die mit einem fantastisch bemalten Fächer dem Deckenventilator Konkurrenz machte. Sie winkte die junge Frau im Transparent-Teddy fort, und nach einem kurzen Blick auf Kai-Uwe erklärte sie: „Freaks kosten extra."

„Ich ... äh ... will gar nicht ...", stotterte Kai-Uwe.

„Fünfhundert Euro. Nur gegen Vorauskasse."

Fünfhundert Euro?, rief Börnie. *Dann sollen die Mädels doch einfach das Licht ausmachen, schon hat sich das mit dem Freak erledigt!*

„Wir sind ein erstklassiges Etablissement", erklärte die alte Chinesin. „Das ist nur der Eintrittspreis. Dazu kommen noch die Getränke plus natürlich alle Extra-wünsche. Dafür finden Sie bei uns nichts weniger als ..." Theatralische Pause für mehr Wirkung. „... Glückseligkeit!"

Sie klappte mit einer anmutigen Bewegung den Fächer zusammen und breitete die Arme aus.

Börnie hatte das Gefühl, die Puffmutter – optisch eher Puffgroßmutter – hätte direkt auf ihren empörten Ausruf geantwortet. Konnte die Alte sie hören? War sie eine Drachenfrau, die mit Geistern redete? Börnie beugte sich vor und fuchtelte mit den Armen vor ihrem Gesicht herum. Sie reagierte nicht, blinzelte nicht einmal.

Dafür reagierte Kai-Uwe. „Was machen Sie denn da?!" Es war ihm peinlich, auch wenn er es als Einziger mitbekam.

Die alte Chinesin fühlte sich angesprochen, obwohl Kai-Uwe sie gar nicht ansah, sondern mit seiner rechten Schulter zu sprechen schien. „Was wir machen? Nun, wir bieten einen Komplett-Service – von der einfachen Massage bis hin zu unserem umfangreichen all inclusive *Lucky Night Special*. Bei freier Auswahl unserer Dienst-leisterinnen." Sie zog eine Mappe mit laminierten Fo-

tos heraus: hauptsächlich Asiatinnen, aber auch Afri-
kanerinnen und Osteuropäerinnen, alle sehr jung oder
sehr alt, nur ein paar wenige Milfs. Alle nackt. „Keiner,
absolut keiner Ihrer Wünsche wird unerfüllt bleiben –
das ist unsere Herausforderung und unser Versprechen."
Sie zwinkerte. Mehrmals. Und kräftig. Die aufgeklebten
Wimpern ihres Zwinkerauges lösten sich am äußeren
Ende und flatterten wie ein Schmetterlingsflügel.

Es war für Kai-Uwe anatomisch unmöglich, noch
röter anzulaufen. Allerspätestens jetzt war sogar ihm
vollkommen klar, wo er hier gelandet war. Er nickte
nur und wollte sich unter dem Reinigungskittel aus
dem Rucksack schälen, scheiterte, zog den Kittel aus
und fing an, ihn gewissenhaft zu falten.

Die Tanktopschläger hinter ihm waren zu dem
Schluss gekommen, dass Kai-Uwe keine Bedrohung
darstellte. Einer lehnte sich lässig an die Wand und
scrollte sich mit seinem Handy den Bär, der andere
rollte sich eine Zigarette.

Kai-Uwe schob den Kittel, der jetzt nur noch eine
Stoffrolle war, in den Rucksack und nahm eine Hand-
voll Scheine heraus. „Geht auch Barzahlung?"

Ein Funke der Gier schien in den Augen der Alten
aufzuglimmen. Sie nickte. Weniger hoheitsvoll, mehr
wie ein Wackeldackel.

*Zeigen Sie ihr ja nicht, dass der komplette Inhalt des
Rucksacks aus Geld besteht!*, warnte Börnie. Nochmal
würde kein Pförtner mit Schäferhund auftauchen, um
sie vor einer Räuberin zu retten.

Kai-Uwe drehte sich um, fuhr die Ellbogen aus und
machte den Rücken krumm – wie ein Grundschüler,
der nicht will, dass seine Nebensitzer abschreiben –
und zählte aus dem Rucksack, der jetzt eine Bauchta-
sche war, zehn Fünfzig-Euro-Scheine ab. Er legte das

Bündel auf die Theke, verbeugte sich und sagte: „Ich suche eigentlich einen Mann."

„Wir sind nicht *diese* Art von Etablissement", antwortete die Alte, ohne mit der Wimper zu zucken. Das Geld hatte sie da in einer fließenden Bewegung schon eingestrichen.

„Nein ... äh, nein ... nicht, was Sie jetzt meinen." Kai-Uwe kicherte nervös. „Ich meine, ich suche keinen Mann. Nur einen männlichen Gast. Einen Monsieur Esprit."

Épice, korrigierte Börnie.

„É... einen Franzosen."

„Diskretion ist unser oberstes Gut." Die Alte presste die Lippen aufeinander und sah mehr denn je wie eine böse Drachenlady aus.

„Er ist mein Onkel", platzte Kai-Uwe heraus.

Die Alte hob eine aufgemalte Augenbraue. „Familienzusammenführungen nur auf Voranmeldung."

Sie sah zu den beiden Schlägern aus dem Eingangsbereich, die sofort neben Kai-Uwe Aufstellung nahmen, mit Handy respektive Fluppe in der Hand. Mit einem Schlaks wie ihm wurden sie auch einhändig fertig.

Kai-Uwe sah seine Felle schon davonschwimmen, aber Börnie gab noch nicht auf.

Sagen Sie ihr, Épice und Sie hätten sich auf einen Dreier verabredet!

Kai-Uwe gab einen Quietschelaut von sich. Aber ganz tapfer erklärte er mit tremolierender Stimme: „Mein Onkel hat mich eingeladen. Er will mir ... äh ... Sachen zeigen."

Das gekünstelte Lächeln der Alten wurde schlagartig authentisch und fast heiter. „Das *Jungfrauen-Special*, wie nett. Ihr Onkel hätte uns das bei seiner Ankunft mitteilen müssen. Für das Special verlangen wir nämlich einen Aufpreis von eintausend Euro. Dafür gibt es kein zeitliches Limit." Ihr Blick wanderte über Kai-Uwes Gesicht und sie nickte wissend. „Manche lernen einfach langsamer."

Die Schläger grinsten sich zu und zogen wieder ab. Keiner zweifelte am Wahrheitsgehalt von Kai-Uwes Aussage. Das war der Vorteil, wenn man mit einer echten Jungfrau in den Puff ging, dachte Börnie.

Kai-Uwe, an dem großflächig vorbeigegangen war, dass man ihm gerade eine erotische Lernschwäche unterstellt hatte, fischte hektisch ein weiteres Bündel Scheine aus dem Rucksack.

Wenn Sie so weitermachen, ist bald nichts mehr da, schimpfte Börnie. *Ich habe dieses Geld sauer verdient. Könnten Sie das nächste Mal bitte feilschen, bevor Sie es mit beiden Händen aus dem Rucksack werfen?*

Das von der Alten mit einem Fingerschnippen herbeigerufene Empfangsfräulein im Transparent-Teddy führte ihn in den hinteren Teil des Hauses und zeigte auf eine schwere Eichentür.

Kai-Uwe, der ihr brav hinterhergedackelt war und die ganze Zeit wie hypnotisch auf ihre apfeligen Pobäckchen gestarrt hatte, bedankte sich mit knallrotem Hummerkopf höflich, schluckte schwer und trat – ohne anzuklopfen – ein.

Das hätte extrem peinlich werden können, aber die Szene, auf die Börnie und er stießen, hätte gar nicht jugendfreier sein können. Ein schlanker Mittfünfziger lag unter einem weißen Handtuch auf einem Massagetisch. Die Masseuse, die an seinen Schultern herumknetete, war sogar blickdicht angezogen.

Man merkte Kai-Uwe die Erleichterung förmlich an.

„Ja ... äh ... hallo", fing er an und winkte dem Eingeölten zu, der sich jetzt mit gerunzelter Stirn auf seine

Ellbogen aufrichtete. „Oder ... äh ... wie man bei Ihnen sagt ... *Bonsai*!"

Bonjour, nicht Bonsai, soufflierte Börnie.

„Bonn..." Kai-Uwe stockte. „Sprechen Sie deutsch?"

„Ich bin Elsässer", donnerte Épice, was dann wohl Ja heißen sollte. „Wer sind Sie und was wollen Sie?"

Man merkte ihm an, dass er das Befehlen gewohnt war. Mit dieser Stimme konnte man durchaus den Befehl zur Liquidierung der Konkurrenz geben.

Börnie sah, wie Kai-Uwe innerlich einknickte. *Seien Sie selbstbewusst – vor Zeugen wird er Ihnen nichts tun. Machen Sie Power-Posing!*

Kai-Uwe schulterte den Rucksack, den er bis eben in der Hand gehalten hatte, streckte die schmale Brust nach vorn, winkelte die Arme an und stellte ein Schlangenprintbein nach vorn. Er sah jetzt aus wie ein Balletttänzer in der *Ouverte*, der vierten Grundposition.

„Mein Name ist Roger von Geldern. Und ich ..."

Flutsch – war die Luft raus. Kai-Uwe runzelte die Stirn, realisierte, dass er einen Blackout hatte, und lugte aus den Augenwinkeln verzweifelt zu Börnie. „Was will ich denn?"

„Ja genau, was wollen Sie von mir?" Épice saß jetzt aufrecht auf dem Massagetisch, das Handtuch über dem Schoß. Für einen Mann seines Alters sah er formidabel aus. Fand Börnie, ließ sich dadurch aber nicht von der Tatsache ablenken, dass er nach seiner Herrenhandtasche griff, die am Massagetisch baumelte. War er bewaffnet? Automatisch stellte sie sich schützend vor Kai-Uwe. Was natürlich Quatsch war. Sollte Épice schießen, würde die Kugel ohne Reibungsverlust durch sie hindurchfliegen.

Fragen Sie ihn nach dem Treffen mit Schön!

„Ich bin wegen des Treffens mit Schön hier. Kosmetik Schön, Sie wissen schon", stotterte Kai-Uwe. Auch deswegen, weil Épice tatsächlich eine Waffe aus seiner Herrenhandtasche zog.

Börnie sah, dass es sich dabei nur um einen Taser handelte, was eigentlich beruhigend, weil nicht tödlich war – aber die Erfahrung ließ erahnen, dass es böse für Kai-Uwe enden würde.

„Ich habe mich schon gefragt, wann ich Sie kennenlerne." Épice kräuselte die Lippen.

„Äh ... wie meinen?"

Wie jetzt? Er hat Sie erwartet?

Kai-Uwe blinzelte. „Sie ... haben mich erwartet?"

Épice winkte die Masseuse nach draußen. „Arbeiten Sie mit Schön zusammen, hat er Sie geschickt? Oder arbeiten Sie auf eigene Rechnung? So oder so, wir hatten ein Agreement. Alles darüber hinaus ist eines Gentlemans nicht würdig, und ich verhandle nicht mit Verbrechern! Ich spucke auf Verbrecher!"

Er spuckte wirklich, Gott sei Dank trocken.

Kai-Uwe reagierte fassungslos auf dieses Umdrehen des Spießes.

Sagen Sie ihm, dass Sie kein Verbrecher sind. Sonst hätten Sie Ihren Namen auch nicht genannt. Sie sind Privatdetektiv und ermitteln im Fall der Morde an Hess, Bollmann und Hagedorn.

„Ich bin kein Verbrecher. Ich bin Roger von Geldern. Ich bin Privatdetektiv. Ich ermittle im Fall der Morde an ..." Kai-Uwe sprach monoton und stockend, wie jemand, der ein Gedicht memoriert hat und sich nun krampfhaft von Reim zu Reim hangelt. Und an den Namen scheitert.

Hess, Bollmann, Hagedorn.

„Hess, Bollmann, Hagedorn." Kai-Uwe strahlte auf. Geschafft.

„Bollmann und Hagedorn? Die kenne ich." Épice ließ den Taser sinken. „*Mon Dieu*, die beiden sind tot?"

Er wirkte ehrlich entsetzt. Aber das mochte auch einfach nur Tarnung sein. Serienmörder mussten ja schon von Berufs wegen gute Schauspieler sein.

Börnie entdeckte draußen, vor dem offenen Hochparterre-Fenster, Jennys Kopf. *Big sister is watching you* hatte in diesem Fall etwas Tröstliches. Sollte etwas schieflaufen, konnte die massige Jenny mit ihrer Wrestling-Erfahrung den Angreifer in Schach halten. Eine Naturgewalt wie Jenny konnte man auch bestimmt nicht mit einem Taser fällen.

„Wir saßen letzte Woche noch alle zusammen in meinem Büro." Der Blick von Épice schweifte in die Ferne. Das heißt, der Blick wollte schweifen, blieb aber an dem gerahmten Bild an der Wand hängen, auf dem es ein nacktes Pärchen lustvoll auf dem Rücken eines galoppierenden Rappen trieb. War das noch Sex oder schon Hochleistungsakrobatik?

Er soll Ihnen Einzelheiten des Treffens erzählen!

„Würden Sie mir bitte von dem Treffen erzählen?", bat Kai-Uwe, der Börnies Einflüsterungen immer mit einem Zuckerguss der Höflichkeit glasierte. „Worum ging es? Und was genau ist passiert?"

Épice schob die Unterlippe vor. „Sie wissen es wirklich nicht? Für mich sehen Sie aus wie ein gedungener Lump. Ein bezahlter Folterknecht in einem Zweitausend-Euro-Anzug."

„Das ist nur mein temporäres Aussehen. Die Klamotten sind geliehen, die gehören mir nicht. Und ich habe auch niemanden geschlagen. Hier bin ich in Ohnmacht gefallen, weil ich kein Blut sehen kann ..." Kai-

Uwe zeigte auf sein Kinn. „... und da ist mir ein Außenspiegel an den Kopf geknallt. Ich bin kein Verbrecher, ich bin nur grobmotorisch."

Es war unmöglich, Kai-Uwe nicht zu glauben. Schon deshalb nicht, weil er immer die Wahrheit sagte.

„*Bon*." Épice entspannte sich sichtlich. Er steckte den Taser zurück in seine Herrenhandtasche. „Es war ein ganz normales Übernahmegespräch. Ich habe Herrn Schön ein Angebot für seine Firma gemacht. Das stand schon seit Monaten im Raum, und nun wollten wir Nägel mit Köpfen machen. Wir haben geredet, ich habe ein paar Produktproben verschenkt, es gab Häppchen und Champagner ..." Épice wackelte beim Reden mit dem Kopf, wie man es von Louis de Funès kannte. Nur bedächtiger und weniger hektisch.

Börnie ärgerte sich. Das Gespräch hatte am Tag vor ihrer Abschiedsparty stattgefunden. Schön hatte trotz ihrer Kündigung noch gefragt, ob sie nicht mitkommen wolle – möglichst aufreizend angezogen, verstünde sich, um die Franzosen an ihrer Achillesferse zu packen: der Vorliebe für schöne Frauen –, aber sie hatte abgelehnt und sich über das ganze Klischeedenken geärgert. Wenn sie gewusst hätte, dass dort der Champagner in Strömen fließen würde, wäre sie sofort mitgekommen. Börnie stammte aus einfachen Verhältnissen, war zudem noch ein Kleinstadtkind. Champagner verkörperte für sie – auch lange, nachdem sie es „geschafft" hatte – Luxus und Weltgewandtheit. Champagner war ihr Kryptonit.

Épice erzählte unterdessen weiter. „Schön hatte seine Sekretärin dabei und zwei seiner Top-Leute. Seine Präsentation war auch okay, aber er forderte eine exorbitant hohe Summe. Es war einfach lächerlich. Gut, es gibt die Firma seit dem großen Krieg, aber was hat sie schon zu bieten? Das verkaufsträchtigste Produkt ist eine Schrundensalbe gegen Hornhaut an den Füßen. Ich bitte Sie! Eine Schrundensalbe! Schön hätte eigentlich uns dafür bezahlen müssen, dass wir ihn kaufen." Er hob die Hände und zuckte mit den Schultern. Dann ließ er die Hände wieder sinken und sah Kai-Uwe mit ernster Miene an. „Bollmann und Hagedorn sind wirklich tot?"

Kai-Uwe nickte. „Und Börnie auch. Ich meine: Frau Hess."

„Ah, die Marketingchefin. Sehr sexy. Ich hatte gehofft, Reginald Schön würde sie zum Treffen mitbringen. *Mais non.*"

Börnie winkte – nun doch geschmeichelt – ab.

Jenny vor dem Fenster rollte mit den Augen. Man konnte es beinahe knirschen hören.

Fragen Sie ihn, ob er jemand von Schön abwerben wollte? Oder warum er ihnen die Phiolen sonst geschenkt hat. Los, fragen Sie ihn! Börnie vermisste es, Leute körperlich schubsen zu können, wenn die nicht schnell genug erledigten, worum sie sie bat.

„Äh ... haben Sie Schöns Mitarbeiter abwerben wollen? Wegen der Phiole?"

Börnie atmete angesichts dieser martialischen Verkürzung aufs Unzusammenhängende genervt aus, aber Épice wusste, worauf Kai-Uwe hinauswollte.

„Abwerben? Diesen Haufen? *Jamais!* Das ist doch gerade das Problem von *Schön Cosmetics*, dass nur mittelmäßige Leute dort arbeiten."

Börnie brummte. Ihr Geschmeicheltsein von gerade eben löste sich abrupt in Luft auf.

„*Non, non*, wir verschenken die Phiolen momentan an jedermann. Das ist Teil unserer gewaltigen Marketingaktion für unser neues Produkt. Es wird *der* Renner, ganz gewiss. *Certainement!* Die Wirkstoffkombination ist einfach unschlagbar! Der Markt für Anti-Aging-Produkte wird dadurch völlig neu aufgerollt! Und wenn man unser Produkt erst einmal probiert hat, wird man nie wieder darauf verzichten wollen. Es ist wie Crack, nur dass es einen schöner macht!"

Épice stand auf, wickelte sich das Handtuch um die Hüfte und verknotete es, dann ging er zu einem Beistelltisch mit einer Schale voller Räucherstäbchen und einem großen Glas mit dickflüssigem grünem Inhalt. Die Herrenhandtasche mit dem Taser baumelte dabei an seinem Handgelenk.

Ist das ein Smoothie? In einem Bordell? Börnie sah zu Kai-Uwe, der Gesundheitsdrinks statt Alkohol mangels Kenne offenbar für ganz normal hielt, und dann zu Jenny hinaus, die grinste.

„Die Präsentation fand bei mir im Büro statt. Anschließend gingen wir in den Nebenraum, in dem das Buffet aufgebaut war. Wir haben uns über die Modalitäten des Verkaufs unterhalten. Ich habe hauptsächlich mit Schön persönlich geredet, versteht sich. Von Chef zu Chef. Seine Leute haben den Raum immer mal wieder verlassen. Ich dachte, weil sie ihre Präsentationsunterlagen wegräumen wollten. Oder weil sie auf die Toilette mussten. Oder für eine Zigarettenpause. Ich bin selbst einmal in ein anderes Büro gegangen, weil ich einen wichtigen Anruf aus Paris mit etwas mehr Privatsphäre führen wollte. Jedenfalls ..." Er wedelte mit dem Smoothieglas. „Nach gut einer Stunde teilte ich Schön mit, dass ich definitiv nicht am Preis drehen würde und mein Angebot final sei. Da ist er durchgedreht und hat ‚Unverschämtheit, nicht mit mir!' oder etwas Ähnliches gebrüllt und ist davonmarschiert. Und die drei anderen hinterher. Ich dachte, *voilà*, das war's, aber *non*."

Épice nahm einen kräftigen Schluck von der eklig grünen Flüssigkeit. Als er das Glas absetzte, zierte ihn ein schmaler grüner Oberlippenbart. Nicht viele Männer wären mit einem grünen Menjou-Bärtchen gut davongekommen, aber eine durch und durch virile Erscheinung wie Épice konnte nichts entstellen. Er wirkte sogar noch sexier. Börnie war sich sicher, dass sie – wenn sie noch gelebt hätte – versucht gewesen wäre, ihm das Bio-Bärtchen von der Oberlippe zu schlecken.

Épice tupfte sich die Smoothiereste mit einer bereitliegenden Serviette ab. Einer Stoffserviette! Eindeutig ein Fünf-Sterne-Bordell.

„Am nächsten Tag, es war am späten Nachmittag oder frühen Abend, da bekomme ich einen Anruf von einem Burner-Phone, wie mir mein Sicherheitsteam hinterher mitteilte. Eine verzerrte Stimme, die mir erklärte, sie habe die Formel für unsere neue Anti-Aging-Lotion, und wenn ich nicht umgehend fünf Millionen Euro bezahle, würde die Formel an den Meistbietenden verkauft. Ich dachte nur *merde* und habe *naturellement* sofort auf Schön getippt."

Das ist doch albern. Die Formel ist patentiert. Patentklasse A61K8, Laufzeit zehn Jahre. Schön Cosmetics könnte das Produkt gar nicht herausbringen. Warum denkt er, es sei Schön gewesen?

„Die Formel ist doch patentiert", wiederholte Kai-Uwe.

Épice leerte den Rest der eitergrünen Scheußlichkeit. „Das stimmt natürlich. Offiziell kann Schön damit nichts anfangen. Aber die Formel wurde aus meinem

Laptop gestohlen, den ich unverzeihlicherweise offen auf meinem Schreibtisch stehen hatte. Es war fahrlässig von mir, mit der Delegation von Schön ins Nebenzimmer zu gehen. Und noch viel fahrlässiger, sie dort nicht anzuketten. Jeder der vier – oder alle gemeinsam – hätte sich an meinem Laptop zu schaffen machen können. Ich wäre erledigt gewesen. Und selbstverständlich kann man die Formel trotz Patent an interessierte Parteien verkaufen, die sich nicht um Legalität scheren und generische Produkte entwickeln."

Épice hob den Kopf. Wenn er jetzt noch eine Jacke getragen hätte, um die Hand in Brusthöhe hineinzuschieben, hätte er wie Napoleon ausgesehen. Wie ein gutaussehender Napoleon mit einem winzigen Rest Smoothie im Mundwinkel. „Aber ich war bereit, die Verantwortung zu übernehmen. Und für die Firma war die Summe ohnehin kein Problem. Ich sagte dem Anrufer also, er solle mir sein Konto auf den Cayman-Inseln mitteilen, dann würde ich bezahlen. Was ich auch getan habe."

Er hat gezahlt?

„Sie haben bezahlt?"

„*Oui*, was sonst? Zumal der Täter nur lächerliche fünf Millionen Euro verlangt hat. Die konnte ich aus der Portokasse zahlen. Ich musste nicht einmal Paris informieren."

„Fünf Millionen!" Nur Kai-Uwe staunte.

Börnie wusste, wie viel man mit einem wirklich erstklassigen, noch dazu hoch gehypten Produkt weltweit verdienen konnte, und staunte daher nicht. Und Jenny, draußen vor dem Fenster, war es egal.

„Warum sind Sie nicht zur Polizei gegangen? Erpressung ist doch strafbar!" Für Kai-Uwe war die Welt noch schwarz und weiß, gut und böse, richtig und falsch.

Jenny seufzte gerührt. Börnie wirbelte herum und presste den Zeigefinger an die Lippen.

Aber Épice hatte bereits mit seiner Aufklärungsrede angehoben. „In unserem Business nennt man es nicht Erpressung, sondern Absprache. Haben Sie eine Ahnung, wie oft solche Absprachen vorkommen? Oft! Es wird gewissermaßen bei jeder neuen Erfindung schon in die Entwicklungskosten hineinbudgetiert." Er winkte lässig ab. „Aber dann meldete sich dieses Subjekt ein paar Tage später doch tatsächlich erneut und verlangte die doppelte Summe. Das lief allen Gepflogenheiten zuwider! Damit hat er sich von der geschäftlichen Grauzone eindeutig ins kriminelle Milieu katapultiert. Ich habe ihm erklärt, dass ich nicht mit Verbrechern verhandele und dass ich genau wisse, er sei jemand von *Schön Cosmetics*, und ich würde jemand vorbeischicken, der mir die Formel wiederbeschafft!"

„Indem er sie aus dem Täter herausprügelt!" Kai-Uwe kannte das aus seinen Vorabendserien. „Dann haben Sie die Formel wieder und könnten die Lotion mixen."

Épice und Börnie legten angesichts von so viel Einfalt den Kopf schräg.

„Denken Sie etwa, der Täter hätte die Formel auswendig gelernt? Dann würde Herausprügeln nichts nützen – man müsste schon das Gehirn, in dem sie gespeichert ist, kaltstellen." Épice hob eine Augenbraue. „Wir haben die Formel nie ‚verloren'. Wir wollen nur nicht, dass sie in falsche Hände gerät. Der Täter muss sie auf einen USB-Stick geladen haben. Mir fehlt nämlich einer. Damit hat er sie von meinem Computer gezogen."

Börnie nickte wissend. Épice sah aus wie einer, der seine Sticks und Stifte durchzählte. Womöglich noch kleine Sticker mit „meins" draufklebte.

Épice verschränkte die Arme. „Findet man den USB-Stick mit unserem Logo bei *Schön Cosmetics*, hat man die Formel."

Irgendetwas rührte sich in Börnie. Es war keine Erinnerung, nur eine dumpfe Ahnung. Aber sie konnte einfach nicht den Finger drauflegen.

Kai-Uwe war noch bei dem kaltgestellten Gehirn, das ihn unweigerlich zum Kühlschrankkopf der Hagedorn brachte. „Sie haben also gerade gestanden, dass Sie sich gegen weitere Verhandlungen und für Auftragsmorde entschieden haben."

„WAS?" Épice sprang von der Massageliege. „Ich habe *absolument* gar nichts gestanden! Für eine Formel bringt man doch niemanden um! *C'est ridicule!*"

„Aber sagten Sie nicht gerade, dass Ihr Anti-Alterungs-Zeugs revolutionär ist? Dass es eine Zeitenwende im Kampf gegen faltige Haut einläutet? Wäre das keinen Mord wert?" Für Kai-Uwe, der nie gereist war, strömte in den Adern von Franzosen heißes Blut. Sie duellierten sich wegen der Liebe zu einer Frau oder wegen der richtigen Zubereitung von Froschschenkeln. Da war ein Mord für ein sensationelles Produkt doch quasi nichts.

„Nichts ist einen Mord wert!" Épice guckte moralinsauer. Er war von Jesuiten erzogen worden, das wirkte noch nach. „Im schlimmsten Fall hätte es ausgedehnte Rechtsstreitigkeiten gegeben, was sehr zäh gewesen wäre, aber wir hätten letzten Endes gewonnen. Wir können den Entwicklungsverlauf des Produkts lückenlos nachweisen." Er strahlte auf. Wie ein stolzer Vater, der sein Erstgeborenes über den grünen Klee lobt. „*Oui,* unsere Lotion wird den Markt gründlich aufmischen. Erste Studien haben gezeigt, dass die Wirkung phänomenal ist. Ich verwende sie selbst." Épice ging, mit immer noch baumelndem Herrentäschen am Handgelenk, zu einer mitgeführten Sporttasche, aus der er erst diverse Ledertoys zog und dann eine Phiole mit Venusverschluss. „Hier bitte, probieren Sie selbst! Sie werden begeistert sein!"

Kai-Uwe lehnte dankend ab. An seine Haut kamen nur Wasser und Kernseife.

Épice tupfte einen mikroskopisch kleinen Tropfen von der Lotion auf seine Wangen und massierte ihn ein.

„Wir hätten mit der Lotion schon im ersten Jahr weltweit das Zehnfache der Erpressersumme verdient. Ich hätte ihm auch das Dreifache zahlen können. Nein, ums Geld ging es mir nicht." Épice strich sich über die Gesichtshaut. Die tatsächlich jung und straff aussah. Wiewohl Börnie den Verdacht hegte, dass da auch die Gene eine Rolle spielten, nicht nur die Lotion. Und eventuell auch ein Pariser Schönheitschirurg.

„Ich habe sofort nach dem zweiten Erpresseranruf bei Schön durchgeläutet und ihm gesagt, ich wüsste, dass er der Erpresser sei. Ich wolle sofort meinen USB-Stick zurück, sonst würde ich nicht nur zur Polizei, sondern auch an die Presse gehen. Dann wäre es aus mit seinem schönen Leben. Und mit seinem Ruf. Er wäre in der Branche zum Geächteten geworden!"

Kai-Uwe, der sich dank des Rucksacks neuerdings auch ein Leben als Privatier auf einer Südseeinsel vorstellen konnte, fühlte ein bisschen mit Reginald Schön mit. „Das hat ihm bestimmt Angst eingejagt."

Épice nickte. „Natürlich musste ich trotzdem davon ausgehen, dass er noch einmal an mich herantreten würde. Um nachzuverhandeln. Entweder er selbst oder ein Mittelsmann." Er musterte Kai-Uwe. „Sie sind wirklich Privatdetektiv?"

Kai-Uwe wurde rot. Er konnte einfach nicht lügen. „In Ausbildung."

Halt mal, wer war der Dritte in der Delegation?, fragte Börnie, die es sich zwar denken konnte, es aber aus dem Mund des Franzosen hören wollte. *Los, fragen Sie ihn das.*

Kai-Uwes Blick huschte zu Börnie. Der Blick von Épice huschte mit. Der Franzose runzelte die Stirn.

Los schon, fragen Sie!

„Wen hatte Herr Schön bei dem Gespräch alles dabei?", platzte es aus Kai-Uwe heraus.

„Madame Hagedorn, einen Herrn ... äh ... Bollmann und seinen leitenden Chemiker Krenz."

Das heißt, es war entweder Schön oder Krenz oder beide zusammen. Wir müssen los!

„Vielen Dank, Monsieur Ép... äh ... dings ... Sie haben uns sehr geholfen ... *mersi bokupp.*" Kai-Uwe, dessen Manieren deutlich besser waren als sein Französisch, sah zu Börnie.

Épice folgte seinem Blick, sah aber nichts als den Schrank mit den Massageölen.

Hopphopp, wir gehen jetzt!, befahl Börnie.

Kai-Uwe drehte sich gehorsam in Richtung Tür und ...

... schrie auf.

„Aaaah!"

Auch Börnie erschrak.

Sie hatten beide nicht mitbekommen, wie die Frau den Raum betreten hatte. Nur Épice sah aus, als könne ihn kein Wässerchen trüben. Er war nach wie vor damit beschäftigt, Kai-Uwe nachdenklich-einschätzend zu mustern.

Börnie überlegte sich, ob Épice sich diese „Service-kraft" in Luftgänsefüßchen für nach der Massage be-stellt hatte. Über Geschmack ließ sich generell nicht streiten, aber eine missmutig dreinschauende Matrone mit altmodischer Dauerwelle, im Schottenrock mit Kra-wattenbluse und Schnürschuhen?

Warт das etwa eine Domina? In der Oberlehrerinnen-version statt in dem typischen Lack-Leder-Overknee-Outfit? Würde sie statt einer Peitsche ein Lineal ziehen und Épice damit versohlen? Dennoch, Börnie urteilte nicht. Jeder nach seiner Fasson. Vielleicht musste er sich an einer spätpubertären Verliebtheit in seine Phy-siklehrerin abarbeiten. Börnie hatte damals für ihren Sportlehrer geschwärmt – wenn von dem mal ein Klon aufgetaucht wäre, hätte sie auch nicht nein gesagt.

„Verzeihung", entschuldigte sich Kai-Uwe bei der Frau, „ich habe Sie nicht kommen hören. Tja dann ... noch einen schönen Abend." Er winkte der Frau und dem Franzosen linkisch zu und ging.

Épice sah ihm grübelnd hinterher.

Ebenso wie die Lehrerin-Schrägstrich-Domina.

Vorn, bei der Drachenfrau am Eingang, bestellte sich Kai-Uwe ein Taxi.

„Sie waren nicht zufrieden mit unserem Service?" Sie klang vorwurfsvoll.

„Doch. Total. Echt. Wirklich ... äh ... *nice!*"

„Hm." Sie spitzte die Lippen und wirkte fast ein wenig besorgt. Als ob sie fürchtete, dass Kai-Uwe ih-rem Etablissement auf Tripadvisor eine schlechte Be-wertung geben würde.

Kurz darauf saßen sie wieder zu dritt im Taxi – zu Börnies Überraschung sogar mit dem Rucksack.

Auch dieser Taxifahrer zwinkerte Kai-Uwe im Rückspiegel zu. „Wilde Session gewesen, was?"

Nicken und schweigen!, befahl Börnie.

Kai-Uwe nickte und schwieg. Er hielt das sogar durch, bis sie vor dem Hochhaus vorfuhren, in dem *Schön Cosmetics* seinen Firmensitz hatte.

Das heißt, sie konnten nicht wirklich vorfahren, weil nämlich die Polizei die Zufahrt zur Straße blockierte. Also ließ sie der Taxifahrer an der Ecke aussteigen, und sie gingen zu Fuß bis zur Absperrung und sahen, kurz bevor die Beamten einen Sichtschutz errichteten, dass auf einem der Autos vor dem Eingang zum Hochhaus eine Gestalt mit verrenkten Gliedmaßen lag. Sie hatte eine tiefe Delle ins Wagendach gedrückt.

Es war ein Mann.

Er trug geflochtene Schuhe und bunte Socken mit Comic-Motiven.

„Mann, das hat vielleicht einen Schlag getan", sagte Erkan vom Imbiss an der Ecke, der zwischen einigen anderen Schaulustigen an der Absperrung stand. „Man hat es bis zu uns gehört. Und seht mal, ist das Hirnmasse, was da seitlich am Auto runterläuft? Hammer!"

Kai-Uwe teilte Erkans Begeisterung nicht. Er wirkte kurz unentschlossen, ob er sich übergeben oder in Ohnmacht fallen sollte.

Es wurde die Ohnmacht.

21

Döner macht schöner

In der Kulinarik-Rubrik des Stadtmagazins bekam Erkan regelmäßig fünf von fünf Sternen für seine Döner mit Frühlingsrollenfüllung. Man konnte beides auch klassisch bekommen – also entweder nur Döner oder nur Frühlingsrolle –, aber seit Erkan seine Kimiko geheiratet hatte, war türkisch-asiatische Fusionküche für ihn Programm.

Das wussten die Feinschmecker der Umgegend zu schätzen. Mittags standen an Werktagen immer endlos lange Schlangen von Arbeiterdrohnen aus den umliegenden Hochhäusern bei ihm an. Der Laden brummte. Deswegen tat sich Erkan schon seit geraumer Zeit den Stress der Tagesschicht nicht mehr an. Er hatte ein paar seiner Cousins eingestellt, und er selbst hielt den Drehspieß nur noch nachts am Laufen. Sehr viel entspannteres Arbeiten, weil weniger Kundschaft. Fußläufig war nachts so gut wie niemand im Hochhausviertel unterwegs. Aber trotzdem lohnte es sich für ihn – regelmäßig hielten Autos vor seinem Imbiss. Vom Streifenwagen bis hin zur Zuhälterlimousine war alles vertreten. Erkans Dönerbude war neutrale Zone mit Leckerschmeckerbonus.

Sogar Promis verirrten sich regelmäßig zu ihm, seit der beliebte Buchhändler und Moderator Mike Altwicker nach seinen Veranstaltungen regelmäßig bei Erkan noch lecker Sushi einwarf. Er brachte nicht selten Fernsehgrößen und Literaturgottheiten mit, und deswegen gab es seit neuestem auch eine nach ihm benannte Sushiplatte, auf der elegante Hosomaki-Rollen mit Lachs, Thunfisch oder wahlweise Gurke und Avocado M-förmig angeordnet waren. M wie Mike.

Als Kai-Uwe gefühlte Stunden später aufwachte, waren seine ersten Worte: „Das riecht gut!"

Erkan – Abkömmling kerniger Osmanen – hatte den Ohnmächtigen geschultert und in sein Hinterzimmer getragen, wo eine Ledercouch mit geblümtem Plastiküberzug stand. Dort ließ er ihn ausschlafen, während er vorn im Laden die Kundschaft versorgte. Aus gegebenem Anlass lauter Sanitäter, Spurensicherer, Schaulustige und Streifenpolizisten.

„Geht's wieder?", fragte Jenny besorgt. „Alles okay?"

Verhätscheln Sie ihn nicht so. Sonst wird er das später immer von Ihnen erwarten.

Dafür, dass Börnie noch nie länger als zwölf Monate am Stück mit jemandem zusammen gewesen war, erteilte sie mit verblüffender Selbstsicherheit Beziehungstipps. *Außerdem kann ihm gar nichts passiert sein – Erkan hat ihn aufgefangen, bevor sein Kopf auf den Asphalt knallte.*

„Sie sind von einer erschütternden Kaltschnäuzigkeit", stellte Jenny fest.

Kai-Uwe rappelte sich hoch.

„Wo bin ich?" Er schnupperte. „Riecht's hier nach Döner? Oder nach Frühlingsrolle? Egal, ich hab Hunger!" Er hatte noch nicht ganz zu Ende gesprochen, da warf er schon die Beine von der Couch, stand auf und lief in den Verkaufsraum.

Sehen Sie? Alles gut. Solange die Patienten noch Heißhunger haben, ist ihr Überlebenswille intakt.

Jenny streckte ihr die Zunge heraus. Dann schaute sie ernst und faltete die Hände in Bauchhöhe. Die typische Haltung für jemand, der gleich eine Rede halten will. „Tja, der Moment des Abschieds ist gekommen.

Sie wissen jetzt, wer Sie ermordet hat. Jeden Augenblick wird sich der Tunnel vor Ihnen auftun, und Sie können ins Licht schreiten."

Merkwürdig. So fühlt es sich gar nicht an. Börnie sah zur Decke. *Und da ist auch kein Licht.*

Sie tigerte wieder auf und ab. Wobei sie über diverse Warenanlieferungsboxen und Spielsachen von Erkans Töchterchen steigen musste. Das Hinterzimmer war weder geräumig noch aufgeräumt. Dafür lief leise Musik aus einer Anlage an der Wand. Aber keine türkische oder fernöstliche, sondern das mainstreamige Nachtprogramm eines privaten Radiosenders.

„Geduld, das Licht kommt bestimmt gleich", meinte Jenny. „Wie Ihr Navi sagen würde: Sie haben Ihr Ziel erreicht. Der schöne Schön hat die Formel gestohlen ..."

Der wer? Börnie blieb stehen.

„Der ‚schöne Schön', das war unser Spitzname für ihn."

Das wusste ich gar nicht.

„Weil Sie nie mit den Leuten geredet haben. Echt, man kann es mit der Fokussierung auf die Karriere auch übertreiben."

So schön war er doch gar nicht.

„Darum geht's bei Spitznamen nicht." Jenny sammelte den Erklärbär-Faden wieder auf, den sie verloren hatte. „Wo war ich? Genau, Schön hat die Formel gestohlen, er hat all seine Mitwissenden umgebracht und Épice erpresst. Und als er beim zweiten Erpressungsversuch scheiterte ..."

Das kann man doch nicht als Scheitern bezeichnen. Er hat schon ein paar Millionen eingestrichen.

„Für ihn muss es sich wie ein Scheitern angefühlt haben. Vielleicht hat er nochmal durchgerechnet, was er zum Leben braucht, und es hat nicht gereicht, weil er nicht die nächsten fünfzig Jahre *auf* Bali am Strand liegen will, sondern *vor* Bali auf seiner Luxusjacht kreuzen und knackigen Touristinnen Kaviar spendieren will. Keine Ahnung." Jenny ließ sich auf die Couch fallen. Nicht ungefährlich – schon mancher war auf dem glatten Plastiküberzug wie auf einer Bobbahn nach unten gerutscht. Nicht so Jenny. Sie fläzte sich rutschfest wie ein Plastikprofi auf das Sitzmöbel. „Jedenfalls hat ihm Épice wegen der Nachverhandlung gedroht. Vermutlich nicht damit, an die Öffentlichkeit zu gehen, sondern ihm ein französisches Killerkommando auf den Hals zu hetzen." Sie wippte mit dem linken Bein, das sie über die Lehne gelegt hatte. „Ich wette, seine Harmlosigkeit eben war gelogen. Vielleicht hat Épice es wirklich getan, auch wenn er es leugnet – er hat seine Killer von der Leine gelassen, und die haben Schön vom Dach geworfen. Wissen Sie noch, wie wir gegangen sind, weil wir dachten, die Security kommt zu ihrer Mitternachtsrunde mit dem Aufzug hoch? Möglicherweise waren das die französischen Killer. Oder Schön hat sich vor lauter Schiss vor den Folgen seines Erpressungsversuchs selbst vom Dach gestürzt."

Ich weiß nicht recht. Das klingt nicht überzeugend.

Börnie nahm ihr Tigern wieder auf. Früher hätte der Schrittzähler auf ihrem Handy nach einem Tag wie diesem gejuchzt und vermutlich einen neuen Rekord verzeichnet.

Es ist doch auch denkbar, dass Krenz Schöns Compagnon war. Die beiden haben es zusammen geplant und durchgezogen. Aber als es ans Verteilen des Geldes ging, hat Krenz Schön aufs Dach gelockt und ihn dort übers Geländer geworfen. Es gibt kein Killerkommando, und ihm bleiben die ursprünglichen Millionen allein. Börnie blieb wieder stehen und hob einen Zeigefinger. *Ja, es muss einfach Krenz gewesen sein! Schließlich liegt der Kopf der Hagedorn in seinem Kühlschrank.*

„Sie können einfach nicht loslassen, was?" Jenny grinste. „Geben Sie doch einfach zu, dass Ihnen die Jagd Spaß gemacht hat und dass Sie partout nicht sterben wollen."

Ich bin bereits gestorben! Schon vergessen?

„Sie wissen, was ich meine."

Man stirbt immer zweimal? Das klingt wie ein James-Bond-Titel.

„Es gibt den Einstiegstod, und dann gibt es den richtigen Tod. Der erste Tod ist wie der Vorraum, wo man sich die Schuhe abputzt. Der zweite Tod ist der Wohnraum. Das ist ein Fakt! Sie sind das beste Beispiel dafür. Aber Sie wehren sich noch dagegen."

Sie funkelten sich an wie zwei Westernhelden an High Noon. Nur dass Jenny breit auf der Couch lümmelte und Börnie auf ihren High Heels wippte.

„Kai-Uwe sollte jetzt unbedingt in Ruhe etwas essen und dann eine Mütze voll Schlaf nehmen. Ich passe so lange auf ihn auf. Wenn Sie Krenz tatsächlich verdächtigen, dann müssen Sie das allein in die Hand nehmen. Schauen Sie doch kurz mal nach, was er gerade so treibt."

Sie meinen, ich soll allein ... Börnie verstummte.

Jenny hatte nicht ganz Unrecht. Aus ihr war jetzt eine unzerstörbare Ein-Frau-Inspektionstruppe mit schrankenlosen Zutrittsmöglichkeiten geworden. Warum das also nicht ausnützen?!

Börnie schloss die Augen und dachte an Krenz. Nichts.

Sie kniff die Augen fester zusammen. Ihre Nase kräuselte sich.

Immer noch nichts.

Das ist doch total doof, dass dieses Teleportieren mal funktioniert und mal nicht.

Jenny schürzte die Lippen. „Sie müssen sich besser konzentrieren."

Wenn ich mich noch stärker konzentriere, platzt mir eine Ader im Gehirn!

„Geister haben keine Adern. Und auch kein Gehirn." Jenny grinste. „War Ihnen Krenz unsympathisch?"

Und wie!

„Na also. Das ist die Erklärung. Ein natürlicher Schutzmechanismus verhindert, dass man sich als Leiche über Idioten ärgern muss."

Börnie starrte Jenny finster an. *Wenn es nur bei allen funktionieren würde!*

„Sticheln Sie nur, das kratzt mich nicht." Jenny legte den Kopf auf die Rückenlehne. „Versuchen Sie es doch mal mit dem Hauptkommissar, den mögen Sie doch." Sie grinste anzüglich.

Börnie war es zu blöd, ihr darauf eine Antwort zu geben. Sie dachte an Alexander Wenkow, schloss die Augen ...

... und befand sich gleich darauf an einem Ort, den sie sofort an der Ausstattung wiedererkannte: ein Sezier-Saal im Gerichtsmedizinischen Institut.

Der Hauptkommissar hielt ein Handy am Ohr und sah aus dem Fenster in die Nacht. Börnie fiel auf, dass er beim Telefonieren offenbar gern aus dem Fenster schaute. Jedenfalls war es nicht das erste Mal, dass sie ihn dabei beobachtete. Unter seiner Lederjacke trug er jetzt ein kariertes Flanellhemd. Börnie hatte Männer in Holzfällerhemden immer primitiv gefunden, aber bei ihm war sie geneigt, eine Ausnahme zu machen.

„Ja. Sein Mitarbeiter hat ihn gerade identifiziert. Es handelt sich definitiv um Reginald Schön."

Börnie sah zu dem Edelstahltisch auf Rollen. Glücklicherweise war die Gestalt darauf von einer Plane zugedeckt, sonst hätte sie für nichts garantieren können. Geister konnten sich bestimmt auch übergeben und erbrachen dann Ektoplasma.

Vor wenigen Stunden hatte Schön noch getrunken, getobt, gelästert, gelebt – jetzt war er tot. Und obwohl sie selbst ja auch tot war, tat er ihr leid. Und der Körper unter der Plane gruselte sie.

Reginald?, rief sie und sah sich um. *Herr Schön?*

Nichts.

Warum nur war sie die Einzige aus dem Kollegenkreis, die nach ihrer Ermordung zum Geist geworden war? Waren die anderen allesamt wie die Lemminge ins Licht gegangen? Interessierte es sie denn gar nicht, wer sie gekillt hatte?

War ihr Geistsein eine Belohnung? Oder womöglich eine Bestrafung?

„Der Fall explodiert gerade." Alexander rieb sich den Schlaf aus den Augen. „So wie der Porsche des ersten Opfers, dieser Hess. Der ist hier auf dem Parkplatz neben dem Institut ausgebrannt." Er hörte kurz seinem Gegenüber zu. „Nein, offenbar wurde der Wagen nach ihrem Tod bewegt. Einer von der Security hat eine Frau aufgegriffen, die aber einen verdächtigen Mann gesehen haben will ... Ach ja, dann hat sich vorhin ein Franzose auf dem Revier gemeldet und wurde zu mir durchgestellt. Schön hat ihn angeblich erpresst. Interessantes Detail am Rande: Der Franzose hat sich nur gemeldet, weil ein angeblicher Privatdetektiv namens Roger von Geldern bei ihm war ... Ja, genau, der Letzte, der diesen Bollmann lebend gesehen hat. Der Franzose hat ihn beschrieben, und es passt bis aufs i-Tüpfelchen zu dem, was Bollmanns Nachbarin ausgesagt hat – dürr, Schlangenprint. Nur hat der Franzose von Gesichtsverletzungen gesprochen, die der Nachbarin entgangen sind." Er lauschte. „Ja genau, die Spur wird wärmer. Ich bleibe dran ... Nein, ich gehe nicht nach Hause. Schlafen kann ich, wenn ich tot bin."

Wenn du dich da mal nicht irrst, dachte Börnie.

Telefonierte er gerade mit seinem Chef? Oder mit seiner Lebenspartnerin? Oder mit seinem Ehemann?

Früher, zu Lebzeiten, hätte sie sofort versucht, das herauszufinden. Sie sah an sich herab. Das hauteng Cocktailkleid und die High Heels brachten ihre Vorzüge aufs Trefflichste zutage. In der guten alten Zeit hätte sie den Blazer ausgezogen, ihn lässig über die Schultern geworfen, sich mit der Zunge die Unterlippe geleckt und den Kopf leicht schräg gelegt ... jaha, sie war eine Flirtweltmeisterin gewesen. Das stand nicht im Widerspruch zu der lächerlich geringen Anzahl von Lovern in ihrem Leben, fand Börnie. Auch wenn man es so gut wie nie zum Hauptgang kommen ließ, konnte man mit Genuss das Amuse-Gueule spielen und den Kerlen so richtig einheizen. Aber, nun ja, dieser Zug hatte den Bahnhof verlassen.

Konnte man als Geist eine Partnerschaft mit einem Menschen eingehen? Ein Verhältnis haben? Vielleicht konnte man ja irgendwie, keine Ahnung, *verschmelzen*? Aber dazu müsste Alexander sie ja erst einmal wahrnehmen. Der Einzige, dem das gelang, war Kai-Uwe, und auf den stand sie wirklich kein bisschen.

Der arme Kai-Uwe. Er – beziehungsweise sein Alter Ego Roger von Geldern – galt jetzt als hochgradig verdächtig. Börnie seufzte. Sie hatte ihn in dieses Schlamassel hineinmanövriert. Jetzt musste sie ihm da auch irgendwie wieder heraushelfen.

Börnie sah zu dem Edelstahlrollwagen, auf dem Schöns Leiche lag. Der Wagen hatte über den Rädern noch eine Ablagefläche, auf der die Wanne mit Schöns Kleinkram lag – Handy, edle Armbanduhr, ein Geldclip mit einem Bündel Scheine, seine Schuhe, seine geliebten Comic-Socken, seine blutverschmierte Krawatte. Es machte Sinn, dass so ein Rollwagen ein eigenes Wannenfach hatte. Sonst würden womöglich die Wannen nicht zu den richtigen Leichen zugeordnet.

Die dumpfe Ahnung, die ständig danach drängte, endlich in ihre Wahrnehmung zu gelangen, wie ein Rülpser, der rausmusste, regte sich wieder. Was war das nur?

Doch da ging auf einen Schlag die Post ab.

Ein Höllentier baute sich vor Börnie auf – mit gesträubtem Fell und freigelegten Lefzen. Es bellte so laut und so kräftig, dass sich Schaum vor seinem Maul bildete.

Es war der Schäferhund des Pförtners. Nur ohne Pförtner. Er hatte sich entweder losgerissen oder durfte seine Runden frei durchs Institut ziehen. Jedenfalls wollte er seine Menschen jetzt darauf aufmerksam machen, dass er einen Geist aufgespürt hatte.

Ja, er bellte eindeutig Börnie an. Kein Zweifel möglich.

Als sie im ersten Schreck auf Alexander zulief, um – ganz Maid in Not – hinter ihm Schutz zu suchen, rannte der Hund hinterher.

Der Hauptkommissar glaubte natürlich, die Kläffattacke gelte ihm. „Scheiße!", brüllte er, nicht gänzlich angstfrei. „Wem gehört dieser Köter?"

Ein Uniformierter kam angelaufen, ebenso einer der Rechtsmediziner, aber die trauten sich an den völlig außer Rand und Band geratenen Schäferhund nicht näher heran. Kein Wunder, Cerberos, der mehrköpfige Hunde-Bewacher der Unterwelt, war nichts gegen dieses durchgeknallte Biest, das völlig zu Unrecht den Namen eines friedliebenden irischen Sängers und Aktivisten trug.

Endlich kam auch der Pförtner angerannt. „Bono, aus! Bono, was ist denn nur mit dir los? Aus!"

Alexander floh hinter den Seziertisch, auf dem Schön lag. Börnie folgte ihm, weil sie nicht wollte, dass irgendwer den Braten – will heißen: den Geist – roch. Die würden doch alle ins Grübeln kommen, wenn Bono scheinbar den leeren Raum anbellte.

Der Hund folgte Börnie.

Ihm folgte der Pförtner. „Aus!"

Der Hauptkommissar wich noch weiter zurück. Allem Anschein nach hatte er Angst vor Hunden. Zumindest vor Hunden, die sich wie toll gebärdeten. Und wer konnte es ihm verdenken.

Der Uniformierte zog seine Waffe. „Wenn Sie Ihre Töle nicht bändigen, muss ich sie erschießen!", drohte er dem Pförtner.

Haben Sie sie noch alle? Nein!, brüllte Börnie.

Was den Schäferhund dazu veranlasste, noch lauter zu kläffen. Börnie lief zur Tür, um den Hund in Sicherheit zu locken, aber weil er ihr wie von Sinnen folgte, stieß er gegen den Rolltisch und durch die Wucht des Aufpralls – Bono stand gut im Futter – fiel die Wanne mit dem Kram von Schön zu Boden.

Und in diesem Moment fiel es Börnie wieder ein. Die unterschwellig-dumpfe Ahnung wurde zur Gewissheit.

Die Wanne!

Nicht diese hier, nein, die Wanne mit ihren Klamotten. Der Blazer hatte gefehlt. Aber im Blazer war sie gestorben, sonst würde sie ihn jetzt, als Tote, nicht tragen.

Sie schlug sich mit der flachen Hand gegen die Stirn. *Natürlich!*

Börnie wusste, was der Mörder im Blazer gesucht hatte. Den Stick mit der Formel. Und sie wusste auch, wo sie den Stick finden würde.

22

Das Leben ist eine Kombination aus Magie und Pasta

„Was soll das heißen, es ist mitten in der Nacht? Für die Familie ist man immer da! Ich brauche einen Auslieferer! Und ich kann nicht weg. Hier ist die Hölle los!"

Als Börnie sich wieder im Imbiss materialisierte, telefonierte Erkan gerade lautstark. Offenbar mit einem seiner vielen Cousins. Der sich weigerte, das Bett zu verlassen.

„Wehe, du legst auf! Wehe, du legst auf!" Erkan schnaubte und warf sein Handy auf die Couch. „Er hat aufgelegt!"

Kai-Uwe sagte mit vollem Dönerfrühlingsrollenmund: „Ich könnte doch die Sachen schnell austragen."

Erkan sah ihn an, als sei Kai-Uwe sein lange verschollener, bei der Geburt von ihm getrennter Zwillingsbruder. „Das würdest du echt tun? Danke, Mann! Ich schulde dir was. Ich pack nur schnell alles ein."

Er hastete in den Verkaufsraum, in dem jetzt überwiegend Medienvertreter mit hungrigen Mägen warteten, die über den spektakulären Tod von Kosmetikchef Schön berichten sollten.

Kai-Uwe, wir müssen jetzt aber sofort in mein altes Büro!

„Kein Problem, die Auslieferung geht sowieso an den Tatort." Er spuckte beim Sprechen kleine, angekaute Brocken aus Hammelfleisch und Glasnudeln.

„Sieht aus, als hätten Sie etwas entdeckt?" Jenny lag immer noch quer auf der Couch, als hätte sie sich in der ganzen Zeit keinen Millimeter bewegt. Erkans Handywurf hatte sie nur knapp verfehlt. Aber die Frau besaß die Gemütsruhe eines bekifften Wasserbüffels.

Ehre, wem Ehre gebührt – Sie waren es, die es entdeckt hat.

Börnie hatte kein Problem damit, die Verdienste anderer zu würdigen, zumindest nicht mehr seit dem Kindergarten. Das machte eine gute Führungskraft aus, und darum hatte sie es sich antrainiert.

Wir hatten es nur alle vergessen. Tadaa!

Sie wies mit beiden Händen auf ihren Blazer wie eine Verkäuferin in einem nächtlichen Teleshoppingkanal.

Jenny richtete sich auf. Aus dem sedierten Büffel wurde unversehens ein Bluthund mit zuckenden Nasenlöchern, der eine Fährte aufgenommen hatte. „Der Blazer fehlte!"

Ganz genau. Wie Sie gesagt haben: Ich muss ihn getragen haben, als ich gestorben bin, sonst hätte ich ihn jetzt nicht an. Aber Yannick hat ihn mir ausgezogen, bevor er seine Wiederbelebungsversuche startete! Wenn wir jetzt eins und eins zusammenzählen, dann sagt uns das, dass …

Kai-Uwe schluckte die letzten Reste seines nächtlichen Imbisses herunter und rief: „…. dass Sie am Diebstahl der Formel beteiligt waren!"

Offenbar konnte man eins und eins zusammenzählen und auf fünf kommen.

Nein, ich hatte mit dem Diebstahl nichts zu tun. Es sagt uns, dass sich der USB-Stick mit der Formel aus irgendeinem Grund in meinem Blazer befunden hat.

„Aber beim Einbruch in die Gerichtsmedizin hat der Mörder den Blazer doch mitgenommen", warf Jenny ein. „Er lag nicht mehr in der Wanne mit Ihren Sachen."

Aha! Aber hat er das wirklich? Börnie tigerte wieder los. Im Takt zur Musik, die gerade aus der Box schallte. Wenn Erkan einen Teppich in seinem Hinterzimmer gehabt hätte, hätten sich darauf allmählich Spurrillen im Flor gebildet.

Ich vermute, der Blazer lag gar nicht in der Wanne mit meinen persönlichen Gegenständen. Er hat den Rollwagen mit meiner Leiche und der Wanne mit meinen Sachen in den Garten geschoben, um in Ruhe und ungestört nach dem Stick zu suchen, ohne ertappt zu werden. Aber dann stellte er fest: Verflucht und zugenäht, der Blazer fehlt!

Jenny nickte anerkennend.

„Der Blazer fehlt?", fragte Kai-Uwe. Für ihn ging das alles zu schnell.

Börnie hatte keine Zeit für Erklärungen. *Also bin ich weder von Yannick noch von der Hagedorn umgebracht worden, denn die wussten ja, dass der Blazer nicht mit der Leiche abtransportiert wurde. Der echte Mörder muss also wieder zu Schön Cosmetics und den Blazer suchen.*

„Nur zur Sicherheit: Mit dem Mörder meinen Sie Schön oder Krenz oder beide?" Jetzt sprang auch Jenny auf die Beine. Sie hatte mittlerweile mindestens ebenso viel Spaß am Ermitteln wie Börnie. Auch wenn ihr Mund es leugnen mochte, ihre Körpersprache verriet sie.

Genau. Entweder hat der eine den anderen dabei erwischt oder sie stecken beide unter einer Decke, aber es kam zum Streit. Jedenfalls hat Krenz Schön den Rest gegeben.

„Ob Krenz den USB-Stick in der Zwischenzeit gefunden hat? Dann ist er wahrscheinlich schon längst über alle Berge."

Börnie hielt inne. Warum nagte schon wieder eine dumpfe Ahnung in ihr? Sie hatte das mit dem Blazer doch erinnert. Welches Puzzleteil fehlte noch im Bild? Warum ließ die Ahnung sie immer noch nicht los?

Wir müssen alle Büroräume von Schön Cosmetics auf den Kopf stellen.

„Und wenn Sie ,wir' sagen, meinen Sie ..."

Jenny sah zu Kai-Uwe.

... nicht Kai-Uwe. Ich habe belauscht, dass ein Polizeizeichner Fahndungsbilder von Roger von Geldern angefertigt hat. Die Chance, dass die Bilder schon verteilt wurden und ihn ein Polizist erkennt, ist einfach zu groß. Nein, dieses Mal müssen Sie das übernehmen, Jenny.

„Oh nein. Ausgeschlossen. Auf gar keinen Fall!"

Warum denn nicht? Es ist völlig ungefährlich: Der Mörder kann sich nicht an Ihnen vergreifen – überall wimmelt es vor Polizei! Börnie kam ein Gedanke, der ihr – bevor sie Jenny und ihre Befürchtungen kennengelernt hatte – nie gekommen war. *Und die Polizei kann sich nicht an Ihnen vergreifen, weil es überall vor Presseleuten wimmelt. Außerdem, Sie als Putzfrau wird keiner verdächtigen. Schlimmstenfalls werden Sie angeblafft, dass Sie sich vom Acker machen sollen.*

„Ich sagte nein! Ich mache das nicht allein!" Wenn Jenny etwas nicht wollte, verwandelte sie sich schlagartig in eine gigantische griechische Furie. Jeden Moment konnten sich statt Dreadlocks Schlangen wie auf dem Haupt der Medusa unter ihrem Kopftuch hervorschlängeln. Pure Ironie des Schicksals, dass jemand, der so Furcht einflößend aussah wie sie, zugleich dermaßen schüchtern und ängstlich sein konnte. „Wenn wir lösungsorientiert denken, fällt uns schon eine andere Möglichkeit ein."

Börnie brummte.

„Ich weiß, wie es trotzdem geht: Wir müssen Kai-Uwe einfach unkenntlich machen!" Jenny sah sich um. „Was ist da in dem Schrank?"

Kai-Uwes kindliche Lust am Verkleiden brach sich Bahn, als er den Schrank öffnete und auf einem Kleiderbügel ein rotes, knöchellanges Seidengewand mit gekreuztem Kragen und Schärpe sah. Sowie einen roten Fes im oberen Ablagefach. Und mehrere Flip-Flops im unteren. In Nullkommanichts war aus dem Schlangenprintplayboy ein türkisch-chinesisches Zwitterwesen geworden.

Erkan kam mit vier proppenvollen Plastikbeuteln ins Hinterzimmer. „Hier, das sind die Bestellungen. Vier Döner, zwei klassisch, zwei Fusion. Vier Miso-Suppen. Eine Honigbanane. Der Besteller heißt Müller. Ein Polizist. Er wartet im vierundzwanzigsten Stock vor der Treppe zum Dach." Obwohl Erkan es mit Äußerlichkeiten nicht so hatte, stach ihm die Outfitänderung von Kai-Uwe doch ins Auge. „Willst du so gehen?"

„Wenn ich darf?"

Erkan, der Gute, war porentief durchdrungen von der mediterranen Was-meins-ist-ist-auch-deins-Gastfreundschaft und mit der kulturellen Aneignung hatte er auch kein Problem. Hauptsache, die Auslieferung klappte. Er nickte stoisch. „Du weißt aber schon, dass das eigentlich ein Frauenkleid ist? Gehört meiner Schwiegermutter."

„Ich finde es schick. Seh ich nicht fast aus wie Konfuzius? Schade, dass ich meinen Bart abra..."

Er verstummte schlagartig, als Börnie ihn mit *Kai-Uwe!* anbrüllte. Sein Plappermäulchen würde ihn eines Tages in eine Bredouille bringen, aus der ihn nicht einmal Jenny mit ihren starken Armen herausfischen konnte.

„Wegen mir kannst du gern so gehen. Also wie gesagt, Müller, vierundzwanzigster Stock." Erkan drückte Kai-Uwe die vier Tüten in die Hand.

Kai-Uwe, Börnie und Jenny zogen los. Sie mussten sich auf dem Weg zum Hochhauseingang durch eine erkleckliche Menge an Schaulustigen kämpfen.

Wo kommen die mitten in der Nacht bloß alle her?

„Katastrophentourismus. Dass sich hier ein Konzernchef vom Dach geworfen hat, kam schon in den Nachrichten."

Natürlich ließ man sie nicht einfach so durchmarschieren.

„Hey, wo wollen Sie denn hin?"

Als Kai-Uwe mit dem Fuß das Absperrband anheben wollte, um sich wie ein Limbo tanzender Schlangenmensch darunter hindurchzufädeln, eilte ein junger Polizeibeamter auf ihn zu. Nicht gerade mit Mordlust in den Augen, aber doch deutlich angemifft. „Das hier ist ein Tatort, Sie haben hier nichts zu suchen."

Zu seiner Verteidigung musste angemerkt werden, dass sich an der Stelle, wo er eben noch gestanden war, jetzt tatsächlich Leute über das Absperrband beugten und schamlos Handyfotos vom Schauplatz der Tragödie schossen.

„Ich soll hier aber Essen anliefern. Für Müller. Vierundzwanzigster Stock." Kai-Uwe stupste wieder das Absperrband hoch.

„Moooment, Fuß runter! Ich überprüfe das!" Der Beamte wählte eine Nummer auf seinem Handy. „Hier Olaf. Stimmt es, dass ihr was zu essen bestellt habt?" Er sah zu Kai-Uwe. „Was ist in den Tüten?"

Kai-Uwes Blick umwölkte sich. Sein Gehirn war eine einzige frisch saubergewischte Schultafel, auf der nur Kreidereste zu finden waren.

Vier Döner, zwei klassisch, zwei Fusion. Vier Miso-Suppen. Eine Honigbanane, flüsterte Börnie.

Kai-Uwe strahlte auf. „Döner, Suppe, Banane mit Honig."

Der Beamte wiederholte es und nickte. Er steckte sein Handy wieder weg. „Und was ist im Rucksack?"

Kai-Uwe, der sich unter gar keinen Umständen von seinem Geldrucksack trennen wollte, auch nicht beim Zustellen von heiß-fettigen Imbisswaren, trug ihn über dem Seidenkleid. Pink auf Rot war ja auch ein Fashion-Statement. „Da ist ... mein Wechselgeld drin."

Was irgendwie relativ wahr war.

Der Beamte nahm das so hin, musterte ihn aber immer noch skeptisch. Vor allem sein Gesicht. „Sind Sie gegen eine Wand gelaufen?"

„Wieso?"

Ihre Blutergüsse!

Börnie verstand nur zu gut, wie man vergessen konnte, dass man das Abbild von Frankensteins Monster war, nur hässlicher. Und in Frauenkleidern. Sie vergaß ja auch ständig, ein Geist zu sein. Wiewohl sich das allmählich gab.

„Ach so ... äh ... die Blutergüsse ..." Kai-Uwes Fantasie ließ ihn im Stich. Weil er sich auf diese Frage nicht hatte vorbereiten können. Seine Augen huschten vom Beamten zu Börnie und dann zu Jenny. Schließlich platzte er heraus: „Meine Frau schlägt mich."

Der Beamte schürzte die Lippen und nickte. „Kenn ich. Kommt öfter vor, als man denkt. Hier ..." Er zog eine Karte aus seiner Hosentasche. „... das ist eine Männer-Hotline. Keine falsche Scham, rufen Sie an. Die Nummer gegen Kummer. Darüber zu reden, hilft schon." Er stieß Kai-Uwe brüderlich mit der Faust gegen die Schulter. „Ist gut. Sie können durch."

Er schob mit dem Fuß das Absperrband nach unten. Kai-Uwe und Jenny traten darüber hinüber, Börnie schwebte mitten hindurch. So langsam machte ihr das Geistsein Spaß. Sie versuchte auch kurz, sich Dönerbesteller Müller vorzustellen, um sich vor ihm – Simsalabim – zu materialisieren, aber offenbar gab es nicht nur eine Sperre für Unsympathen, sondern auch für Leute, die man nicht kannte.

In der Lobby trennten sie sich. Jenny wollte wegen ihrer Klaustrophobie nicht in den Aufzug steigen und nahm die Treppe. Und Kai-Uwe wollte sie begleiten.

Jenny verbot es ihm. „Nein, dann wird nur das Essen kalt. Wir treffen uns oben."

Während Kai-Uwe und Börnie darauf warteten, dass eine der drei Kabinen herunterkam, sah Börnie, wie ein Zivilfahrzeug direkt vor der Tür hielt und ihr höchstpersönlicher Hauptkommissar Alexander Wenkow ausstieg.

Öhm, fahren Sie schonmal hoch und geben Sie das Essen ab. Ich stoße dann im Büro von … Börnie stockte. Im Büro von Schön waren sicher die Spurensicherer zugange. Aber von der Beteiligung des Chefchemikers wusste die Polizei noch nichts. … *im Büro von Krenz zu Ihnen.*

„Wie soll ich mich denn in das Büro von Krenz schmuggeln? Da oben ist doch bestimmt mehr los als auf der Kirmes. Und ich trage ein leuchtend rotes Seidenkleid!"

Ihnen fällt schon was ein.

Die Kabine kündigte mit einem *Pling* ihre Ankunft an. Börnie winkte Kai-Uwe weg und stöckelschwebte auf ihren unerreichbaren Helden zu. Der wirkte nur ganz leicht mitgenommen nach seinem Erlebnis mit dem scheinbar tollwütigen Schäferhund. Er sprach einen Moment mit den Beamten vor der Tür, dann öffnete sich dieselbe Aufzugskabine, in die Kai-Uwe gestiegen war, erneut – nachts war womöglich nur eine freigeschaltet – und spuckte seinen Assistenten aus, der bei seinem Anblick zur Eingangstür eilte und sie ihm aufhielt.

„Hasso, schieß los, was gibt's Neues?"

Assistent Hasso trug in dieser Nacht eine tollkühne Kombination aus karierter Cordhose und Hawaiihemd. Börnie fragte sich, ob es keinen Dresscode für die Mordkommission gab, und wenn nein, warum nicht.

„Wir haben keinen Abschiedsbrief gefunden, aber auch keine Kampfspuren. Dafür Filzpantoffeln im Büro des Toten, die da eindeutig nicht hingehören. Doktor Albrod sagt, wer auch immer die Pantoffeln getragen hat, hatte keine Socken an. Er hat DNA gefunden, die er auswerten kann."

Scheiße. Kann man aus Fußschweiß DNA extrahieren? Börnie schnalzte mit der Zunge. Jedenfalls war es Kai-Uwes DNA. Der Arme rutschte sekündlich tiefer ins Verderben. Und sie hatte ihm das eingebrockt. Sie – und seine Schockverliebtheit in ihr Erspartes. Und vielleicht auch in Jenny.

„Also gut. Dann sehe ich mir das da oben mal an." Sie traten zu dritt in die rundum verspiegelte Aufzugskabine. Gut, dass Börnie kein Spiegelbild hatte.

Alexander schnupperte. „Riecht's hier nach Döner?"

Im zwanzigsten Stock hielt der Aufzug an. Ein Ganzkörperschutzanzugträger rief: „Hallo Alex, kommst du gleich mit nach oben? Die Friedrichs hat Haare auf dem Dach gefunden, die nicht zum Toten gehören."

Börnie hoffte, dass es nicht Kai-Uwes Haare waren, die sich aufs Dach verirrt hatten. Bei seinem Pech wusste man nie. Sie warf einen letzten Blick auf den

Schnuckelkommissar und verließ die Aufzugskabine, bevor die Türen wieder zuglitten.

Die Räumlichkeiten von *Schön Cosmetics* waren allesamt hell erleuchtet, aber nur im Büro von Chef Schön drängten sich die Spurensicherer.

Weil Börnie glaubte, dass Kai-Uwe am Essenausliefern oder Anschleichen war und Jenny noch das Treppenhaus erklomm, stellte sie sich unter eines der Familienporträts der Inhaberfamilie im Flur. Von dieser Stelle hatte man einen guten Überblick über das ganze Stockwerk – über die Türen zu den Einzelbüros und über das Großraumbüro mit den Kuben.

„Pst! Hierher!"

Aus der offenen Tür zum Labor von Chefchemiker Krenz winkte eine grüne Hand.

Börnie stutzte. Wollte sie ein Marsmännchen in einen Hinterhalt locken? Sie schwebte durch die Wand.

Die grüne Hand gehörte zu Kai-Uwe. Er hatte sich umgezogen und trug zu seinen grünen Händen einen weißen Laborkittel. Wie sich zeigte, hätte er seine Schlangenprinthose lieber nicht in Erkans Hinterzimmer lassen sollen. Der Kittel ging ihm nur bis knapp unter die Knie, und man sah seine haarigen Beinchen. Und die Flip-Flops, einen blauen und einen gelben in unterschiedlichen Größen. Börnie fand, dass Kai-Uwe im Grunde nicht überlebenstauglich war. Aber immerhin hatte er jetzt Jenny, die sich um ihn kümmern würde.

Warum sind Ihre Hände grün?

„Ich habe auf dem Weg vom Dach hierher den Warenaufzug genommen, und da stand ein Eimer drin." Mehr musste Kai-Uwe gar nicht sagen. Vermutlich hatte er das grüne Zeug darin für Wackelpudding gehalten.

Es gibt einen Warenaufzug?

„Ja, und das wissen offenbar die wenigsten."

Börnie schreckte zusammen. Sie hatte Jenny nicht kommen hören.

„Ich verstehe nicht, dass man nicht schon aus reiner Neugier seinen Arbeitsplatz in allen Einzelheiten gründlich inspiziert", erklärte Jenny. „Es war pipieinfach, uns hier einzuschleichen. Zwischen dem Treppenhaus und dem Labor ist kein Mensch. Und offenbar hat noch keiner in den Kühlschrank geschaut und den Kopf entdeckt."

Man konnte der Polizei keinen Vorwurf machen, weil sie in einem Gebäude, von dessen Dach jemand gesprungen war, nicht jeden einzelnen Kühlschrank öffnete.

Irgendwann wird schon jemand feststellen, dass Frau Hagedorn hier eingelagert worden ist. Das ist nicht unser Problem. Die Hagedorn wird sicher von niemandem vermisst, und ihre Katze ist versorgt. Also, vermutlich. Ich habe gehört, dass man die Frau vom Tierheim in Gewahrsam genommen hat. Börnie atmete tief aus und sammelte sich. *Also gut, wir müssen jetzt erstmal den Blazer finden.*

„Wir haben uns umgesehen. Ihr Blazer ist nicht hier im Labor. Und ich kann mit Gewissheit sagen, dass er vorhin auch nicht im Büro von Schön war."

Jenny hatte einen Blick für Details, Börnie glaubte ihr.

Ich sehe kurz in meinem Büro nach. Dort hat Yannick ihn mir ausgezogen, dort muss er eigentlich noch herumliegen. Warten Sie hier.

Börnie nahm die kürzeste Strecke zwischen dem Labor von Krenz und ihrem Büro ... kurzum, den Luftweg. Oder sollte es Wandweg heißen?

Sie erkannte ihr Büro nicht wieder, obwohl sich – seit Jenny sie daraus befreit hatte – absolut nichts verändert hatte. Börnie spürte einfach, dass sie nicht mehr an diesen Ort gehörte. Es setzte wohl langsam eine Art Loslösungsprozess ein. Sie seufzte und konzentrierte sich wieder auf ihre Aufgabe.

Nein, es war kein Blazer zu sehen. Auch nicht im Garderobenschrank, in den sie kurzerhand ihren Kopf steckte. Eigentlich eine sehr effiziente Methode des Suchens.

Erst als Börnie wieder gehen wollte, merkte sie, dass jemand den Namen im Türschild zu ihrem Büro geändert hatte.

Da stand nicht länger BERNHARDINE HESS, da stand SABINE SCHELLING!

23

In der Höhle des Nacktmulls

Natürlich hat sie den Blazer! Sie hat ihn sich ebenso ge-
krallt wie meinen Verlobten und mein Büro! Und ich habe
sie mal gemocht! Ich möchte ausspeien, aber ich habe ja
keine Spucke mehr!

Börnie wetterte die ganze Zeit, die es dauerte, mit
Kai-Uwe ungesehen mit dem Lastenaufzug in die Tiefgarage zu fahren – Jenny nahm die Treppe –, von dort
über den Hinterausgang zu verschwinden, sich ein Taxi
heranzuwinken und zu Sabine Schelling zu fahren.

Vermutlich ist sie der Kopf hinter dem Ganzen. Wenn
ein besonders diabolischer Plan genial umgesetzt wird,
steckt doch immer eine Frau dahinter. Cherchez la femme!

„Ich verstehe, dass Sie sauer sind, aber können
Sie nicht einfach mal leise in sich hineinschimp-
fen?", bat Kai-Uwe und beugte sich nach vorn zu Börnie. Er saß wieder hinten, weil ihm vorn ja schlecht
wurde. „Wissen Sie, als Frau sollte man sich nicht
über andere Frauen auslassen. Damit schießt man
sich doch ins eigene Knie. Schlüpfen Sie doch mal
in ihre Haut. Also ... nicht wirklich, das wäre illegal.
Aber ... Sie wissen schon ... stellen Sie sich vor, Sie
wären sie."

Der Taxifahrer starrte auffällig unauffällig in den
Rückspiegel. Dann linste er über seine Schulter auf Kai-
Uwes malträtiertes Gesicht, auf seine grünen Hände
und nackten Knie unter dem Laborkittel und fragte
sich vermutlich, ob Kai-Uwe mit ihm redete, denn
Jenny saß mit verschränkten Armen und schweigend
hinten auf dem Rücksitz. Bestimmt schwor sich der

arme Mann, von nun an nur noch die Tagesschicht zu fahren – nachts waren einfach zu viele Verrückte unterwegs.

„Im Übrigen kann ich nicht glauben, dass Frau Schelling ein Verbrechergehirn haben soll", meldete sich Jenny nun doch zu Wort. „Sie hat oft mit mir geredet, wenn ich die Nachtschicht hatte und sie noch arbeiten musste. Die ist harmlos."

Wenn Sie unter „harmlos" intrigant, mörderisch und Männer- und Formel-raubend verstehen, dann ja, dann gebe ich Ihnen recht. Börnie nervte die Pärchen-Front auf dem Rücksitz. Wenn bei drei Ermittlern zwei füreinander schmachteten, kam eine ganz ungute Dynamik in die Gesamtbeziehung.

Der Taxifahrer hielt vor dem Innenstadtbetonklotz, auf dessen gemeinschaftlich genutzter Dachterrasse Bine Schelling immer ihre Geburtstage feierte. Börnie hatte einmal kurz vorbeigeschaut. Lustlos, aber pflichtbewusst – weil man ja den Kontakt mit der Belegschaft pflegen musste. Managementhandbuch, Kapitel zwei. Deswegen wusste sie praktischerweise, wo Bine wohnte.

Kai-Uwe klingelte.

Es wurde nicht geöffnet. Was wiederum verständlich war – welche alleinlebende Frau rührte sich, wenn morgens um vier an der Haustür geklingelt wurde?

Treten Sie die Tür ein, verlangte Börnie von Kai-Uwe.

„Drehen Sie jetzt total hohl? Mit was denn? Er trägt doch keine Schuhe – da tut er sich doch nur weh!" Grizzlybärin Jenny verteidigte ihr Junges. „Lassen Sie das!", sagte sie zu Kai-Uwe, weil der schon ein Flip-Flop-Bein angehoben hatte. „Klingeln Sie einfach einmal querbeet. Sobald sich jemand meldet, sagen Sie: Notfall bei Schelling."

Bines Nachbarn hatten jedoch Glück – sie wurden nicht aus süßem Schlummer ins unsüße Wachsein sturmgeläutet. Ein übriggebliebener Alt-Hippie – geblümte Schlabberklamotten, schulterlange graue Haare, Eau de Cannabis – trat breit lächelnd und mit gezücktem Schlüsselbund neben Kai-Uwe vor die Tür. „Kann ich helfen?"

„Ich ... äh ... bin neu im Haus. Ich hatte Gäste. Wollte dem Wagen nachwinken, als sie weg sind, und habe mich ausgesperrt." Kai-Uwe zog den weißen Kittel enger um seine hagere Gestalt. „Mädels, du weißt schon." Seine Fabuliergabe war wieder auf Zack.

Der Alt-Hippie grinste wissend. „Verstehe!" Er zwinkerte Kai-Uwe zu und schloss die Haustür auf. „Na dann, immer herein in die gute Stube."

Den Aufzug zierte ein Zettel, auf den jemand *Außer Betrieb* geschrieben hatte. Jemand hatte ein Post-it mit *Zum dritten Mal in diesem Monat – Saftladen!* darunter geklebt.

Sie stiegen folglich allesamt zu Fuß die Treppe hoch.
Biegt der nicht endlich ab?, moserte Börnie.

Wie sich herausstellte, wohnte der Hippie im selben Stock wie Bine. „Nacht!", verabschiedete er sich von Kai-Uwe.

Der wartete noch einen Moment im Flur, bis der Hippie in seiner Wohnung verschwunden war.

Die Tür ganz hinten rechts, drängte Börnie. Die Dachterrasse verfügte nicht über eine Toilette, und deshalb kannte sie den Weg zu Bines Boudoir.

Kai-Uwe zielte gerade mit dem Zeigefinger auf die Wohnungsklingel, da sagte Jenny: „Die Tür ist nur angelehnt."

Schon wieder! Verdammt, das ist kein gutes Zeichen. Das ist nie ein gutes Zeichen.

„Ich finde, Kai-Uwe sollte die Polizei rufen“, meinte Jenny.

Das sagen Sie immer – wie eine Schallplatte, die einen Sprung hat. Kai-Uwe hält mehr aus, als Sie glauben. Ich finde, wir sollten erstmal nachsehen, was Sache ist.

„Oh nein, ich gehe da nicht rein. Das würde man mir als Hausfriedensbruch auslegen!“ Jenny verschränkte wieder die Arme. Das war immer ihre finale Argumentationsgeste. „Außerdem ist Kai-Uwe nicht Chuck Norris. Es könnte ihm was passieren.“ Jenny sah zu den diversen Blessuren, die Kai-Uwes Körper zierten. „Es könnte ihm was richtig Schlimmes passieren“, korrigierte sie. „Wir sollten wirklich auf die Polizei warten.“

Sie wollen uns im Stich lassen?

„Ich lasse Sie nicht im Stich. Ich bin die Stimme der Vernunft! Was wir jetzt brauchen, ist keine undurchdachte Hau-drauf-Action, sondern die Staatsgewalt, die für solche Situationen ausgebildet ist!“

Bis die kommt, könnte es zu spät sein!

Während sich die Frauen noch zofften, stieß Kai-Uwe mit dem Finger die Tür an.

Sie glitt lautlos auf.

Börnie und Jenny verstummten.

Man kam direkt in eine Wohnküche von übersichtlicher Größe. Das Deckenlicht brannte. Es war aber niemand zu sehen. Gleich hinter der Tür lag ein billiger weißer Polyester-Morgenmantel in Satin-Optik auf dem Boden. Man konnte die statische Aufladung förmlich in der Luft bizzeln hören.

Keinen Mucks!, befahl Börnie und trat ein. Es machte einen tapfer, wenn einem an Leib und Leben nichts mehr passieren konnte.

Kai-Uwe und Jenny sahen ihr nach.

„Nein, bitte nicht!" Sie hörten die angstvolle Frauenstimme alle drei. Sie kam von links, aus dem Schlafzimmer.

„Kai-Uwe, verständigen Sie die Polizei!", verlangte Jenny. „Jetzt sofort!"

Lassen Sie mich doch erst nachsehen. Vielleicht verlangt nur einer ihrer Lover etwas Unanständiges im Bett.

„Bei offener Wohnungstür?"

Aber da hatte Börnie schon die Wohnküche durchquert und lugte durch den Spalt in der Schlafzimmertür.

Sie hatte mit allem gerechnet – doch damit nicht.

„Was ist?", rief Kai-Uwe und lief neugierig los. Die Flip-Flops gaben naturgemäß schmatzende Geräusche von sich. Was normalerweise ein typisches Sommerhitze-Geräusch war, symbolisierte jetzt den Sound der Dummheit.

Denn so hörte der Mann im Schlafzimmer, dass er mit Bine Schelling nicht länger allein war. Er wirbelte mit seiner Geisel – und genau das war Bine in diesem Moment – herum und starrte zur Tür.

„Aber ... aber das ist doch ...", stotterte Kai-Uwe, der auf den letzten Metern zur Schlafzimmertür aus dem größeren der beiden Flip-Flops herausgerutscht war, ins Stolpern geriet und dabei die Tür aufstieß.

Jenny hat recht, dachte Börnie, *Kai-Uwe überlebt das hier nicht.*

Bine trug nichts weiter als einen weißen Spitzenslip. Ihr Geiselnehmer trug weiße Arbeitshosen zu einem weißen Laborkittel, wie man es in Chemielaboren zu tun pflegte. Einen Arm hatte er wie eine Boa Constrictor um Bines Hals gelegt, und mit der Hand des anderen Armes hielt er ihr einen halbvollen gläsernen Rundkolben ohne Korken ans Gesicht. „Keinen Schritt näher oder ich schütte ihr Säure ins Gesicht!"

„... aber das ist doch ...", wiederholte Kai-Uwe, voll-umfänglich verwirrt. Er drehte sich zu Börnie. „Das ist doch Herr Schön!"

Börnie nickte.

Das war nicht Chefchemiker Krenz, das war Konzernchef Schön, der eigentlich nach seinem Sturz aus dem vierundzwanzigsten Stock mit gebrochenen Knochen, gequetschtem Gehirn und schwersten inneren Blutungen tot in der Gerichtsmedizin liegen sollte!

24

Es gibt ein Sterben nach dem Tod

„Jetzt bin ich verwirrt. Sind Sie nicht tot?"

Ach, Kai-Uwe, immer erstmal höflich Konversation betreiben, auch wenn gerade ein irrer Mörder einer jungen Frau ein Laborausstattungsutensil mit anzunehmenderweise hoch toxischem Inhalt ans hübsche Puppengesicht presste.

Immerhin schien Kai-Uwe durch seine Puff-Erfahrung abgehärtet zu sein – Bines weitgehende Nacktheit lenkte ihn nicht ab. Einstweilig nicht.

„Helfen Sie mir!", kreischte Bine. „Bitte lassen Sie nicht zu, dass er mir was tut!"

„Ah, der Schnapsdieb, der mich ausgeknockt hat!" Schön lächelte. Es war ein Haifischlächeln. „Ich nehme nicht an, dass Sie rein auf der Suche nach einem Magenbitter hier vorbeigeschneit sind?!"

Kai-Uwe befand sich noch im Prozess der intellektuellen Verdauung. Das dauerte bei ihm immer etwas länger. „Sie sind doch tot."

Aus Schöns Lächeln wurde lautes Auflachen. „Sie sind ja ein kauziges Kerlchen. Könnten Sie mich etwa sehen, wenn ich ein Geist wäre?"

„Ja, aber ich könnte Sie nicht berühren."

Schön runzelte die Stirn. Es war ein „hä?"-Runzeln.

„Darf ich Sie mal kneifen?" Kai-Uwe streckte den Arm aus.

Schön trat unwillkürlich einen Schritt zurück. Und riss Bine mit sich.

„Helfen Sie mir", bat die mit krächzender Stimme, weil Schön ihr den Hals zudrückte.

Kai-Uwe, Sie müssen hier weg, mahnte Börnie. *Bringen Sie sich in Sicherheit und rufen Sie die Polizei.*

Draußen auf dem Flur rief Jenny: „Das sage ich doch schon die ganze Zeit!" Die Frau hatte Ohren wie eine Fledermaus und hörte einfach alles.

„Ich kann hier nicht weg, sonst tut er ihr vielleicht was an!", protestierte Kai-Uwe und sah Börnie vorwurfsvoll an.

„Mit wem reden Sie da?" Schöns Augen wurden zu schmalen Schlitzen. In den Schlitzen huschten die Augäpfel hin und her, aber er konnte beim besten Willen niemanden entdecken.

„HILFE!", gellte Bine.

Schön presste ihr die Hand auf den Mund. „Maul halten – oder ich ätze dir die Fresse weg!"

Bine verstummte. Und erstarrte. Mit weit aufgerissenen Augen.

Auch Kai-Uwe schien vor Sorge wie gelähmt.

Nur Börnie funktionierte einwandfrei. *Wenn er nicht tot ist, warum ist er dann nicht wenigstens stockbesoffen? Der hat fast eine ganze Flasche Whisky getrunken!*

„Müssten Sie nicht sturzbetrunken sein?", dolmetschte Kai-Uwe.

„Sie spielen auf unsere Begegnung in meinem Büro an?" Schön grinste. „Ja, mit diesem Trick verwirre ich alle. Ich sagte Ihnen doch, in mir schlummert die Seele eines Künstlers. Eines Bühnenkünstlers! Soll ich Ihnen mein Geheimnis verraten? In der Whiskyflasche war nur Apfelsaft. Es hilft bei Verhandlungen, wenn das Gegenüber meint, man könne nicht mehr klar denken. Den anderen habe ich selbstverständlich immer den echten Stoff angeboten."

Raffiniert! Börnie war ein kleines bisschen beeindruckt.

„Als ich Sie in meinem Büro erwischte, wusste ich gleich, dass ich eine Show ablegen muss." Schön verzog abschätzig das Gesicht. „Sie stecken also mit unserer Frau Schelling unter einer Decke." Er nahm die Hand von Bines Mund, aber nur, damit er ihr den Arm fester um den Hals legen konnte. Millimeterweise schob er sie auf Kai-Uwe zu. „Ich dachte eigentlich, sie hätte sich hinter dem Rücken der ahnungslosen Hess den schmucken Bollmann geangelt und mit ihm gemeinsame Sache gemacht."

Börnie schnorchelte genervt. Gab es wirklich niemanden, der *nicht* um die heimliche Beziehung zwischen ihr und dem Bollermännchen gewusst hatte? Woran hatten die anderen es gemerkt? Daran, dass so oft eindeutige Geräusche aus ihrem nicht-schalldichten Büro gedrungen waren?

„Wie dem auch sei, das Spiel wird nach meinen Regeln gespielt! Ich will den USB-Stick, und zwar sofort!" Schön schob die zappelnde Bine noch weiter vor.

Bine winselte.

Vorsicht, warnte Börnie, *er will in Schüttweite kommen! Ziehen Sie sich zurück, sonst bekommen Sie die Säure ab, die für Bine gedacht war.*

Kai-Uwe wich zurück. „Da ist echt Säure drin? Das können Sie doch nicht machen!"

„Dann sagen Sie mir, wo der gottverdammte Stick ist!" Schöns Aussprache wurde feucht. Das war der übergroßen Erregung geschuldet. „Ich will den Stick aus dem Blazer von der Hess! Den haben Sie sich gekrallt, nicht wahr? Ich weiß nicht, wann, und ich weiß nicht, wie, aber Sie müssen ihn haben. Ich will ihn – her damit!"

„Da war kein Stick im Blazer", kreischte Bine, mindestens zehn Oktaven höher als sonst. „Ich schwör's!"

Erst jetzt bemerkte Börnie ihren schwarzen Blazer, der völlig zerfetzt auf dem Schlafzimmerboden lag.

Die hat das tatsächlich getan, die hat sich meinen Blazer aus meinem Büro gekrallt. Als ich gerade erst tot war. DER PASST IHR DOCH GAR NICHT!

„Ist nicht Ihr Ernst, oder? Darüber. Regen. Sie. Sich. In. Diesem. Moment. Auf?" Jenny hatte sich jetzt in die Wohnküche gewagt, weil sie sonst nichts gesehen hätte. Sie, die sonst nie wütend wurde, schien zu kochen. Jedes einzelne Wort knallte wie ein Peitschenschlag aus ihrem Mund. Insoweit man flüsternd peitschen konnte.

„Ich habe ihn auf der Party in die Blazertasche gleiten lassen ...", fuhr Schön fort, der Jenny von seiner Position im Schlafzimmer nicht sehen konnte.

„Sie hatten Angst wegen des französischen Killerkommandos, schon klar." Kai-Uwe nickte mitfühlend. „Hätte ich an Ihrer Stelle auch gehabt."

In Schön glimmte etwas auf. „Ein französisches Killerkommando? Nein, ich wollte nicht, dass ihn Krenz oder Bollmann in die Finger kriegen. Vor allem Krenz setzte mir auf der Party zu. Hat mir wohl nicht vertraut. Jedenfalls musste ich den Stick etwas übereilt verschwinden lassen." Er schürzte die Lippen. „Tja, Sie wissen also Bescheid? Dann habe ich recht: Sie und die Schelling sind also tatsächlich ein Team und wollten sich ein Stück vom Kuchen abschneiden." Er schnaubte.

„Ich kenne den Typen gar nicht!", quietschte Bine. In ihren Augen stand der Wahnsinn. Auch wenn sie das hier überleben sollte, würde es sicher nicht ohne Folgen bleiben.

Schön ignorierte ihren Einwurf. „Sie haben den Stick gefunden und wollen mit der Formel jetzt selbst Millionen scheffeln. Aber das sind *meine* Millionen!"

Sein Tempo überforderte Kai-Uwe. Der war noch damit beschäftigt, vor seinem inneren Auge zwei schwerstbewaffnete Auftragskiller zu visualisieren, die wie Asterix und Obelix aussahen. Bestimmt waren die Killerfranzosen für den Toten auf dem Autodach verantwortlich. „Wenn Sie es nicht waren, der vom Dach gesprungen ist, wer dann?"

„Das können Sie nicht erraten? Das war natürlich Krenz. Sagen wir so: Er ist weniger gesprungen als gesprungen worden. Ich habe ihm ... gut zugeredet." Schön bleckte die aufgehellten Beißerchen unter den Schlauchbootlippen wieder zu einem Haifischgrinsen.

Definitiv aufgespritzt, urteilte Börnie.

„Dann sind Sie der Blofeld. Das Verbrechergenie hinter allem." Kai-Uwe klang fast ein bisschen beeindruckt.

Was Schön geschmeichelt zur Kenntnis nahm. „In der Tat! Krenz, Bollmann und ich haben die Formel gemeinsam heruntergeladen. Aber ich hatte nie vor, mit den beiden zu teilen. Auf meiner Yacht in der Südsee wird nur Platz für einen sein – für mich!"

Das verstand Kai-Uwe allzu gut. In der Hängematte am Südseestrand von Naboombu, die er sich von dem Rucksackgeld kaufen würde, hatte er sich anfangs auch immer allein liegen sehen. In den wenigen Sekunden, die ihm während dieses Abenteuers zum introspektiven Visualisieren geblieben waren. Später hatte er sich die Hängematte vor seinem inneren Auge mit einer großen karibischen Schönheit mit Dreadlocks und Ruhrpottdialekt geteilt ... „Aber wie ..."

„Hören Sie mal, ich will Ihnen nicht meine Lebensgeschichte erzählen. Die Polizei kann sekündlich herausfinden, dass ich nicht Krenz bin und den Toten in der Gerichtsmedizin falsch identifiziert habe. Also her mit dem Stick oder Ihre Freundin wird gleich kein Gesicht mehr haben, das Sie küssen können!"

Börnie fand, dass in Schöns Augen auch der Wahnsinn glimmte. Allerdings eine ganz andere Art von Wahnsinn.

„Das ist nicht meine ...", fing Kai-Uwe an, aber Börnie unterbrach ihn.

Fragen Sie ihn, warum er mich umgebracht hat, schnell!, verlangte sie. *Ich hatte doch mit dem Diebstahl der Formel rein gar nichts zu tun. Und auch nichts davon gewusst!*

Kai-Uwe räusperte sich. „Also, was ich eigentlich sagen wollte: Warum haben Sie Bernhardine umgebracht? Sie war doch völlig ahnungslos und unbeteiligt."

„Ach ja?", spottete Schön. „Ich habe im Flur deutlich gehört, wie Bollmann auf der Party zu ihr sagte, er müsse ihr dringend etwas erzählen, es sei von enormer Wichtigkeit!"

Na toll, da hat mir Yannick bestimmt nichts anderes sagen wollen, als dass er die Verlobung auflöst, weil sich sein Bollermännchen jetzt nur noch für Bine aufrappelt. Börnie warf resigniert die Arme in die Luft. *Der Mord an mir war ein Versehen. Ein banales „Dumm gelaufen".*

Kai-Uwe war mit seiner „Zwanzig Fragen"-Runde noch nicht durch. „Deshalb haben Sie also Börnie vergiftet? Um sie zum Schweigen zu bringen?"

„Nein, das war Krenz."

„Aber Sie haben Börnies Verlobten erschossen."

„Das war auch Krenz."

„Und Frau Hagedorn?"

„Ich bringe doch niemanden um, der mich vergöttert. Ich wollte sie nur mit einer angemessenen Abfindung entlassen und gut. Nein, das war definitiv Krenz. Der hat ihr auch den Kopf abgesäbelt – bestimmt, um mir den Mord in die Schuhe zu schieben. Der Krenz wollte einfach keine Mitwisser. Nicht einmal Mitahner – sein Motto lautete: Tabula Rasa. Deshalb hat er Frau Hess vergiftet, was blöd für mich war, weil ich wegen der Polizei nicht mehr an den Stick kam. Und deshalb hat er auch den Sprengsatz mit dem Zeitzünder am Porsche montiert – in der Hoffnung, der Wagen würde mit Ihnen in die Luft gehen. Weil er Sie bei Bollmann im Garten gesehen hat. Ich glaube fast, nach dem ersten Mord hat er Blut geleckt. Der hätte vermutlich noch die ganze Firma ausradiert, inklusive Wachdienst und Putztruppe. Ja, ja, der gute Krenz – ein begnadeter Chemiker und ein begnadeter Spinner. Nie lagen Genie und Wahnsinn näher beisammen als bei ihm. Ehrlich, um den ist es nicht schade." Schön zuckte mit den Schultern.

Quark, der schiebt jetzt alles Krenz in die Schuhe. Aber dazu war der Krenz doch gar nicht fähig. Einer, der mir immer nur lüstern in den Ausschnitt schaut, mich aber nie auf einen Kaffee einlädt, der zerlegt doch keine Chefsekretärin. Dazu hat der einfach nicht den Mumm. Und außerdem ... Börnie war etwas eingefallen. *Krenz war kein Sportschütze, Schön dagegen schon. Er geht regelmäßig auf die Jagd. Fährt dafür sogar nach Afrika. Bestimmt betreibt er dort Großwildjagd und killt Elefanten und Nashörner. Nur Schön konnte Yannick von der Hecke aus niederstrecken. Schön, Sie sind ein Schwein!*

„Meine Geduld neigt sich dem Ende zu", warnte Schön jetzt. „Wo ist der USB-Stick?"

„Damit kommen Sie doch nie und nimmer durch!" Kai-Uwe wurde panisch. Er wich zurück.

„Ich bin schon damit durchgekommen. Das Geld aus dem ersten Erpressungsversuch liegt sicher auf meinem Konto auf den Cayman-Inseln ..." Schön grinste diabolisch. „Das reicht mir fürs Erste, bis ich die Formel vom Stick an einen Generika-Pharmaproduzenten in China, Indien oder Brasilien verscherbeln kann. Ich denke da an Pharmariesen ohne kleingeistige Moralvorstellungen."

„Gibt es überhaupt einen Pharmariesen mit Moral? Ist das nicht ein Widerspruch in sich?", meldete sich Jenny zu Wort.

Börnie schüttelte den Kopf. *Pst!*

„Also gut ..." Schön senkte den Schädel wie ein Stier in Angriffslaune, der seine Hörner parallel zum Boden bringt, bevor er losgaloppiert und seinen Gegner damit aufspießt. Fehlte nur noch, dass er mit den Hufen scharrte. „Ich sage es jetzt zum allerletzten Mal: Her. Mit. Dem. Stick!"

„Wenn er nicht im Blazer war, dann weiß ich nicht, wo er ist", jaulte Kai-Uwe.

Da! Schon wieder! Eine dumpfe Ahnung klopfte an die Tür zu Börnies Wachbewusstsein.

„Dann hast doch du ihn, du Schlampe!", brüllte Schön. „Her damit. Das ist meine letzte Warnung!" Er hob die Hand mit dem Glaskolben.

Bine gellte in trommelfellzerfetzender Lautstärke auf.

„Nein!", brüllte auch Kai-Uwe und stürzte sich in selbstloser Ritterlichkeit auf Schön.

Der wich in letzter Sekunde aus, wobei die bräunliche Flüssigkeit im Kolben herausschwappte. Voll in Bines Gesicht.

Bine schrie markerschütternd auf ... und sackte ohnmächtig zusammen.

Kai-Uwe rutschte mit seinem verbliebenen Flip-Flop auf den Blazerresten auf dem Boden aus und landete auf dem Bett.

Im Flur rief jemand: „Bine?"

Im Schlafzimmer schrie Schön „Sie Trottel, Sie blöder!!" und wirbelte zu Kai-Uwe herum. Er hob den Kolben hoch in die Luft, wollte ihn – kein Zweifel möglich – auf Kai-Uwes Hinterkopf heruntersausen lassen, aber da hörte man einen „Kiai!"-Schrei und der Alt-Hippie kam mit einem ausgestreckten und einem angewinkelten Bein wie ein Ninja auf Schön zugeflogen.

Seine Ferse traf Schöns Kinn, und es gab ein sehr unappetitliches Knack-Geräusch. So klang ein Unterkiefer, der gerade in zwei Teile gebrochen wurde.

Schön ging in die Knie, und bevor er noch wusste, wie ihm geschah, schlug ihm Kai-Uwe, der sich vom Bett aufgerappelt hatte, mit Schmackes seinen Geldrucksack gegen den Hinterkopf. Als Schön mit einem weiteren unschönen Geräusch auf dem Boden aufschlug, gingen bei ihm die Lichter aus. Nicht final, aber dennoch erstmal zappenduster.

Börnie und Jenny standen etwas abseits, ihre Köpfe drehten sich beim Verteilen der Tritte und Schläge hin und her wie beim Tennis in Wimbledon.

„Bine, alles okay?" Der Alt-Hippie kniete sich neben Bine.

„Schnell, wir müssen Wasser über ihr Gesicht kippen!", rief Kai-Uwe. „Wir müssen die Säure verdünnen!"

Hektisch lief er ins Bad und kam mit einem Zahnputzbecher voller Wasser zurück, den er Bine ins Gesicht schüttete. Mitsamt Zahnbürste. Er hatte vergessen, sie herauszunehmen.

Bine kam stöhnend zu sich.

Kai-Uwe wiederholte das Ganze. Dieses Mal ohne Bürste.

„Was soll denn das? Sie ist doch schon wach!", meinte der Alt-Hippie, der ihr – mehr Gentleman, als man ihm zugetraut hätte – sein knittriges Leinenhemd übergestreift hatte.

„Sie verstehen nicht, der Typ hat ihr Säure ins Gesicht geschüttet!" Kai-Uwe klang panisch.

Der Hippie zog ein Haarband vom Handgelenk, band sich die Haare zum Pferdeschwanz, beugte sich über Bine und schnupperte. „Ich rieche nur Apfelsaft."

Schön trickste also nicht nur beim Whisky, sondern auch bei seinen Säureattacken.

Beruhigenderweise kam hinzu, dass Bines Haut nicht dampfte und auch sonst keine Anzeichen einer Schädigung aufwies.

„Gott sei Dank. Schön hat uns reinlegen wollen", seufzte Jenny. „Das haben Sie toll gemacht, Kai-Uwe." Sie sprach *Mein Held* nicht aus, aber es hing in der Luft.

Kai-Uwe strahlte. Mutmaßlich über alle vier Backen.

Dann nahm er eines von Bines Halstüchern, kniete sich neben Schön und fesselte ihm damit die Handgelenke auf dem Rücken.

Da stand Börnie schon an Bines Schreibtisch, wo die allem Anschein nach die moderne Version eines Tagebuchs führte, nämlich ein Bullet Journal. Überall lagen Buntstifte und Sticker, und auf der aufgeschlagenen Seite sah man gemalte Tränen und eingeklebte Sad-Face-Emojis unter dem kalligraphierten Aufschluchzer *Mein Yannick ist tot,* gleich über der To-Do-Liste des Tages, auf der *Nagellack kaufen* und *Bibbi zum Geburtstag gratulieren* stand.

Börnie hielt sich nicht lange mit dem *mein* vor *Yannick* auf. Das war alles Geschichte. Ihr Leben als Lebende lag hinter ihr, und damit auch alles, was ihr damals wichtig gewesen war. Jetzt hatte sie ein Leben als Tote, und da herrschten andere Prioritäten.

Sie suchte den USB-Stick, war sich jetzt ziemlich sicher, wo sie ihn finden würde. Ihr war wieder eingefallen – gewissermaßen als letzter Erinnerungshappen an ihre finale Abschiedsparty –, wie sie sich auf der Toilette mit einem Zellstofftuch Mascara-Schlieren aus den Augenwinkeln gewischt hatte, das Tuch dann für einen späteren Einsatz auf der Party in ihre Blazertasche geschoben hatte und dort auf den USB-Stick gestoßen war. Sie hatte den Stick gar nicht weiter beachtet, dazu war sie schon zu angetrunken gewesen. Sie hatte ihn einfach, zurück in ihrem Büro, in die Stiftablage auf ihrem Schreibtisch gelegt. Wo marodierende Sticks hingehörten.

Jene Stiftablage, aus der sich Bine während des Quickies mit Yannick bedient hatte. Ganz offensichtlich hatte Bine keinen Füllfederhalter geklaut, nur einen niedlich aussehenden Stick.

Und da sah Börnie ihn auch schon, fett auf dem Laptop liegend: den schwarzen USB-Stick mit dem Venus-Logo der Firma von Épice.

Schlagartig reckte die Erinnerung ihr sumpfmonsteriges Haupt aus dem Nebel des Vergessens – die Erinnerung daran, wie Schön auf ihrer Abschiedsparty die Hand um ihre Taille gelegt hatte. Scheinbar, um ein Selfie zu schießen, in Wirklichkeit, um ihr den Stick in die Blazertasche gleiten zu lassen. Vermutlich hatte er am Abend der Party den Plan gefasst, seine Mitverschwörer auszutricksen, und wollte seine Trumpfkarte an einem Ort verstecken, wo sie niemand suchen würde. Doch als er, schon im Gehen begriffen, auf dem Flur überhörte, wie Yannick ihr „etwas Wichtiges sagen" wollte, dachte er natürlich an den Formeldiebstahl, nicht an eine Verlobungsauflösung. Das war Yannicks Todesurteil. Und auch ihres.

Scheißkerl!, fluchte Börnie.

Schade, dass er noch nicht tot war – sie hätte ihm zu gern, von Geist zu Geist, einen kräftigen Tritt in die Äther-Eier versetzt!

25

Um alt und weise zu werden, muss man erstmal jung und dumm sein

Jenny bestand darauf, zu Fuß zu gehen. Es sei auch nicht weit zu ihrer Bude, immer am Fluss lang. Außerdem schritten sie auf diese Weise in den Sonnenaufgang.

„Genießen Sie das, solange Sie noch können."

Kai-Uwe hatten sie in Bines Wohnung zurückgelassen. In der Obhut von Hauptkommissar Wenkow und dessen tapferen Mannen.

„Öhm, erzählen Sie den Bullen, Sie wären es gewesen, der den Knilch ausgeknockt hat. Es ist besser, wenn die mich nicht sehen. Oder riechen." Der Alt-Hippie hatte den Arm gehoben und an seiner Achselhöhle geschnuppert. Wäre nicht nötig gewesen: Man konnte das Hasch schon riechen, wenn er einfach nur dastand. Eigentlich auch schon aus zehn Metern Entfernung und bei Gegenwind.

Sagen Sie auf gar keinen Fall, dass Sie ein Medium sind, verstanden?, hatte Börnie Kai-Uwe vor ihrem Aufbruch noch mehrmals eingebläut. *Sonst glauben die Ihnen kein Wort! Oder Sie kommen in die Klapse.*

„So sagt man heute nicht mehr!", hatte Jenny unterbrochen.

Erzählen Sie denen, dass Sie mit mir befreundet waren. Am Tag meiner Abschiedsparty hätten wir uns getroffen, und ich hätte Ihnen von der gestohlenen Formel erzählt. Nach meinem Tod hätten Sie sich als mein Freund be-

müßigt gefühlt, der Welt zu beweisen, dass ich keinen Selbstmord begangen habe.

„Aber dann wird man denken, Sie seien in das Verbrechen involviert gewesen!" Kai-Uwe hatte sich gesträubt.

Wurstegal – Hauptsache, Sie kommen ungeschoren davon, hatte Börnie gesagt und es tatsächlich auch so gemeint. Ihr posthumer Ruf war ihr egal. *Sobald die Sie gehen lassen, kommen Sie sofort zu Jenny. Wir setzen dann ein Testament auf. Meine Unterschrift kann man ganz leicht fälschen. Danach gehört mein Geld ganz offiziell Ihnen.*

Kai-Uwe war regelrecht zu Tränen gerührt gewesen.

Sogar Jenny hatte ein bisschen geschnieft.

Und nun marschierten Jenny und Börnie also in den Sonnenaufgang.

Ist es noch weit?

„Sagen Sie nicht, dass Ihnen die Füße wehtun", lästerte Jenny.

Börnie brummte.

„Da vorn ist es schon."

Was? Die Schrebergartensiedlung?

Jenny nickte.

Darf man in einem Schrebergartenhaus wohnen?

„Nein. Ist verboten."

Die Kleingartensiedlung war entzückend. Sie lag direkt am Fluss und stammte noch aus dem vorvorigen Jahrhundert, mit altem Baumbestand und gemütlichen weißen Holzhäuschen. Die Gärten waren vorbildlich gepflegt, mit deutlich mehr Zier- als Nutzpflanzen. Börnie hatte es nicht so mit Gartenarbeit, aber an freien Tagen hier im Grünen zu sitzen, auf den Fluss zu schauen und an einem Gin Tonic zu nippen, ja, das hätte ihr gefallen.

Vor einem weißen Schrebergartenhäuschen mit blauer Regentonne und einer blauen Sitzbank blieb Jenny stehen.

„Das ist es. Gehört einem Kumpel von mir. Er hat es mir angeboten, als ich in die Stadt gekommen bin, weil er beruflich für ein Jahr nach Schweden gezogen ist."

Wirklich schön!

Und das war es tatsächlich. Ein Kleinod inmitten herrlicher Blumenpracht. Börnie, die gegenüber Schrebergärten immer Vorurteile gehabt hatte, musste das widerspruchslos anerkennen.

„Ja, echt schön. Allerdings kommt mein Kumpel nächsten Monat zurück."

Haben Sie schon was Neues?

Jenny schüttelte stumm den Kopf.

Sie können in meine Wohnung ziehen. Kai-Uwe hat ja das Haus seiner Tante, der braucht die Wohnung nicht. Sie ist abbezahlt – dann haben Sie ein Dach über dem Kopf. Und mit den Wattigs von nebenan werden Sie schon fertig. Au ja, das schreiben wir ins Testament – Kai-Uwe kriegt mein Geld und Sie meine Eigentumswohnung.

Börnie war begeistert. Wenn man sein Leben lang nicht selbstlos für andere gehandelt hatte, fühlte man sich wie im Rausch, sobald der Damm gebrochen war und man anfing, Gutes zu tun.

Darf ich mir das Häuschen mal von innen ansehen?

„Klar, schweben Sie rein."

Jennys schnuckeliges Schrebergartenhäuschen war L-förmig. Börnie trat in den längeren Hauptbereich. Eine sehr heimelige, wenn auch für Börnies Geschmack zu bunte Klause, aber definitiv ein Gute-Laune-Wohlfühlzuhause.

Börnie sah sich um. Auf winzigstem Raum war alles da, was man brauchte: Campingkocher, Campingwaschmaschine, Sitzecke, Hochregale, die Stauraum für Jennys zahlreiche Bücher boten.

Allerdings auch sehr viele Fliegen. Das war die Krux, wenn man am Fluss wohnte. Ohne Fliegengitter gegen die Stechmücken ging gar nichts, aber die fehlten hier.

Börnie hasste diese Blutsauger.

Ah, fiel ihr dann ein, *noch ein Vorteil, wenn man Geist ist. Ätsch, ihr Mistviecher!*

Grinsend bog Börnie in den kürzeren Teil des L. Dort befand sich das Schlafzimmer mit Bett und Fernsehgerät. Die Stehlampe neben dem Bett war eingeschaltet. Aber nicht nur das Licht der Lampe hatte die Fliegen angezogen.

Auf dem Bett lag ein Körper.

Ein großer, stämmiger, kantiger weiblicher Körper, der den Kittel der Reinigungskräfte von *Schön Cosmetics* trug.

Ein Körper, der sich offenbar mit einem Jagdgewehr den Kopf mit den Dreadlocks weggeschossen hatte. Der Lauf lag zwischen den Beinen, die rechte Hand am Abzug.

Alles war voller Blut. Getrocknetem Blut. Das Erschießen musste schon ein paar Tage zurückliegen.

Wenn Börnie noch gelebt hätte, wäre ihr spätestens jetzt die Galle hochgekommen. Sie schluckte trocken, besah sich den Kittel, die klobigen Schuhe, die Herrenarmbanduhr. Kein Zweifel möglich.

Sie ging nach draußen und setzte sich neben Jenny auf die blaue Bank.

Von der Straße, die parallel zum Fluss zur Innenstadt führte, hörte man den aufkeimenden Berufsverkehr. Es war aber nicht störend, mehr wie ein weißes Rauschen.

Eine Amsel saß am Rand der Parzelle und versuchte, einen fetten Regenwurm aus dem Erdreich zu ziehen.

Sie waren schon tot, als Sie in mein Büro gekommen sind, oder?

„Yep."

In Börnie wirbelten die Gedanken im Kreis wie ein Kirmes-Fahrgeschäft, es fehlte nur der Karussell-Ansager.

Deswegen haben Sie Kai-Uwe nie beim Tragen geholfen. Oder ihn aufgefangen, wenn er in Ohnmacht fiel. Oder ihn bei seinen Aktionen sonst wie unterstützt. Und deswegen haben die Taxifahrer immer so komisch geguckt, wenn Kai-Uwe mit uns geredet hat – die konnten uns beide nicht sehen. Und deswegen haben Ihnen die Griller nicht hinterhergepfiffen und deswegen ...

„Yep."

Und deswegen war Ihnen auch sofort klar, dass Kai-Uwe ein legitimes Medium ist, weil er Sie sehen konnte!

„Yep."

Börnie sah zu Jenny. Die hatte den Kopf in den Nacken gelegt und die Augen geschlossen. *Aber ... warum?*

„Ich hatte keinen Job mehr, demnächst keine Wohnung, keinerlei Aussichten, keine Freunde."

Das sind doch keine guten Gründe, um sich den Kopf wegzupusten!

„Kein Grund ist gut genug für eine Todsünde, aber ich war verzweifelt." Jenny seufzte und zuckte die Schultern. „Zu spät. Es bringt nichts, über verschüttete Milch zu jammern." Plötzlich hellten sich ihre Züge wieder auf. „Ich hab das Gewehr für meinen ... Sie wissen schon ..." Jenny brachte es nicht fertig, das Wort Selbstmord auszusprechen, und suchte nach Alternativen. „Als ich beschloss, die Mühsal des Irdischen abzustreifen, habe ich das Gewehr aus dem Büroschrank von Schön mitgehen lassen. Mal ehrlich, das ist doch grob fahrlässig und sowieso verboten, eine Waffe unverschlossen aufzubewahren!" Sie kicherte. „Mit etwas Glück wird ihm das auch noch angehängt. Mord an der Putzfrau. Kai-Uwe muss nachher nur rasch die Fingerabdrücke vom Abzug wischen."

Das schafft der nie. Der kippt uns schon beim Gedanken daran um.

Sie lachten. Ein trauter Moment der Verbundenheit.

„Vielleicht gibt es deswegen so wenige von uns – nur die, die noch was erledigen müssen, bleiben da." Jenny holte tief Luft. „Oder die sich umgebracht haben. Für mich gab's keinen Tunnel und kein helles Licht, in das ich hätte gehen können. Vermutlich ist das meine Strafe. Suizid ist Sünde. Man wirft das Geschenk des Lebens nicht einfach weg."

Jetzt klingen Sie aber sehr katholisch.

„Soll das ein Vorwurf sein?"

Nein. Börnie schürzte die Lippen. *Ich glaube, man bekommt immer das, woran man fest glaubt. Deswegen haben Sie keinen Tunnel und kein Licht gesehen. Sie glaubten, Sie hätten es nicht verdient.*

Die beiden sahen der Amsel und dem Regenwurm zu. Der Wurm hatte sichtlich keine Lust, zum Frühstück zu werden – er wehrte sich nach Kräften.

Na, jedenfalls finde ich es schade, dass wir uns nicht früher kennengelernt haben. Wir hätten Freundinnen sein können. Ich war auch einsam, weißt du.

„Wir *haben* uns früher kennengelernt, aber du hast mich ignoriert." Jenny grinste.

Das war keine böse Absicht, verteidigte sich Börnie. *Es war nur so, dass ...*

„... Putzfrauen unsichtbar sind für Leute wie dich, ich weiß."

Die Amsel flog mit einem halben Wurm im Schnabel davon. Der Rest des Regenwurms bohrte sich tiefer ins Erdreich.

Börnie schloss die Augen.

Ein schönes Gefühl, mit einer Freundin in der Sonne zu sitzen und den jungen Tag zu genießen.

„Das ist die Nordseite. Hier scheint einem nie die Sonne ins Gesicht."

Börnie öffnete die Augen. *Oh, er ist wieder da.*

„Der Tunnel mit dem Licht am Ende?" Jenny suchte den Himmel mit den Augen ab. „Witzig, dass jeder seinen eigenen bekommt. Ich sehe nichts."

Börnie stand auf. *Was soll ich da? Ich will hier nicht weg!*

„Du kannst nicht hierbleiben. Denk das doch mal zu Ende. Wenn niemand geht, ist die Erde irgendwann ein einziges Wimmelbild voller Geister. Und was willst du hier die ganze Zeit machen? Du kannst ja nicht mal eine Fernbedienung in die Hand nehmen."

Weil Börnie wieder anfangen wollte, auf- und abzutigern, packte Jenny sie am Ärmel. Unter Geistern ging das. „Setz dich, das Herumgetigere macht mich wuschig."

„Wir könnten eine Detektei gründen! Für Geister! Wir sind doch ein tolles Team!"

Jenny lachte. „Du warst zu lange in der Nähe von diesem Alt-Hippie, seine Dämpfe sind dir ins Hirn gestiegen. Geister können in der Welt der Lebenden absolut gar nichts bewirken."

Ich wette, Kai-Uwe hilft uns. Er wird unser Mensch! Wir sind dann das Trio mit zwei Fäusten. Börnie sah es schon vor sich. *Offiziell firmiert er als Medium, inoffiziell helfen wir Mordopfern, ihre Mörder zu finden.* Sie sah zu Jenny. *Wenn wir ganz vielen Geistern helfen, gibt das bestimmt unendlich viele gute Karma-Punkte. Und eines Tages spazierst du dann auch ins Licht. Weil du daran glauben kannst, dass es dir zusteht.*

Jenny betrachtete stumm ihre Fußspitzen.

Komm schon – wir wissen doch beide, dass das mit dir und Kai-Uwe noch weiter erforscht sein will.

Wie aufs Stichwort schlappte Kai-Uwe an. Er trug immer noch nichts weiter als seinen weißen Laborkittel, seinen Herzchen-Rucksack und die verschieden großen Flip-Flops. Jetzt aber auch eine Tüte vom Bäcker.

Neben ihm kam eine missmutig dreinschauende Matrone in Schottenrock und Krawattenbluse den Pfad zum Schreberhäuschen hoch.

Die kenn ich doch. Wo habe ich die schonmal gesehen? Börnie legte die Stirn in Falten.

„Im Bordell." Jenny stand jetzt auch auf. „Dieser Missmutmund ist doch unvergesslich."

Stimmt, die Domina im Lehrerinnenlook.

„Hallo, Leute, das ist Frau Schwöbel."

„Guten Tag." Frau Schwöbel nickte erst Börnie, dann Jenny zackig zu. „Und ich bin keine Domina. Das verbitte ich mir!"

Börnie klappte der Mund auf. *Sie können uns sehen? Und hören?*

Kai-Uwe grinste von einem Ohr zum nächsten. „Frau Schwöbel ist auch tot. Witzig, dass ihr Geister euch untereinander nicht erkennen könnt. Ich war übrigens der Erste, der sie seit ihrem Ableben vor fünfundzwanzig Jahren im Palast der tausend Freuden wahrgenommen hat." Er strahlte voller Stolz. „Sie hat mich daraufhin aufgespürt und kam mitten in meiner Befragung an."

Fünfundzwanzig Jahre?

„Frau Schwöbel hat damals erst ihren Mann und dann sich selbst erschossen. Seitdem hing sie dort im Bordell herum. Es gab nur ein Problem ..." Kai-Uwe sah sie auffordernd an.

„Ich habe in meiner verständlichen Erregung leider den falschen Mann erschossen." Frau Schwöbels missmutiger Zug um den Mund wurde noch verdrießlicher. „Ich habe nur einen nackten, affenhaarigen Männerrücken gesehen. Woher sollte ich wissen, dass die Kerle von hinten alle gleich aussehen. Ich hatte nie etwas mit einem anderen."

Kai-Uwe schien protestieren zu wollen – vermutlich gegen die Unterstellung, alle Männer hätten Hirsutismus –, deshalb warf Börnie rasch ein: *Und jetzt suchen Sie Ihren Mann, um diesen Fehler zu korrigieren?*

„Nein! Der ist inzwischen zweifelsohne an Herzverfettung gestorben. Ich habe sehr gut gekocht, und er hat sehr gern gegessen – wenn ich nur etwas mehr Geduld gehabt hätte, wären es meine Braten und Desserts gewesen, die ihn umgebracht hätten." Sie schnaubte. „Aber ich habe die Demütigung nicht länger ertragen. Also habe ich den Wehrmachtsrevolver seines Vaters aus dem Schreibtisch genommen und bin zu ihm in dieses Etablissement." Sie legte imaginär an und drückte ab. Dann ließ sie den Arm wieder sinken und guckte noch sauertöpfischer. „Um den Mann, den ich erschossen habe, tut es mir nicht leid. Der hatte zweifellos auch eine Frau, die er betrogen hat. Aber ich habe damals unabsichtlich auch diese ... Prostituierte getötet. Die Kugel ging durch den Mann hindurch und traf die Frau mitten ins Herz. Und wie ich hinterher erfuhr, hatte sie einen kleinen Sohn."

„Das ist furchtbar. Aber ... was können wir da tun?"

„Ich habe Frau Schwöbel versprochen, dass wir ihr helfen, diesen Sohn zu finden!", warf Kai-Uwe ein und sah zaghaft zu Jenny. „Dann könnten wir weiter zusammen ... äh ... Sachen machen." Er lief rot an.

Börnie nickte.

Siehst du, sagte sie zu Jenny. *Kai-Uwe will die Geister-Detektei auch.*

„Wir eröffnen eine Detektei? Geil!"

Jenny legte den Kopf schräg. „Kai-Uwe ist der Einzige von uns, der essen muss und Kleider braucht. Wie soll er seinen Lebensunterhalt bestreiten, wenn er als Mann fürs Grobe für zwei Geister-Detektivinnen arbeitet?"

„Bitte machen Sie sich darüber keine Gedanken, Jenny. Wissen Sie noch, wie Schön meinte, er habe fürs Erste ein Auskommen, und dabei auf seine Hosentasche klopfte?" Kai-Uwe zog eine laminierte Karte aus dem Seitenfach des Rucksacks. „Hier steht die Kontonummer und das Passwort für sein Konto auf den Cayman-Inseln."

Das hat er also laminiert, rief Börnie und erinnerte sich an ihren Teleportationsversuch.

Kai-Uwe beachtete sie nicht. Er hatte Jenny etwas zu versichern. „Da ist bestimmt das Geld von dem Franzosen drauf, und das reicht mir für mindestens ... wenn nicht sogar ... also eigentlich für immer. Ich brauche ja nicht viel."

Man konnte Jenny förmlich ansehen, wie ihre Bedenken einschrumpelten und zu Staub zerfielen.

Siehst du, Jenny, setzte Börnie noch eins drauf. *Es ist alles paletti. Außerdem braucht uns Frau Schwöbel.*

„In der Tat." Frau Schwöbel reckte das Kinn, auf dem Börnie einen Damenbartschatten sichtete. „Ich möchte Sie beide und Herrn Schulz als Privatdetektive anheuern, um dieses Kind aufzuspüren. Ich bin für den Kleinen verantwortlich!"

Der jetzt schon ein erwachsener Mann ist. Ein Zustand, der – soweit ich weiß – irreversibel ist.

Frau Schwöbel ignorierte Börnie. „Ich habe vor meiner Tat meine Angelegenheiten geregelt. Weil ich nicht wollte, dass mein Familienschmuck an meinen Mann geht, falls ich bei meiner Aktion scheitern sollte, habe ich ihn an einer geheimen Stelle vergraben. Inklusive des Besitznachweises. Der Schmuck ist noch dort – dessen vergewissere ich mich regelmäßig." Sie holte tief Luft. „Ich will, dass Sie das Kind der Frau finden, damit ich es zu dem Schmuck führen kann. Das macht meine Tat nicht ungeschehen, aber es könnte dem Kleinen auf seinem weiteren Lebensweg helfen. Es würde mein Gewissen beruhigen und mir, wie ich sehr hoffe, endlich Frieden bringen."

„Ein lobenswertes Ansinnen ...", fing Jenny an und klang schon so altertümelnd wie Frau Schwöbel. „Aber das ist ..." Sie runzelte die Stirn.

Das ist unser erster offizieller Fall.

Börnie strahlte Jenny an. Kai-Uwe strahlte Jenny an.

Börnie sah nach oben, zu dem Licht am Ende des Tunnels. Es fing wieder an zu flackern. Wie oft konnte man es ignorieren, bevor es unwiderruflich erlosch?

„Na schön. Aber nur dieser eine Fall!", sagte Jenny.

„Hossa!", rief Kai-Uwe.

Und Börnie drehte dem Licht demonstrativ den Rücken zu.

Danksagung

Tagsüber glaube ich nicht an Geister – nachts bin ich etwas aufgeschlossener.

Wie immer danke ich den üblichen Verdächtigen. Insbesondere aber meiner Lektorin Linda Müller, die vor allem gegen Ende, als es bei mir mal wieder hieß „alte Frau und Technik" und ich in Panik ausbrach, einen kühlen Kopf bewahrte. Danke, Linda!

Ich danke auch den beiden Kolleginnen, die in meinen „Einzelhaft"-Lockdownjahren immer für mich da waren: Isabella Archan und Ellen Dunne.

Ein besonderes Dankeschön geht an meinen Freund und Kollegen Sunil Mann aus der Schweiz, der es wie kein anderer versteht, mich kurz vor der Manuskriptabgabe mit Gifs abzulenken oder mich bei unseren persönlichen Begegnungen mit Champagner zu versorgen und dann, wenn mir nach einem Gläschen zu viel der Kopf in den Nacken sackt, Beweisfotos zu schießen. Frecher Kerl! Aber guter Schriftsteller.

Während der Pandemie hörte ich mit großer Begeisterung dem Schauspieler Simon Stanhope zu, der auf YouTube viktorianische Geistergeschichten vorlas, und dachte dabei: *Hm, ob ich nicht auch einmal etwas Paranormales schreiben sollte?*

Das allergrößte Dankeschön gilt nämlich dem namenlosen Geist meiner Kindheit. Ich wuchs in einem Fachwerkhaus aus dem 14. Jahrhundert auf, und in meinem Kinderzimmer war der Abdruck eines nackten Fußes an der Decke zu sehen. Einer Decke, die sich in drei Metern Höhe befand – für „normale" Füße also unerreichbar. Egal, wie oft dieser Fußabdruck übermalt wurde, er tauchte immer wieder von Neuem auf. Bis man ihn einfach sein ließ.

Warum ein Geist so hartnäckig seinen nackten Fuß an die Decke presst? Und warum Geister-Fußabdrücke sich nicht übermalen lassen? Keine Ahnung, aber Anlass zu wilden Spekulationen. Die letztlich zu diesem Buch führten.*

---

* Es gab übrigens mehrere Geister in diesem alten Gemäuer. Aber die anderen waren weitaus zurückhaltender und behielten ihre Füße für sich.

Inhalt

Tagsüber glaube ich nicht an Geister – nachts
bin ich etwas aufgeschlossener.

Auflage:
4   3   2   1
2027 2026 2025 2024

HAYMON tb **329**

Ungekürzte Taschenbuchausgabe 2024
© Haymon Krimi, Innsbruck-Wien 2022
www.haymonverlag.at

ISBN 978-3-7099-7976-1

Inhaltliche Betreuung, Lektorat: Haymon Krimi / Linda Müller
Projektleitung: Haymon Krimi / Hanna Rusch
Buchinnengestaltung nach Entwürfen von: himmel. Studio für
Design und Kommunikation, Innsbruck / Scheffau –
www.himmel.co.at
Satz: Dörlemann Satz, Lemförde
Umschlaggestaltung: Marion Blomeyer, Lowlypaper
Umschlagabbildung: 152405883 Woman's Hand Holding Glass of Orange
Juice. © getty images / CSA Images
Autorinnenfoto: Jürgen Weller Fotografie, Schwäbisch Hall

Gedruckt auf umweltfreundlichem,
chlor- und säurefrei gebleichtem Papier.